君の背中に見た夢は

外山 薫

Contents

装画　agoera
装丁　名和田耕平デザイン事務所
（名和田耕平＋小原果穂）

プロローグ

夜通し降り続いていた雨が嘘《うそ》のように、秋晴れの空は青く澄んでいた。四ツ谷駅の赤坂口から外に出た瞬間、眩《まぶ》しくて思わず目を閉じた。睡眠不足の体に太陽光が染みる。

くたびれた表情で斜め下を向くスーツ姿のサラリーマン、スタバの紙カップ片手にヒールの音を鳴らす女性、イヤホンを耳につけてスマホを凝視しながら歩く大学生風の若者。道を行き交う大人たちに交じって、ひときわ小さい女の子が視界に入る。白いブラウスに濃紺のジャンパースカート、二つ折りのソックスにワンストラップシューズ。全身紺色のスーツに身を包んだ母親に手を引かれておずおずと歩く姿は、東京の朝の風景から浮いていた。

「あのこも、おなじがっこう、うけるのかな」

左手をギュッと握る結衣《ゆい》の声は微《かす》かに震えていた。その服装は先ほどの女の子と同様、濃紺と白で上品にまとまっている。

「周りの子のことは気にしなくても大丈夫よ、結衣が一番頑張ってきたこと、ママ……お母さんが一番知ってるから」

　声に出しながら、自分の声も震えていることに気がつく。駄目だ、こんなときこそ、私がしっかりしなきゃ――。自分に言い聞かせるが、声はうわずったままだ。頭がズキズキと痛む。昨夜、眠れなかったせいだ。

　心配そうな表情でこちらの顔を覗《のぞ》き込む結衣に向かって、精いっぱいの笑顔を作る。自分が上手《うま》く笑えているのかもわからぬまま。


　きまりが悪くなり、「じゃあ学校に向かおうか」と先導する。結衣のピカピカの靴が路面の水たまりで濡《ぬ》れないよう、細心の注意を払いながら。

「それじゃあ、リラックスして頑張ってくださいね」

　新宿通りの横断歩道を渡ると、年配の女性の声が耳に届く。幼児教室のお見送りだろうか。先生らしき女性の言葉に、子連れの母親と父親が緊張した面持ちで何度も頷《うなず》いていた。その一角だけ、空気が違う。そうだ、今日は本番なんだ。その緊迫した雰囲気に、胃のあたりが重くなる。

「きょうはパ……おとうさんもいっしょだし、うれしいな。さんにんのおでかけ、ひさしぶりだね」

　唐突に、結衣が明るい声を出した。自身の緊張を紛らわせるように。家族の間に漂う気まずい空気を断ち切るように。

「そうだね、試験が終わったら久々に三人でご飯でも行こっか！」

急に話を振られたにもかかわらず、総介が百点満点の回答を爽やかに返すのを見て、ジトッとした黒いものが湧き上がる。そして、自己嫌悪に陥る。

「そっか。しけん、もうすぐ、おわるんだね」

ポツリと呟《つぶや》く結衣の顔は今、どんな顔をしているんだろうか。直視できない。

蔦《つた》が絡まったフェンスに沿って歩いていると、目的地はあっという間だった。

「桜葉《おうよう》女子学院小学校」

入試に合わせて休みにしているのだろうか。主《あるじ》のいない小学校は、ただ静かだった。思わず体がこわばる。ここにたどり着くまでに、色々なことがあった。選んだ道の過酷さを、過ごしてきた月日の密度を思う。

「小学校受験で試されるのは子供ではありません。家族です」

大道寺《だいどうじ》先生の声がよみがえる。ふと左を向くと総介《そうすけ》と目が合った。バツが悪そうな表情。気まずくなってつい目を逸《そ》らす。

——家族。漆黒の海を航海する一蓮托生《いちれんたくしょう》の関係。私が、いや、私たちが進んできた航路は、果たして正しかったのだろうか。これからの数時間で、その答え合わせが始まる。もうここまで来たら、逃げることはできない。

両親の躊躇《ためら》いを見透かしたように、結衣は繋いでいた手を静かに振りほどき、警備員に「おはようございます」と挨拶をすると、一歩目を踏み出した。軽やかな歩調に合わせて、背中まで届く三つ編みがふわりと宙を舞う。二つの髪の束は太陽光を浴び、キラキラと輝いて見えた。まだ何も始まっていないのに、熱いものが込み上げてくる。

その小さな背中に、どこまでも飛んでいけそうな足どりに、私は望んでしまった。踏みとどまる機会は、引き返すタイミングは何度もあった。でも、私たちはそうしなかった。それはあまりにも甘美で、煌《きら》めいて、そして美しかったから。君の背中に見た夢は――。

第1章

遭遇

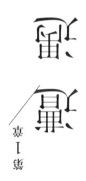

「中学受験？　思い出すだけでゾッとする。いやもう考えただけで無理、二度とやりたくない」

喪服姿のさやかちゃんが深いため息とともに首を横に振ってこう吐き出すと、隣に座る夫の健太《けんた》さんが渋い顔で頷いた。スマホでゲームに興じていた息子の充《みつる》くんも、「中学受験」という言葉に反応して顔を上げる。

「え、結衣ちゃんも中受《ちゅうじゅ》すんの？　あー、そいつはご愁傷さまです」

火葬の真っ最中にその言葉はちょっと不謹慎なんじゃないの……と思わなくもなかったが、つい半年前に慶應中等部に合格した「二月の勝者」が心底同情を禁じえない、といった表情で話すのを見て、新田茜《にったあかね》は思わず身震いした。傍らにいる結衣は、自分が話題の中心になっていることも知らず、夢中で絵本を読んでいる。

「え、中学受験ってそんなに大変なの？」

慌ててこう返すと、さやかちゃんは茜の目を見つめ、力を込めた。

「大変なんてもんじゃないよ、戦争だよ、戦争」

そういえば、さやかちゃんの髪にはところどころ白髪が目立つ。私の六歳年上だから、今年で四十三歳のはず。前に会ったのはお祖父《じい》ちゃんの七回忌だったから、一昨年《おととし》だ。あの頃はまだ黒々していた。中学受験とは、そこまで過酷なものなのか。

お祖母《ばあ》ちゃんの遺体が火葬されるまでの待機時間、一人息子の充くんを中学から慶應に送り込んだ従姉妹《いとこ》のさやかちゃんに最新の中学受験事情でも聞いてみようという軽い気持ちだったが、気がつけば戦火をくぐり抜けた従軍経験者への聞き取り取材のようになっている。

「でも結衣ちゃん、まだ五歳でしょ？　なら間に合うんじゃない？　小受《しょうじゅ》！」

ついさっきまで戦争のトラウマに悩む兵士のような表情だったさやかちゃんだったが、名案を思いついたとばかりに声を弾ませる。

「茜ちゃんちは文京区だし、家の周りに名門小学校もいっぱいあるんでしょ？　うちのマンションの高層階に住んでる知り合いも、娘さんを国立小学校に通わせてるよ。中受のことなんて気にせず、毎日ピアノに熱中してるって。理想的よねー」

「しょうじゅ」という言葉が小学校受験の略だとわかるまで、少し時間がかかった。ポカンとしている私を置いてけぼりにして、さやかちゃんは一人でうんうんと頷く。充くんは「まーた始まったよ」とばかりに肩をすくめ、再びスマホに目を落とした。

小学校受験——。そんなもの、考えたこともなかった。確かに我が家の周辺には筑波大学附属小学校やらお茶の水女子大学附属小学校やら、仰々しい名前の名門小学校が点在し、紺色のスーツに身を包んだ母親の集団が我が物顔で大通りを闊歩《かっぽ》しているのを見かけることもある。

「でもあれって、専業主婦の世界の話なんじゃないの？　ほら、うち、共働きだし……」

おずおずと口を挟むが、さやかちゃんは我が意を得たりとばかりに胸を張り、人さし指を左右に振る。

「それがね、最近はそうじゃないんだって。中受がこれだけ過熱してるから、ワーママの間でも中受を回避するための小受が流行ってるんだよ。私の会社の後輩も、こないだ息子さんを早実《そうじつ》に入れたって。六歳の時点で早稲田大学が確定とか、超うらやましいよね」

顔を紅潮させ、一方的にまくしたてるさやかちゃん。教育ママの本領発揮だ。

「確かにうちの会社でもボチボチいますね、お受験させてる人。去年の秋頃、上司が急に会社に来なくなったと思ったら、息子の慶應幼稚舎の受験があったとやらで。合格したらしいんですけど、政治部のデスクが選挙をほっぽり出してお受験に熱中するとか、どんだけだよって社内でも話題になってましたよ」

さっきまで興味なさそうにお茶をすすっていた、夫の総介が会話に加わる。

「そっか、総介さんの勤務先、豊洲《とよす》テレビだもんね。さっすがキー局！　あ、そういえば茜ちゃんも総介さんも慶應じゃん！　いいじゃん、慶應幼稚舎！　結衣ちゃんは絶対やったほうがいいよ、小受！」

さやかちゃんの声がワンオクターブ上がる。我が子の受験が終わってもなお、尽きることのない学歴への情熱。この調子だと受験シーズンはさぞかし大変だっただろう。スマホゲームに熱中する充くんと、諦め顔の健太さんにこっそり同情する。

「総介さんはキー局の記者で、茜ちゃんは紅華園《べにばなえん》の総合職でしょ？　バリバリのパワーカップルじゃん！　絶対いけるって！」

ここが斎場で、今まさに私たちのお祖母ちゃんが茶毘《だび》に付されているということを忘れたかのように、さやかちゃんの瞳は輝いている。隣に座る健太さんが申し訳なさそうに目配せをするが、当の本人はまるで気づいていない。

パワーカップル。傍《はた》から見れば、我々はそう見えるのだろう。慶應大学の同級生だった総介はキー局の一角である豊洲テレビの報道局で記者として働いている。テレビ局が斜陽産業に片足を突っ込んで久しいが、それでもかつての栄華の残り香で年収は千三百万円を超える。大手化粧品メーカーである紅華園の広報として働く私が七百五十万円。三十七歳で世帯年収二千万円を超えており、世間的にはかなり恵まれた立場だろう。

でも、私たちは知っている。幼稚舎、つまり小学校から慶應に入るような子たちは住んでいる世界が違うのだ。大学時代、アパレルメーカーの御曹司が長期休暇のたび、小学校時代の同級生と連れ立ってビジネスクラスでハワイの別荘に遊びに行っているという話を聞いたときは開いた口がふさがらなかった。

ゼミのグループワークのため、友人の家を訪れたときの衝撃も忘れられない。

「幼稚舎の中だとうちなんか全然大したことないよ」

と謙遜するその子の家は南麻布の広々とした低層マンションで、玄関の前には警備員が立っていた。風の噂《うわさ》で耳にしたが、親は広尾に商業ビルを何棟も持っていて、地元の名士枠で幼稚舎に入ったという。

群馬県高崎市出身の茜にとって、東京の富裕層といえばギラギラしたタワーマンションに住んでいるイメージだったが、「本物」の世界を垣間見た経験は、その後の人生観に大きな影響を与えた。

ちょっと年収が高いといっても、所詮は持たざる労働者。銀の匙をくわえてこの世に生を受けた資本家階級との間には、決して越えられない壁がある。群馬の蕎麦《そば》屋の娘として育ち、からっ風に吹かれながら自転車を漕《こ》いで県立高校に通っていた茜は、その差を身に染みて実感していた。小学校受験なんて、とても実感が湧かない。

「まあ幼稚舎は我々じゃ厳しいですわ」

空っぽになった湯呑みを眺めながら、総介も同意する。総介は中学校から慶應普通部に入学し、実家があるのはかつての高級住宅街である成城学園前駅。父親は全国紙である読日新聞で副社長まで上り詰めたこともあり、慶應に通うサラリーマン家庭の中では裕福だったほうだ。しかし、幼稚舎出身者の友人の異次元ぶりを身近に感じているが故に、現実が見えているんだろう。

「えー、勿体《もったい》ないよ、駄目元で試してみたらいいじゃん。てか幼稚舎以外にもいっぱい選択肢はあるんだし、チャレンジしてみなよ！」

とさやかちゃん。こういう話が本当に好きなんだろう。

「お骨上げの準備ができましたので、皆さま、ご移動の準備をよろしくお願いいたします」

さやかちゃんは喋《しゃべ》り足りない雰囲気だったが、斎場の係員の声で、受験トークは強制終了となった。絵本を読んでいる結衣に「ほら、行くわよ」と声をかける。文句も言わず、本を閉じてすっと立ち上がる結衣。我が子ながら、聞き分けがよくて助かる。その頃、充くんは「ちょっと待って、いまボス戦！」とスマホを手放さず、健太さんに頭を小突かれていた。

「ねえ茜、進次郎《しんじろう》くんまだ寝てるけど、どうする？」

絵本を鞄《かばん》にしまっていると、母がまだ二歳の進次郎を抱きかかえて小声で話しかけてきた。第二子である進次郎は午前中、告別式の異様な雰囲気に呑まれてずっと号泣していた。さすがに泣き疲れたのか、出棺後はずっと寝ている。

「このタイミングで起きられても面倒だし、私が抱っこするよ」

抱っこ紐《ひも》を腰に装着し、母から進次郎を受け取る。つぶれた大福のような顔はまだ赤ちゃんらしく、あどけない。と思ったらよだれが喪服の肩の部分に垂れてきたので、慌ててハンカチでぬぐう。

進次郎の対応でバタバタしてたら、ジャケットの袖を引っ張られる。

「ママ、おしっこいきたい」

今度は結衣だ。総介に頼もうとあたりを見回すが、仕事の電話がかかってきたのか、社用携帯を片手に部屋から飛び出す後ろ姿が見えた。仕方ないので、進次郎を抱えたまま結衣の手を引いて女子トイレに向かう。個室に送り出し、ようやく小休止できた。子供二人の世話で手いっぱいな状況で小学校受験なんて、とても考えられない。

一方で、中学受験に追われることなく、好きなことにのびのびと熱中できるというフレーズには少し心を動かされた。幼稚舎はさすがに場違いだが、探してみれば、穴場のような良い学校があるのかもしれない。今まで考えたことすらなかった選択肢を前に、胸が少し高鳴るのを感じる。女子トイレの窓から、蟬《せみ》の鳴き声が飛び込んでくる。もうすぐ八月だ。

＊

「うちは小受させよっかなって思ってるよ。中受って、親の負担が大きいって聞くし」

喧騒《けんそう》の中、里香《りか》がワイングラスを傾ける。赤みがかった紫色の液体がグラスの中で揺れ、するすると減っていく。

「いや、本当にそれ。うちの上の子、春からブリックスっていう中学受験用の塾に通い始めたんだけど、プリント多すぎて整理するだけでいっぱいいっぱい。あれ、暇な専業主婦とか一般職が前提だよ。小受のこと、もっと早く知ってれば絶対やったのに」

グラスワインを飲み干した真由美《まゆみ》が大げさに相槌《あいづち》を打って同調する。小受という単語が出てきて、思わずドキッとする。

毎年夏に開催している、大学のダンスサークル同期の女子会。子供ができてからは昼にカフェで集まることが多くなっていたが、今年はメンバーの一人である京子《きょうこ》が駐在でニューヨークに引っ越すため、送別会という形で夜の開催となった。茜を含め、参加者は夫や親に子供を預け、こうして六本木のワインバルで久々の自由を満喫している。

学生時代や独身の頃は恋バナやいつ結婚するかで盛り上がってた思い出の店だが、三十七歳ともなれば、話題の中心は子供の教育ですっかり上書きされている。

「そういえば京子って、小学校から桜葉《おうよう》女子学院じゃなかったっけ？」

里香が思い出したように口にすると、みんなの視線が京子に向かう。

「うん、そうだよ。実はうちも駐在決まらなかったら小受させるつもりで遥《はるか》も幼児教室に通わせてたんだけどね。桜葉、楽しかったし」

ガーリックシュリンプの殻を剝《む》きながら、京子が応じる。長年バレエをやっていただけあって、相変わらず背筋がすっと伸びている。何気ない身振り手振りのひとつひとつに華があり、騒がしい店内でもひときわ目立つ。京子の娘の遥ちゃんは結衣と同学年で、何度か一緒に遊んだこともある。小受用の幼児教室に通わせているだなんて、全然知らなかった。

「桜葉って、御三家ってやつだよね？　入るの難しいんじゃないの？」

がっついていると思われないよう、さりげなく聞いてみる。お祖母ちゃんの葬式の後、密かに本屋で買った「完全版！　小学校受験解体新書」というムックには、女子のトップ校として桜葉女子学院の名前が挙がっていて、セーラー服の聡明そうな女の子たちの写真が載っていた。

群馬出身の茜にとって、星の数ほどある東京の学校はどれがどれだかまったく区別がつかないが、さすがに御三家ぐらいは知っている。どの学校も偏差値は70を超え、進学実績も抜群と聞く。大学時代に御三家出身の友人は何人かいたが、みんな頭が抜群に切れた。

目の前に座る京子もその一人だ。小学校から女子御三家の一角である桜葉女子学院に通い、大学から慶應に進学。交換留学でアメリカに一年間留学し、就職活動では総合商社最大手の五菱商事から総合職として内定を獲得した。入社後も第一線を走り続け、ロンドンへのトレーニーを経て、今度は一人娘を育てながらニューヨークに駐在するときた。これまでの人生で出会った人間の中でも、最も完璧に近い存在だ。

「でも京子んちって親、何やってたっけ？　うちらの時代で小学校から私立なんて、実家が太くないと無理じゃない？」

　里香がズケズケと切り込む。気が置けない友人ならではの会話だが、実家の太さという概念が出てきてちょっと肩身が狭い気分になった。所詮、私は群馬の蕎麦屋の娘で、実家は細いですよ。里香みたいにロサンゼルス帰りの帰国子女で、実家が吉祥寺にあるような家とは違いますよ――。自分が聞かれたわけでもないのに、少し卑屈になる。社会人になってすっかり忘れていた、学生時代に感じていた劣等感が顔を出す。

　当の京子は笑いながら手を横に振り、里香の質問をさらりとあしらっていた。

「うちなんて全然。父さんは普通のサラリーマンだし、母さんはスーパーでパートしてるぐらいだよ。そもそも実家も日暮里だし。確かに同級生には『うちは一家三代桜葉です！』みたいな子もいたけど、割合としてはそんなに多くなかったかな。幼稚舎とは全然違うよ」

　幼稚舎という言葉が出て、テーブルの話題は学生時代に出会った幼稚舎出身者がどれだけ浮世離れしていたか、というものに移った。京子は昔からこうだ。どこを切り取っても完璧なのに、それを誇示することなくサラッとしているから全然嫌みじゃない。心の中で他人と比べて、すぐ引け目を感じてしまう自分とは大違いだ。

それにしても、子供がいない外食は久しぶりだ。政治部記者の総介は土日も頻繁に仕事が入るので、新田家では子育てはもっぱら茜の役割になっている。今日は総介が久々のオフだからと子守を買って出てくれたが、いつもこうだったら助かるのにな。ワイングラスをくるくる回しながら、心地よい酔いに身を任せる。

気がつけば、話題は里香の職場である広告代理店で最近発覚した、泥沼不倫の話題に移っていた。息を呑むような生々しさと、家庭を持つ大人が性欲に負けてキャリアを棒に振るというくだらなさに、腹を抱えて笑う。

二次会が終わった頃には、午後十一時を過ぎていた。六本木通りには生ぬるい空気が漂っている。路上では昔と変わらず、国籍不詳の人たちが浮かれて騒いでいた。なんとなく、心がふわふわと弾む。これは、子育てを始めてから久しく忘れていた感覚だ。

「あー、楽しかった。来年はニューヨーク集合ね！　みんなも来年の夏休みの予定、空けといてね。京子、幹事よろしく！」

顔を真っ赤にした里香が本気だか冗談だかわからない様子ではしゃぐ。

「よーし、酔ったからタクっちゃお！　真由美んちは武蔵小山だよね、私、目黒だから一緒に帰ろ！」

里香がタクシーを止め、有無を言わさぬ調子で真由美を車に押し込んで去っていく。感情が昂《たか》ぶったのか、車の窓を開けて「京子ー、アメリカでも頑張ってね！　辛《つら》いことあったら電話してねー！」と叫ぶ調子の良さは、大学時代とまったく変わらない。

「里香、相変わらずだったね」

京子がおかしそうに笑う。結構飲んだはずだが、顔色ひとつ変わっていない。

「茜はどうする？　うちも文京区だし、方向、一緒だよね？」

一瞬迷ったが、この時間に六本木から文京区までタクれば、五千円じゃ済まないだろう。二人で割っても、決して安くはない額だ。一次会と二次会で既に一万五千円は使っている。

「うーん、私は電車で帰ろっかな」

里香や真由美がいれば見栄でタクシーに乗っていたかもしれないが、京子の前では虚勢を張らなくても良い気がした。

「だよね、まだ全然電車あるもんね。里香がすぐタクるのって、広告代理店の文化なのかな」

京子がおどけた様子で応じる。夫婦そろって五菱商事に勤める京子の家は小石川に立っている、駅直結のタワマンだ。世帯年収が三千万円を軽く超えているであろう京子にとって数千円のタクシー代くらいどうってことないはずだが、こちらに合わせてくれているのだろう。その気遣いが嬉《うれ》しかった。


日比谷線のやけに堅い椅子に座りながら、二人でじっくり話す。ニューヨーク駐在は前から希望していたものの、夫にも仕事があって日本を離れられないから、娘の面倒を見てもらうために母親にも付いて来てもらうことにした。ビザの問題があるから、仕事をしながら米国大使館や法律事務所とのやりとりで毎日忙しい――。

　大変そうではあるが、イキイキとした様子の京子が正直うらやましかった。大学一年生の頃から「将来は国際的な仕事がしたい」と公言し、努力を重ねて昔からの夢を叶《かな》えた京子。かたや、群馬の女子高から東京生活に適応しようと必死でもがいているうちに就職となり、気がつけば産休と育休を繰り返してキャリアを積み重ねることができぬままアラフォーに突入している自分。


　京子と二人、霞ケ関駅で丸ノ内線に乗り換える。スマホの待ち受け画面に浮かぶ、結衣と進次郎の満面の笑顔。二人の子供に恵まれた今の人生に満足していないわけではない。でも、点数をつけるとしたら何点だろう。子供が生まれてから、仕事で達成感を得た記憶がない。私だって環境さえ違えば、京子のように、自分で選ぶ生き方ができたのかもしれない。

「京子って、なんでそこまで頑張れるの？」

　アルコールの力を借りて、長年の疑問をぶつけてみる。大学入学間もない頃、バイトまでの空き時間をつぶそうと図書館に足を運んだら、試験期間でもないのに自習用のテーブルでTOEFLの問題集を広げている京子の姿があった。どこに行くときも、京子の鞄にはレスポートサックの化粧ポーチと並んで、ボロボロになった英単語帳が放り込まれていた。交換留学のための勉強だと知ったのは後のことだが、受験勉強から解放されたばかりの大学一年生としては明らかに異質だった。京子が交換留学から帰国後、超人気企業である五菱商事から内定を貰《もら》ったと聞いて、やっぱりな、と思った。

「何よ、急に」

と笑う京子はこちらの真剣な気配を感じ取ったのか、少し逡巡《しゅんじゅん》した後、居ずまいを正して口を開いた。

「桜葉ってさ、『自分で考え、自分で判断して行動し、その結果に責任を持つことのできる人間を目指す』っていう教育理念があるんだよね。小学校から高校までずっとそう言われて育ってきたし、自分で決めたことは貫きたいなって」

背筋を伸ばし、私の目を見て語る京子を見ながら、思った。私は京子のようにはなれなかった。でも娘の結衣には将来、京子のように育ってほしい。

「ねえ、小受って、大変だった？　遥ちゃんも幼児教室に通ってるって言ってたよね？　実は最近、調べ始めたんだけど」

いつもだったらこんなに素直に尋ねることはできなかっただろう。でも、自分の質問に本気で応えてくれた親友に対し、取り繕っても仕方がない。小学校受験について調べるようになり、桜葉女子学院小学校の存在を知って以来、受験のことを考えるときに浮かんでくるのは常に京子の顔だった。

「実は小学校受験の記憶って、楽しかったことしか覚えてないんだよね。確かにペーパーテストの勉強もあったけど、休みのたびに家族でいろんな場所に行って、季節の行事を通じていろんな経験を積んで。そういえば餅つきとかやったなー、懐かしい」

幼い頃の日々を振り返っているのか、遠くを見つめて話す京子。そこには、中学受験を経験した親や子供が持つ悲壮感は感じられなかった。

「もし茜が結衣ちゃんの受験を考えてるんだったら、遥が通ってる教室、紹介しようか？　茜の家からも近いよ。実は私が子供の頃に通ってたところなんだけど、名物の先生がいてさ」

車内アナウンスが、後楽園駅への到着を告げる。あ、降りなきゃ、と京子。その所作が美しかった。別れ際、意味ありげに京子が微笑《ほほえ》んだ。

「茜は向いてると思うよ、小学校受験」

教室の件、あとで送るね。うん、ありがとう。ニューヨークに行っても頑張ってね。落ち着いたら遊びに来てね――。

「ドアが閉まります、ご注意ください」

残された車内で一人、酔った頭で考える。小学校受験に向いているって、どういう意味だろう。

茗荷谷《みょうがだに》駅で降りて、家までは徒歩七分。国立大学の立派な門を通り過ぎて大通りから一本入ると、我が家はすぐそこだ。二十四坪、わずか七十四平方メートルの土地に控えめに立つ三階建ての狭小住宅。酔って帰るたび、家に着いたという安心感よりも「ちっちゃいな」という感想が先に出てくる。

茜と総介が家を買ったのは結衣が一歳だった四年前。広々とした群馬で育った茜にとって、東京の住宅事情は調べれば調べるほど絶望的だった。共働きなので職場の近くに住みたいが、都心で四人家族が住める家となると、どこも目が飛び出るような値段だ。密かにタワマンに憧れていたものの、車は絶対に手放したくないと主張する総介に合わせると、駐車場代がかからない建て売りの狭小住宅しか選択肢はない。住宅購入にあたって総介の両親からも資金援助を受ける手前、茜の意見が通る余地はなかった。

周囲には連続コピペしたかのごとく、同じようなこぢんまりとした家が並んでいる。総介の愛車であるＳＵＢＡＲＵのインプレッサが置いてなければ、どれが自分の家だかパッとわからない。

文京区という由緒正しい土地柄、もともとは立派な邸宅が立っていたのだろう。しかし相続税を払えなかったのか売却され、土地を四分割され、同じような狭小住宅を並べられるという憂き目にあったという流れだ。一軒あたりのコストを抑えられるとして近年流行している手法だし、こうでもしないと我々の所得では文京区の戸建てなんてとても買えないが、茜はどうにも好きになれない。

ここが群馬だったら誰にも見向きもされないような、庭も個性もない貧相なマイホーム。それでも、文京区というだけで一億円を軽く超える値がつくのも事実。あと三十年以上、この家のために働き、住宅ローンを払い続ける必要があると思うだけで気が滅入る。

日付が変わる寸前だったのでさすがに総介も寝ているかなと思っていたが、リビングやキッチンが位置する二階には煌々《こうこう》と明かりがついていた。玄関のドアを開けた瞬間、一瞬で酔いが醒《さ》めた。玄関に綺麗に揃《そろ》えられた、自分のものではない女性物の靴。ゾワッとした感覚が全身を駆け巡る。慌てて二階のリビングに上がる。

「あら、おかえりなさい。随分遅かったのね」

静かな、しかし微かに威圧感を含む声が出迎える。目の前には総介の母、つまり茜にとっては義母である新田千鶴《ちづる》がソファで雑誌を開いてくつろいでいた。

「総介、急に仕事が入ったみたいで、結衣ちゃんと進次郎くんの面倒見てくれって。私にも予定があるのに、困っちゃうわよねえ」

ちっとも困っていなそうな表情で千鶴が茜にゆっくりと語りかける。総介、こういう連絡はちゃんとしてよ！　心の中で抗議するが、妻が久々の友人との飲み会で気兼ねなく楽しむために夫が気を利かせた結果だと思うと、文句も言えない。

リビングに散らかっていた結衣の絵本や進次郎のおもちゃは綺麗に片付けられてあり、あとでまとめて食洗機で洗おうと思ってシンクに溜《た》めておいた食器はコップ一つ残っていない。現状を分析すると、今ここに立っているのは家事もろくにやらず、幼い子供二人を放って夜遅くまで飲み歩いている嫁でしかない。じわじわとこみ上げてくる気まずさを愛想笑いで誤魔化す。

「遅くまでごめんなさい。まさか、お義母さんが来られているとは総介さんから聞いていなくて……」

営業モードのスイッチを入れる。ていうかもう終電ないよね、まさか泊まっていくつもり？　来てもらっておいてなんだけど、この家、来客用の寝室なんてないし、パジャマも何も準備してないよ。ていうかゴミ箱にコアラのマーチの包み紙があるけど、まさか結衣にチョコ食べさせた？　私が言えた義理じゃないけど、親がいないからって好き放題甘やかさないでほしいんですけど――。頭をフル回転させるが、酔っている上に想定外の状況で思考が迷走する。

「総介も遅いみたいだし、もう帰ろうかしら。タクシー呼んでもらえる？」

すみません！　と頭を深々と下げながら、心の中でガッツポーズを作る。この気まずい空気から一刻も早く解放されたかった。文京区から総介の実家がある成城学園前までタクシーでいくらかかるか知らないが、大企業の役員夫人ともなれば全然問題ないのだろう。

「しかし結衣ちゃん、賢いわね。総介の小さい頃とは大違い」

タクシーをアプリで呼んでいる途中、千鶴が唐突に語りかけてくる。意図が摑《つか》めずにどう回答すべきか悩んでいると、千鶴が畳みかける。

「まだ五歳なのに受け答えもしっかりしてるし、上手に本も読んで。保育園だから、教育に力を入れてるわけでもないんでしょ？」

天井のシーリングライトの光を反射し、千鶴の眼鏡が鈍く光る。

「総介は幼稚園だったんだけど、あの子は小さい頃は出来が悪くて。幼稚舎だけじゃなくて暁星やら成城学園も受けさせたんだけど、箸にも棒にもかからなくて全落ちだったわ」

はじめて聞く話だ。総介は中学校受験で慶應に入ったと聞いていたが、まさか小学校受験を経験していたとは。

『幼稚舎は我々じゃ厳しいですわ』

一カ月前、お祖母ちゃんの火葬のときにこう呟いた総介の表情を思い出す。どう反応するのが正解か躊躇《ちゅうちょ》していると、スマホが震えた。「もうすぐタクシーが到着します」。助かったような、もう少し話を聞きたかったような。マゴマゴしていると、千鶴がすっくと立ち上がる。

「茜さん、女性が働く時代だっていうのもわかるけど、子供にとって一番大事な時期でもあるんだからね。優先順位を間違えちゃ駄目よ」

そう言うや否や、スタスタと階段を下りていく千鶴。総合職で働きながら子供二人を育てている自分を否定されたようで少しざわついたが、それ以上に、優先順位という言葉が頭の中で響く。仕事、家事、育児。いつも何かに追われて精いっぱいで、自ら考えて選ぶ余裕なんてどこにもない。

考えがまとまらないうちに、「じゃあ、おやすみなさい。今度はうちにも遊びに来てね」とタクシーに乗り込む千鶴。茜にできることといえば、車を見送りながら、頭を深々と下げることだけだった。今の自分は、どんな表情をしているんだろう。

疲れた足を引きずって階段をのぼり、ソファに飛び込む。なんとなくテレビをつけると、深夜のスポーツニュースがプロ野球の首位攻防戦の様子を伝えていた。大の大人がよくもまあ飽きもせず、毎日ボールとバットで遊んでいるものだ。ヤクルトが勝とうが巨人が勝とうが興味がないのでチャンネルを変えようとすると、電子音とともに「ニュース速報」という文字が表示される。

「**国定**《くにさだ》**首相、内閣改造の意向固める　支持率低迷で**」

ああ、総介の急な仕事ってこれか。官房長官担当だかなんだか知らないけど、また忙しくなるのは勘弁だな。今日は疲れたからシャワーだけ浴びて、髪は明日洗えばいっか。意識が混濁し、徐々に薄れていく。このまま寝ちゃ駄目だ、せめてメイクだけは落とさなきゃと眠気に抗《あらが》っていると、ソファのそばに置いてある「完全版！　小学校受験解体真書」が視界に入る。あれ、さっきまでお義母さんが読んでたのって、もしかして。小学校受験、仕事、ニューヨーク駐在、優先順位。私が本当にしたいことって、なんだったっけな――。

＊

もう九月だというのに、相変わらず日差しは暴力的で、歩くだけで汗が滴り落ちる。日傘を差したいが、右手はスマホの地図アプリ、左手は結衣の汗ばむ手でふさがっており、抱っこ紐の中の進次郎が発する熱が不快感を高める。やっぱりベビーカーにすれば良かった。

見慣れぬ道を右往左往していると、目的地に到着したとスマホが通知する。顔を上げると、目の前には古く煤《すす》けた雑居ビルがそびえ立っていた。京子からのメッセージに書いてある住所と、建物の入り口に貼られたプレートの数字を見比べる。本当にここで合っているのだろうか。昭和時代から手入れされていないかのような、ひびが入ったコンクリートの建物。それは、小学校受験というキラキラしたイメージとあまりにもかけ離れていた。

おそるおそる正面玄関の扉を開くと、薄暗い空間に佇《たたず》む古めかしいエレベーターのそばに、入居するテナントの一覧が表示されていた。タイマッサージ、社交ダンス教室、謎の事務所。なんとも渋い並びの中に、目当ての文字を見つけた。

「三階　大道寺幼児教室」

ホッとして腕時計を見る。九時五十八分。よし、ギリギリ間に合った。昭和の香りを漂わせるエレベーターがゴウンという大げさな音を立て、茜たち三人を運ぶ。結衣はちょっと緊張しているのか、左手を握る力が強くなった。「大丈夫、怖くないよ」と声をかける。少なくとも、京子はそう言っていた。「個性的な人だけどね」とも付け加えていたけど。

三階に到着すると、灰色の錆《さび》ついたドアのそばに「大道寺」と書かれた木製の看板が掛けてあった。堂々たる達筆で、未就学児のための教室というよりも、むしろドラマでよく見る極道のそれだ。子供の声もまったく聞こえない。でも、ここまで来て引き返すわけにはいかない。こわごわとブザーを押す。あたりに響く、「ブー！」という音。子供の頃、群馬の団地に住んでいた友達の家のチャイムがこれだった。今は二十一世紀で、ここは東京都文京区のはずだけれど。

　何の反応もない。もう一度押そうかと手を伸ばした瞬間、ドアが勢いよく開いた。

「そんなに何度も呼び鈴を押さなくても大丈夫ですから」

　目の前に立っていたのは、極道の妻を思わせるような、和服姿で白髪の老婦人だった。アシスタントだろうか、三十歳くらいのジャージ姿の女性が脇に立っている。

「あなたが新田さんですね。聞いてます、入ってください」

　なるほど、これは個性的だ。ゴッドマザーという言葉が脳裏に浮かび上がる。恐縮しながらおそるおそる室内に足を踏み入れると、ビルの暗い雰囲気とは打って変わって、目の前には広々とした明るい空間が広がっていた。平均台やマット、ボールやカラーコーンが規則的に並んでいる。幼児教室というから、机が並んでいる塾のような場所を想像していたが、全然違う。

「ほら、そこに突っ立ってると邪魔ですよ」

　驚きのあまり固まってしまったが、ゴッドマザーの威圧感で我に返る。すみません、と謝りながら周囲を見回すと、思わず狼狽《ろうばい》する。壁際には濃紺のワンピースとパンプス、黒いバッグで身を固めた女性がずらりと並んでいた。家から歩くし、と七分丈のレギンスにアディダスのTシャツ、ニューバランスのスニーカーでリュックを背負った私は明らかに浮いている。何もわかっていない進次郎が「楽しそうな場所だ、遊ばせろ」とばかりに抱っこ紐の中で手足をジタバタさせるが、とてもそんな雰囲気ではない。

母親の集団の視線の先には、静かに体育座りをしている子供たち。みんな、あつらえたように白いシャツと黒いハーフパンツの体操服で揃えている。ピンクのシャツとデニムのショートパンツを着た結衣は少し不安そうな表情だ。ごめん、完全にママのせいだ。昨日、進次郎を寝かしつけながら寝落ちしちゃったけど、ちゃんと調べておけば良かった。

「新田さん、でしたっけ。レッスンは十時に始まるので、遅くとも五分前には準備万端にしておいてくださいね。他のお子さんに迷惑ですので」

ゴッドマザーが冷たく言い放つ。壁際の母親たちから集まる、値踏みするような視線。ひときわ目立つ、エルメスのバッグを持った若い茶髪の女性が笑いをこらえていた。

やっぱ、来るんじゃなかったかも。早くも後悔の念に苛《さいな》まされるが、左手をギュッと握った結衣を見て、こんなところで負けてたまるか、と思い直す。セレブ教育ママがなんだ、どうせみんな専業主婦だろう。こっちは地方から予備校も通わず慶應に現役で受かって、コネもないのに就活人気企業ランキング上位の紅華園に総合職で入社して子供を二人育てながら働いてるんだ。

折れそうな気持ちを奮い立たせ、結衣を子供たちの集団の一番後ろの列に座らせる。さて、巷《ちまた》で噂の幼児教室とはどんなものか、この目で見てやろうじゃないかと壁際の母親ゾーンに紛れ込む。

「それじゃあ、今日のレッスンを始めます」

ゴッドマザーがこう宣言すると、母親たちは何も言わずにぞろぞろと扉へ向かう。あれ、参観はできないの？　残るのは子供だけ？　頭の中がクエスチョンマークで満たされるが、流されるがままに外に出される。

教室の外に出ても、誰一人として会話を交わさないままゾロゾロと屋外の非常用階段を下りていく。エレベーターは使わないんだ、なんてことを考えても仕方がない。とりあえず後を付いていく。

似たような濃紺のワンピを着た十人近い女性が古びた雑居ビルの非常用階段を黙って下りていく光景は、今までの人生でお目にかかったことのない異様なものだった。夏を思わせる気温の中、命を絞り出すような蟬の鳴き声に交じって、足元の階段からカンカンカンカンという乾いた音が響く。

ようやく一階に着いたと思ったが、相変わらず誰も一言も発さない。この後どうするんだろう、レッスンは十二時までと聞いているけど、いつ教室に戻れば良いの？　茜の疑問に応えてくれそうな人はおらず、それぞれが散り散りに去っていく。

「あ、違う違う、すぐ動かすから！　まだ切符切ってないよね？」

困って途方にくれていると、女性の甲高い声が耳に入る。何かと思って振り向くと、雑居ビルの前に止めてある黒いカイエンの前に立っていた交通監視員に対し、茶髪の女性が駆け寄っていた。茜の地元である群馬によくいたタイプだが、その手が握っているエルメスのバーキンは、東京でしかお目にかからないものだ。

「いやー、危なかった。免許の点数ギリギリだったんだよねー」

緑色の服を着た交通監視員のおじさん二人が呆気《あっけ》にとられている隙に、カイエンの運転席に乗り込んで去っていった。

カイエンにバーキン。お金は持っているのだろう。ならば、有料駐車場くらい使えばいいのに。やっぱり、小学校受験をさせるような親って、ちょっと、いや、かなり変だ。今更ながら、あの紺ワンピ集団になじめる気がしない。

何をしたら良いのかもわからないので、地図アプリで検索した近くの小さな公園に行き、進次郎を抱っこ紐から解き放つ。ようやく自由を得たとばかりに、張り切って縦横無尽に駆け回る進次郎。男児ということもあり、結衣の二歳の頃と比べて明らかに活発だ。幼児教室には男の子も多かったが、結衣は大丈夫だろうか。今更心配になってきた。

走るのに飽きて、蟬の抜け殻をせっせと集める進次郎の背中を見ながらぼんやりと考えていると、視界の隅で濃紺の布がヒラヒラと宙を泳ぐ。ワンピの裾をたなびかせて木陰のベンチに座っていたのは、さっきまで教室にいた母親の一人だった。

ロングの黒髪をハーフアップにしてバレッタでまとめて、耳には小ぶりなパールのピアス。公共放送のアナウンサーのような、清楚で上品な佇まいだ。同年代に見えるが、ボサボサの髪をゴムで束ねただけの、子供に振り回されている自分とは大違いだ。こちらに気づくことなく、真剣な表情でスマホを操作している。

何時頃に教室に戻るべきかと悩んでいたが、これは助かる。彼女のタイミングに合わせよう。そうと決まれば、後は元気いっぱいの進次郎の体力を消耗させるだけだ。普段遊んでいる公園とは違う環境で大はしゃぎの二歳児に付き合っているうちに、自分も汗だくになっていた。やっぱり、この格好で正解だった。進次郎を追いかけ回している間、上品なお母さんはずっとスマホとにらめっこしていた。

そろそろ進次郎がバテてきた頃、ようやく上品なお母さんが立ち上がった。こちらに気づく様子もなく、雑居ビルの方向へスタスタと歩いていく。真剣な表情でスマホを見ていたが、何か調べ物でもしていたんだろうか。

少し距離を取って雑居ビルに戻ると、エンジン音とともに黒光りするカイエンがやってきた。当たり前のように路駐して、何事もなかったかのような表情で階段をのぼる茶髪の母親。交通監視員を思わず探してしまうが、あいにく周囲には量産型紺ワンピのお母さんたちしかいない。自分だけエレベーターを使うのもなんとなく気がひけるので、進次郎を抱きかかえ、カンカンカンと音を鳴らしながら階段を上る。

三階の教室に着いた頃には、腕時計の針は十一時四十五分を指していた。呼吸を整えながら他の母親に倣ってそっと室内に入り、壁際に陣取る。子供たちは部屋を出ていったときと同じように、一カ所に固まってお行儀よく体育座りをしていた。

「皆さん、子供たちは今日もよく頑張りました」

ゴッドマザーが口を開くと、場の雰囲気がピシッと締まるのがわかる。お寺の座禅よろしく、迂闊《うかつ》に音を出そうものなら肩を叩かれかねない雰囲気だ。

「澤田《さわだ》さん」

ゴッドマザーがカイエンに乗っていた茶髪の母親を睨《にら》みつける。

「何度も言っていますが、大切なのは教室ではなく普段の生活です。甘やかすのは愛情ではなく、親の怠慢です。十回言ってもわからないのであれば、十一回言ってきかせなさい。それがあなたの務めであり、責任です」

茶髪の母親はシュンとうなだれている。

「松島《まつしま》さん」

次は公園にいた上品な母親の番だ。何を言われるのかと緊張しているのが傍目にもわかる。

「おうちでの遊びも結構ですけれども、もっと外に連れて行ってあげなさい。穂乃果《ほのか》さんも太陽の光をもっと浴びないと」

はい、はい、と頭を下げるたび、バレッタでまとめた後ろ髪が揺れる。きちんと手入れしているのだろう、艶々としている。

——もしかしてこれ、全員にやるの？　左右を見回すと、みんな、真剣な表情で一言も聞き漏らすまいとメモを取っていた。もちろん、ペンもメモも何も持ってないのは茜だけだ。

講評は順番に続く。ゴッドマザーは誰に対しても辛口だ。しかし、責められるのは子供ではなく、常に母親だった。お礼の気持ちは口に出すように、喋るときには子供と目を合わせろ、スマホやテレビではなく、自然と触れ合え——。どれをとっても奇抜なものはない。受験のためのテクニック的なことを教えるのかと想像していたので、意外だった。

「新田さん」

私の番だ。ゴッドマザーと視線が合う。

「結衣さんはよくできています。家での過ごし方がいいのかしらね。この調子でいいんじゃないでしょうか」

淡々とした口ぶりではあるものの、どうやら褒められているらしい。朝に遅刻したことを蒸し返されたり、服装のことを叱られたりしたらどうしようとビクビクしていたので、狐につままれたような気分だ。白と黒の体操服に囲まれ、一人ピンクのTシャツを着た結衣は得意気な顔をしている。

「皆さん」

十人分にもわたる講評が終わり少し緩んだ空気を、ゴッドマザーが引き締める。

「何度も言いますが、小学校受験は普段の家の過ごし方で決まります。忙しいからと読み聞かせをサボっていませんか。お子さんはちゃんと家事のお手伝いができていますか。見る人が見れば、全部わかります」

耳が痛い。朝はバタバタしたまま保育園に押し込み、夕方に子供たちを回収して慌ただしくご飯をかき込み、風呂に入れて寝かしつける日々。正直、生活を回すだけで手いっぱいだ。特に進次郎が生まれてからは、絵本の読み聞かせもちゃんとできていない。なんで結衣が褒められたのか、当の私が一番よくわかっていない。

「今週の宿題はスケッチです。公園に行って、葉っぱを三種類集めてそれぞれ描いてきてください。歌は「赤とんぼ」と「十五夜お月さん」を歌うので、覚えてくるように。プリントはできる範囲で結構です。数をこなせばいいというものではありません。とにかく子供と向き合ってください。それが親の務めです」

みんなが必死でペンを走らせる中、スマホでメモをとるわけにもいかず、葉っぱ三種類、赤とんぼと十五夜お月さん、葉っぱ三種類、赤とんぼと十五夜お月さん……と頭の中で繰り返す。

「それでは、今日はここまで。また来週」

ゴッドマザーがそう言うと、子供たちがわっと母親の元へ駆けだす。怖い先生の手前、大人しくしていたとはいえ、それでも四、五歳児。今日はじめて見る年齢相応の動きを見て、少しホッとする。

「ママー！」

結衣も駆け寄ってくる。

「たのしかったよ！　あのね、へいきんだいとかボールとかであそんだの！」

顔を紅潮させ、息を弾ませながら報告する結衣。よほど楽しかったらしい、こんなに嬉しそうな姿を見るのは久々だ。

「新田さん、ちょっと」

ピョンピョン跳ねる結衣の相手をしていると、ゴッドマザーが手招きする。

「さっきも言いましたが、結衣さんは筋がいいです。あなたが本気なら、うちの教室で受け入れても構いません」

体験レッスンのつもりだったが、知らないうちに入室テストも兼ねていたらしい。京子に事前にもっと話を聞いておけば良かった。

「あの、うちは共働きなのですが本当に大丈夫でしょうか。恥ずかしながら、先生がおっしゃるような家庭での教育をきちんとできているとはとても思えず……」

せっかくの機会だ、最大の疑問をぶつけてみる。カイエンに乗った茶髪のお母さんといい、バレッタで髪をまとめた上品なお母さんといい、フルタイムで働いているようには見えない。今日教室にいる母親の中で、朝夕、子供を乗せた電動自転車を必死で漕いで保育園まで送り迎えしているのは私だけなんじゃないんだろうか。

そもそも小学校受験なんて専業主婦の道楽のようなもので、私は場違いな世界に足を突っ込もうとしているのではないか。漠然とした不安感は、レッスンを体験することで解消されるどころか、この二時間でむしろ色濃くなった。京子は本当にこんな所にいたんだろうか。

「今日の結衣さんは、慣れない環境の中でも周囲に付いていこうと一生懸命で、はじめての課題でも一度も投げ出しませんでした。あなたは自分を卑下することで楽になるかもしれないですけれど、その振る舞いは子供にとっても失礼ですよ」

厳かに、よく通る声で言い放つゴッドマザー。レッスン後のざわめきに満ちた教室が少し静まる。

「あなたが小学校受験にどんなイメージを持っているのか存じ上げませんが、いまの時代、共働きだから駄目、なんて了見の狭い学校はありません。私立も国立も、時代に合わせて変わろうとしています。ここの教室でも、働きながら子育てをして、子供を希望の学校に入れたお母さんは数え切れないほどいます。共働きであろうと専業主婦であろうと、子供は親の背中を見て育ちます。あなただって、中途半端な気持ちで働いているわけではないでしょう。問われているのは、親であるあなたが本気かどうか、それだけです」

和服と調和した、凛《りん》とした立ち姿。口調こそ冷淡だが、どこか優しさを含んでいる。この人の言葉に、嘘は交じっていない。胸の奥のほうが熱くなる。気がつけば、深々と頭を下げていた。

「娘ともども、お世話になります、よろしくお願い致します」

*

「ごめん、明日、どうしても顔出さないと」

総介が申し訳なさそうな顔とともに両手を合わせて頭を下げる。結婚以来、幾度となく繰り返された光景だ。少なくとも、先週の土曜日もまったく同じポーズで一言一句、同じことを言っていた。

豊洲テレビの報道局政治部で働く総介の現在の担当は首相官邸キャップ。朝から晩まで官邸に張り付き、楫取《かとり》官房長官に集まる情報を集めるのが仕事だ。楫取官房長官が仕える国定首相の内閣改造が大詰めを迎えているとあって、ここ数週間は土日もなく家庭を放り出して永田町を駆け回っている。

「どうしてもって言うけど、総介以外にも記者っているんじゃないの？　独身の若い子とかにやらせればいいじゃん」

塗ったばかりのジェルネイルをUVライトに当てながら軽く悪態をつく。最後にネイルサロンに行けたのはいつだっただろう。明日、日曜日の水泳教室の送り迎えは総介の順番だった。こっちは子供二人を連れて結衣の幼児教室に行き、慣れない環境と進次郎の相手でヘトヘトだ。

そもそも、幼児教室がどんな様子だったか、父親として真っ先に聞くべきことはそこなんじゃないか。結衣は今日、友達が一人もいないアウェーの環境で頑張ったのだ。ゴッドマザーこと大道寺先生に触発されたのか、結衣は家に帰ってからも教室から配布された宿題のプリントにせっせと取り組んでいた。

「ゆいはおねえさんだから」

食事の際、自らコップや食器を戸棚から出して机に並べ、食後は洗濯物を畳むのを手伝ってくれた。

「きょうはひとりでねる」

と宣言し、うさぎのぬいぐるみを抱えて一人で寝室に入っていく結衣の後ろ姿を見て、こみ上げてくるものがあった。ついこの間まで手を握ってあげないと眠れなかった、甘えん坊だった私たちの娘は、知らないうちに着実に成長していたのだ。

結衣が大道寺先生に褒められたこと、共働きでも大丈夫だと背中を押されたこと、今後の教育方針。夫婦で話し合いたいこと、議論すべきことはいくらでもある。

それでも、総介の優先順位の先頭にはいつも仕事がある。

「内閣改造、もう少しで取れそうなんだよ。楫取さん、気難しい人だから、最後のひと押しは俺じゃないと」

総介の頭の中は誰が閣僚に任命されるかを他社に先駆けて報じる、つまり「抜く」ことでいっぱいだ。どの派閥の誰が大臣に就任するのか、朝から晩までそんなことばかり追いかけている。総介曰《いわ》く、新聞やテレビの並み居る記者の中で楫取官房長官に一番食い込んでいるのは自分だという自負があるらしい。

「楫取さんは将来、絶対に首相になるから」

と目を輝かせる姿に、記者というか既に権力に取り込まれているんじゃないのと皮肉の一つも言いたくなる。

「放っておいても数時間後に発表されることに【独自】なんて仰々しい見出しつけるためだけに何週間も週末をつぶして、馬鹿なんじゃないの？　どこの会社が最初に報じたかなんて気にしてるの、あなたたちだけだよ」

喉元まで出てくる言葉をぐっとこらえる。傍から見れば意味不明だが、いまに始まったことではないし、何を言っても無駄だということはこれまでの結婚生活で身に染みてわかっている。新聞記者の父親を持ち、学生時代から記者志望だった総介と結婚した私が悪いのだ。それに、総介の高給はこうした長時間労働を前提としたもので、自分もその恩恵を少なからず受けている。

仕事で頭がいっぱいの総介ではあるが、育児に消極的というわけではない。家にいるときは進次郎のオムツ替えも買って出るし、結衣のおままごとの相手も上手にこなしている。イクメンだとおだてておけば、自分から木に登るタイプだ。まだ九月。来年十一月の受験本番まで一年以上ある。膝を突き合わせて話すのは、総介の仕事が落ち着いてからでも遅くはない。

「この埋め合わせは絶対にどこかでしてよ」

深いため息をつきながら、頭の中で「ひとつ貸しね」と付け加える。結婚生活も八年日、日常とはつまり打算と妥協の積み重ねだ。総介は何も知らず、赦《ゆる》しを得たとばかりに嬉しそうな顔で冷蔵庫に入っている缶ビールを取り出す。どうせ、酒を飲みながらダラダラとスマホを見て夜ふかしするんだろう。プシュッという音を聞きながら、ネイルが乾いたらさっさと寝ようと決めた。

昨日とは打って変わって秋雨交じりの朝。子供二人を連れ、バスに揺られてスイミングスクールへと向かう。結衣も進次郎も保育園に通っているため、平日は習い事どころではない。せめて体力だけでもつけておこうということで、結衣は毎週日曜日の午前、近所のプールでレッスンを受けていた。

「きょうから、ひらおよぎのクラスなんだ！」

プールバッグを斜めがけにして、嬉しそうな結衣。先週のレッスンで背泳ぎの合格を貰い、スイムキャップの色がこれまでの緑から青に変わった。今日からレッスンの開始時刻も一時間繰り下がる。始めるのが四歳からと周囲の子より遅かった割には、順調に級を駆け上がっている。日に日にできることが増えていくその若さが眩しく、愛《いと》おしい。進次郎も機嫌よく、

「ぶーぶー」と言いながら車窓からの風景を楽しんでいた。

午前九時三十分、スイミングスクール前のバス停に到着する。レッスンは十時からだが、十五分前に準備体操が始まるのであまり時間はない。歩くことを拒否する進次郎を抱っこし、受付で結衣を送り出す。本来ならば今頃家で一人、自由を満喫していたはずなのに。忘れていた総介への怒りがふつふつと湧いてくる。

プールを見下ろす観覧席で一息つこうと、進次郎を地面に降ろして自販機に向かう。お茶にしようか、それともエネルギー補給で炭酸飲料にするか。

「あら、可愛《かわい》いわね～。お散歩かな？」

悩んでいると、女性の声が後方から聞こえる。足元にいたはずの進次郎は見知らぬ女性の所までトテトテと歩いていた。

「すみません、うちの子が……」

恐縮しながら進次郎を抱きかかえようとすると、目の前の女性と目が合う。「いえいえ、お構いなく」と柔らかく微笑まれた。肩までかかるサラサラした黒髪と柔らかい雰囲気は、どこか見覚えがあるものだった。

「あれ、昨日、お教室でお会いしましたよね？」

機先を制されて、はじめて気づく。昨日公園でスマホとにらめっこしていた、バレッタで髪をとめていた上品な母親だった。

「すごい印象に残ってたんですよ。お教室に入るには中途半端な時期だし、何より大道寺先生がみんなの前で褒めるなんて珍しくて。あの人、絶対にお世辞とか言わない人だし」

松島麗佳《まつしまれいか》と名乗るその女性は、なぜだか少し嬉しそうに、大道寺先生がどれだけ凄《すご》い先生なのかを茜に教えてくれた。もともとは国立小学校の先生だったが出産を機に退職し、その後、幼児教室を開いて数十年。大道寺幼児教室は名門小学校に数多くの子供たちを送り込んだ実績を誇り、今では紹介がなければ入れない、界隈では知る人ぞ知る存在だという。なるほど、それでみんな気合の入った格好をしていたわけだ。

「遥ちゃんのお母さまとお友達だったんですね、すごい！　あの人、桜葉出身だって噂で聞いたことあります」

まるで重大ニュースを聞いたかのように、大げさに驚く麗佳。同年代だろうに、少女のようなリアクションだ。

「いや、紹介されたというだけで、私は桜葉出身でもない地方の公立高校卒です。何の準備もしないまま教室に突入しちゃって場違いじゃないかなって」

必死で謙遜するが、麗佳には一切通じない。

「それならなおさらすごいじゃないですか！　うちなんて、幼稚園受験の頃からお教室に通ってるのに、いっつも大道寺先生に叱られてばかりですよ」

と返される。「幼稚園受験」や「お教室」という耳慣れぬ言葉が気になるが、その丁寧な言葉遣いも、慎みを感じさせる仕草も、いかにも良いところのお嬢さまがそのまま成長しましたという感じだ。このタイプの女性とは、これまでの人生であまり関わってこなかった。

プールサイドでは子供たちがラジオ体操の音楽に合わせて可愛らしく体を動かしている。

「うちなんてプールも、ベイビースイミングの頃に始めたのに、まだ平泳ぎで止まっていて。え、娘さんは四歳から始めたのに、もう平泳ぎクラスなんですか？　やっぱり優秀なんですね！」

羨望《せんぼう》の眼差《まなざ》しを向け、遠慮なく褒めてくる麗佳を前に、タジタジとなる。そのとき、後ろのほうで怒声が響いた。

「ほら、ルビー、ダイヤ、いつまでも喧嘩《けんか》してないで、さっさと行ってきなさい！　もう準備運動、始まっちゃってるじゃない！」

あまりの剣幕に思わず後ろを振り向くと、昨日カイエンに乗っていた、若い茶髪のお母さんがいた。双子だろうか、背丈が同じ男児と女児をプールの受付へと追い立てていた。大道寺先生の教室にいた子供たちだ、見覚えがある。

「あ、寛子《ひろこ》さんも来られたんですね！」

と嬉しそうな麗佳。どうやら、顔なじみらしい。

「あーもう最悪。あいつら朝から喧嘩ばっかして、最悪っすよ」

ため息とともに、ドスンと椅子に座る。昨日はエルメスのバーキンだったが、今日はルイ・ヴィトンのモノグラムが入ったバッグを持っている。確か、これも百万円を軽く超えるものだ。

「茜さん、せっかくだから紹介しますね。こちら、澤田《さわだ》寛子さん。瑠美偉《ルビー》ちゃんも、大夜《ダイヤ》くんも、大道寺先生のお教室に通ってるんですよ」

郷に入れば郷に従えとやらで、麗佳の真似をしてにこやかに「よろしくおねがいします」と対応する。

「あ、昨日私服で来てた人か。Tシャツって、今思い出してもめっちゃウケる」

と手を叩いて笑う寛子。まだ二十代後半だろうか、肌艶が違う。派手な茶髪といい、瑠美偉に大夜というネーミングセンスといい、「お教室」のお母さんたちの平均像とはかけ離れており、むしろ茜の出身地でもある群馬の匂いを感じる。

「寛子さんの旦那さんは凄いんですよ。カリスマ美容師で、今は美容院や飲食店のチェーン店を経営されてるんですよ！」

麗佳が、これまた誇らしげに紹介する。その美容師の名前も、経営している美容院のことも、耳にしたことがある。男性ながら長く束ねた髪をポニーテールにまとめた風貌で、年商数十億円の破天荒カリスマ経営者としてテレビ番組に出ているのを見たことがある。なるほど、社長夫人か。それならカイエンもエルメスもヴィトンも納得だ。

「そんなこと言ったら麗佳さんのところは東大卒の弁護士先生で、超エリートじゃないすか」

ほぼ初対面なのに、ここまであけすけに話すものなのだろうか。呆気にとられる。

それにしても、さっきから夫の話ばかりだ。専業主婦の世界ではそれが当たり前なのかもしれないが、自分が夫の付属品扱いされているようであまり気分が良いものではない。

「で、茜さんでしたっけ、娘さんはどこの学校受けるんですか？」

と寛子。あまりにも遠慮のない聞き方だが、表情から察するに、どうやら悪意はないらしい。

「まだ始めたばかりなので、学校までは全然追えてなくて。実は大道寺先生の教室も、子供の情操教育にいいいって聞いて」

あらかじめ用意してあった言葉を返す。本気で小学校受験に取り組むと宣言することに対して、未だに気恥ずかしさがある。

「そうなんすね、ウチなんて受験なかったらあんな大変なこと、絶対無理ですわ。昨日も大道寺先生に怒られたけど、言葉遣いとか、躾《しつけ》とか、もう勘弁してよって感じで」

寛子が足を組み替えながら気だるそうに話す。確かに、この口調と小学校受験はあまり相性が良くなさそうだ。

「でも瑠美偉ちゃんも大夜くんも、とっても活発でいい子じゃないですか。うちの穂乃果にもちょっと元気と積極性を分けてほしいくらい」

おっとりした口調で麗佳がフォローする。物は言いようと言うが、この人は、誰にでもこうなんだろうか。お世辞ではなく心の底から褒めているというのが伝わってくる。目の前の寛子も、まんざらではなさそうだ。

偶然とはいえ、小学校受験界の先輩から生の声を聞ける機会は大変助かる。調べ始めて知ったが、この業界はあまりにも情報が少なすぎる。偏差値のようなわかりやすい物差しがなく、本を読んでも人によって言うことがてんでばらばらなのだ。学校選びにしても、何から手をつければ良いのかわからない。どういう基準で選ぶものなのか、さり気なく聞いてみる。

「ウチは旦那が大学までエスカレーターの学校がいいって言ってるんすけど、ぶっちゃけよくわかんないんですよね。私も茨城出身だし、専門卒だし」

あっけらかんと話す寛子。

「うちはお祖母ちゃまの代から学習院なんですよ。まだ決めてないんですけれど、やっぱり学習院がいいかなって」

と麗佳。学習院といえば、皇族御用達の超名門校だ。「お祖母ちゃま」という言葉を実際に使っている人を生まれてはじめて見たが、高貴な血筋なのかもしれない。これまでの優雅な立ち振る舞いも納得がいった。

一方、寛子のバックグラウンドも、想像通りだった。同じ北関東出身者として少し親近感が湧く。二人とも個性的ではあるものの、話してみると案外、とっつきやすい。

「てかせっかくだし、連絡先交換しておきましょうよ。大道寺先生、教室のまわりで母親同士でつるむなってうるさいから、みんな他人行儀でいつも気まずいんすよね」

寛子の馴《な》れ馴れしさも、こういう状況下ではありがたい。チャットアプリに三人のグループができた。結衣と進次郎が通う保育園では親同士の交流はないので、はじめてのママ友だ。

気がついたら子供たちのレッスンは終わっていた。ほどなくして、髪の毛を濡《ぬ》らした結衣たちが観覧席に上がってくる。

「ねえねえママ、ほのかちゃんとルビーちゃんとダイヤくん、きのうもいっしょだったんだよ！」

と息を弾ませる結衣。どうやら子供たちも打ち解けたようだ。

「みんなでおひるごはんたべたい！　マックいこ！」

素晴らしいアイデアを思いついたとばかりに、結衣が得意満面な表情で叫ぶ。新田家ではプールの後は外食となっており、最近はマクドナルドが定番だ。

一方、他の子はみんな、キョトンとした表情だ。

「マック、しらないの？　おいしいし、おもちゃもくれるんだよ！」

結衣は胸を張るが、反応は芳しくない。

「茜さん、あのね、大道寺先生があまりファストフードはよくないって。ほら、食育とかあるし……」

おずおずと麗佳が事情を説明する。なんだ、その謎のルールは。子供はみんなマックのハッピーセットを食べて育つものなんじゃないのか。寛子はツボにはまったのか、大爆笑していた。やっぱり、小学校受験界隈って、ちょっとどころじゃなく、かなり変だ。

第2章

選択

「荻原《おぎわら》さん、今、ちょっといい？」

朝一番、部長がわざわざデスクまで来て、周囲を見ながらコソッと囁《ささや》いた。会社では新田ではなく、旧姓の荻原を使っている。さっきまで「新田さん」として保育園に子供たちを預けたばかりなので、旧姓で呼ばれることで仕事モードに切り替わるこの瞬間は嫌いじゃない。しかし、部長がわざわざ席まで来るとは穏やかではない。これまでの決して短くない社会人経験で幾度となく学んできた。こういうときはだいたい、面倒くさいことに巻き込まれる。

「会議室、取ってあるからさ」

淡々と話しながら、スタスタと歩く部長。広報部の同僚たちがキーボードを打ちながら聞き耳を立てる中、少し皺《しわ》のついた灰色のスーツの背中を追いかける。オープンスペースでは話せないようなこととなると、かなりの大事《おおごと》だ。

しかしまだ十月で、秋の人事があったばかり。異動ではないだろう。直近で大きいイベントとなると十一月に中国事業についての記者会見があるが、私の担当ではない。来年に予定されている化粧水ブランドのリニューアルには関わっているが、わざわざ会議室を取って話すことでもない。では一体、何が？　考えれば考えるほど、謎が深まる。窓の外では、ガラス張りの高層ビルが降り注ぐ太陽の光を反射していた。

「最近、調子はどうよ」

会議室に入って机を挟んで向き合うなり、不器用なアイスブレイクが始まった。うちの会社のオジサンたちはいつもこれだ。もったいぶってないで、さっさと本題に入ればもっと業務効率が上がるのに……なんて面と向かって言えるはずはないので、曖昧に笑って誤魔化す。今年で入社十四年目。いつまでも笑顔で乗り切れる年でもないが、他に武器もないんだから仕方ない。

茜の現在の肩書は化粧品メーカー、紅華園の広報部主任。主任といえばそれっぽいが、要は何の責任もない平社員だ。

入社後、代々木の事業所に配属されて営業車で首都高を駆け回る日々が続き、本社に異動後もドラッグストアの営業と、入社前に希望していた広報とは縁遠い仕事が続いた。入社八年目になってようやく広報部への異動が叶ったと思ったら、妊娠が発覚。広報の仕事を覚える前に産休・育休となった。

若い頃は子供を産んでからもバリバリ働く気でいた。けれど、妊娠初期はつわりに、後期は腰痛に苦しみ、実際に生まれたばかりの結衣を抱く頃には仕事への情熱の炎は小さく、ちょっとの風で揺らぐようになっていた。職場に復帰後もテレビ局の政治部記者である夫の総介は朝も夜もなく働いており、家事と育児を一手に担う茜が残業なんてとてもできない。そんなこんなでバタバタしている間に、第二子の進次郎を妊娠・出産。メディア対応で忙しい広報部の中で、チームの戦力になっているとは言い難い状況だ。

「実はね、こういうプログラムがあるんだけど。荻原さん、興味ないかなって」

中身のない雑談を経た後、机の上に一枚の紙が置かれた。

「多様性《ダイバーシティ》で、日本企業に革新《イノベーション》を――」

青いシャツに白いジャケットを羽織ったショートカットの女性が微笑んでいる写真に、大きな文字で「女性管理職の育成で、硬直的な企業風土に新たな風を」というキャッチコピーが踊っている。

「企業の枠を超えた連携で、私たちはダイバーシティ経営の実現を目指します」

ゴシック体で書かれた文字の下に、銀行や生命保険、通信、小売りなど日本を代表する大企業のロゴがズラッと並んでいる。その一つに、紅華園のシンボルである真っ赤な薔薇の花のロゴもあった。

「荻原さんも知ってると思うけど、会社としても女性管理職の比率を上げたいんだよね」

右手の人さし指で机を叩きながら部長が話す。確かに、紅華園は女性向けの化粧品を主力製品とする会社でありながら、社長以下、経営陣のほとんどが男性で占められている。国が女性の活躍促進を掲げる中、ダイバーシティの観点から批判されるようになって久しい。

とはいえ茜を含め、共働きで子育てをしている多くの女性社員にとって、管理職を目指すというのはなかなか現実味が湧かないというのが実情だ。以前、社内のセミナーで女性初の執行役員になった人の講演を聴いたことがあるが、子供を寝かしつけた後にパソコンを立ち上げて深夜まで仕事をするというスーパーウーマンっぷりに、むしろ引いてしまった。広報部の隣でバリバリ働いている宣伝部の女性部長も実家の近くに住み、子供の習い事の送迎に祖父母をフル活用しているという話だ。東京に地盤がない普通の人間にとって、フルタイムの仕事と家庭の両立というのは絵空事でしかない。

茜の表情が曇ったことを察してか、部長が穏やかに語る。

「女性が妊娠や出産で不利になるっていう状況は、会社としてもなんとかして是正していきたいんだよね。働き方を変えていくのも勿論なんだけど、こうやって組織横断的にプログラムを組んで、中堅の女性社員を底上げしたいらしくて。うちの部からも一人推薦できるんだけど、荻原さん、興味ないかなって」

想定外の展開に、思考が追いつかない。

「すみません、なんで私なんでしょうか？　女性ということなら、他にもいるじゃないですか」

やっとのことで絞り出す。広報部でも、先輩の潮崎《しおざき》さんや、後輩の黒沼《くろぬま》さんだっている。二人とも、育休から復帰したばかりの私よりよほどチームに貢献している。

「そこなんだけどね」

部長の眼鏡が光る。

「もちろん、潮崎さんや黒沼さんだって考えたよ。でも、荻原さんは子育てしながら限られた時間で仕事して、それで成果を出してるじゃん。僕としてはそこを一番評価しているんだよね」

四十歳の潮崎さんはまだ独身だ。黒沼さんは新婚で、子供はいない。正直、残業をいとわず働ける彼女たちをうらやましいと思ったことがないと言ったら嘘になる。結衣や進次郎のお迎えの時間を計算し、時計の針との勝負をする毎日。熱を出して呼び出され、同僚に迷惑をかけたことも一度や二度ではない。後ろめたさを抱えながら、それでも限られた時間の中でベストを尽くそうとする姿を評価されるのは、素直に嬉しかった。

「今の時代、女性が結婚して、子育てをしながら上を目指せる組織じゃないと、持続可能じゃないと思うんだよね。荻原さんなら、後に続く子たちのロールモデルになれるんじゃないかな。黒沼さんとか、若い子たちに後ろ姿を見せてあげてほしくってさ」

部長の言葉に思わず、目頭が熱くなる。仕事を評価されたこともそうだが、ロールモデルという言葉に、自分のこれまでの生き方を肯定されたような気がした。

「管理職って言われてもピンとこないと思うけど、荻原さん、前にオウンドメディアやりたいって言ってたじゃん。肩書があったほうが、やりたいことは実現しやすいよ」

企業が自前のメディアを持って消費者に向かって直接発信するオウンドメディアは、茜が昔からやりたかったことだ。広報部に異動直後、飲み会のたびに先輩や上司に訴えていた。結衣を妊娠し、いつしか胸の奥のほうにしまっていた、自分でも忘れていた夢。ちゃんと覚えていてくれたとは。

「まあ、無理にとは言わないからさ。まだ時間あるし、考えといてよ」

それじゃ、と席を立ち、先に会議室を出る部長。茜は自分以外誰もいない空間で一人、テーブルの上に置かれた紙を見つめていた。業界をまたいだネットワーク構築、管理職登用のための研修、経営陣を巻き込んだ定例会——。管理職なんて考えたことがなかった頃に読んでも他人事《ひとごと》でしかなかっただろうが、急に魅力的に思えてきた。

　百年以上の歴史とブランドを誇る紅華園だが、近年はZ世代をはじめとした若年層への浸透が課題となっていた。これまで手薄だった層を取り込むため、オウンドメディアを立ち上げる自分の姿を想像してみる。業界の前例にとらわれない大胆な取り組みで、韓国コスメからシェアを奪回する光景を思い描く。ふと、駐在のためニューヨークに旅立った大学時代の親友、京子の顔が浮かんだ。仕事を通じた自己実現。子供を理由に諦めていたけれど、もしかしたら、まだ遅くないのかもしれない。

　だが、充実したメニューの例として書かれた一文が視界に入り、浮かれた気分は霧散した。

「国内合宿や海外での研修も！」

　合宿？　海外？　その間、子供の世話は誰がするの？　女が管理職になるためには、そこまでしないといけないの？　気がつけば、窓の外には曇り空が広がっていた。


「管理職研修？　別にいいんじゃないの？」

　金曜の夜。ソファに寝そべった総介が、スマホをいじりながらこともなげに言う。こっちがどう伝えようかと数日間やきもきしていたことなどまったく想像していないであろう、無神経な態度。首元には、風呂上がりの濡れたタオルが巻かれたままだ。ソファの革が駄目になるから、タオルはすぐに洗濯かごに放り込んでほしいと何度言ったらわかってくれるのだろう。

それでも、ここで苛立《いらだ》ちを表に出したら駄目だ。軽く深呼吸する。

「でね、週末に合宿とかあるらしいんだけど。その間、習い事の送り迎えとかお願いできないかなって……」

丁寧に、下手《したて》に出る。合宿がどのくらいの頻度であるのかは知らないが、大道寺先生の教室にプールと、結衣の習い事で週末は忙しい。仮に私が家を空けるとすれば、総介に頼る場面は間違いなく増える。

「内閣改造も終わって政局も落ち着いてるし、まあ問題ないんじゃないかな」

総介は余裕の表情だ。総介が勤務する豊洲テレビは先月、国定首相の内閣改造の主要閣僚人事をスクープした。「小栗《おぐり》氏が経産相へ就任」「厚労相は佐田《さた》氏」「船津《ふなつ》財務相は留任へ」——。「ニュース速報」というテロップとともに次々と出てくる人事情報は、スピード・正確さともテレビ局や新聞社の中で群を抜いていたらしい。

「実は楫取さんと握ってたんだよね。公共放送の女の記者も色仕掛け使って首相補佐官のルートから追ってたらしいんだけど、こっちの圧勝だったわ」

その日の帰宅後、滅多に開けない山崎十二年を飲みながら嬉しそうに話す総介は誇らし気だった。総介はネタ元である楫取官房長官と親しく、若手記者の頃から政策勉強会や会食を通じて親交を深めてきた。十年がかりで築いてきた人脈が、こうして花開いたというわけだ。一連のスクープで社内の賞を貰えるらしく、このところ、すこぶる機嫌が良い。

「じゃあ私が研修あるときは総介、土曜日の教室と日曜日のプール、よろしくね」

はやる気持ちを抑え、言質を取る。出産後は総介の仕事を優先してきたが、たまには逆の立場になっても良いはずだ。

「まあ俺は構わないんだけどさ、結衣の受験はどうすんの？　両立できるの？」

いつしか、総介はスマホから目を離し、ソファに座ってこちらを見つめていた。

「小学校受験ってさ、そんな生ぬるいもんじゃないぜ」

総介の口から出てきた言葉は、じっとりとした湿り気を帯びている。

『幼稚舎だけじゃなくて暁星やら成城学園も受けさせたんだけど、箸にも棒にもかからなくて全落ちだったわ――』

以前、総介の母である千鶴から聞いた言葉がふとよみがえる。結衣を幼児教室に通わせることについて、総介はこれまで賛成も反対もしてこなかった。仕事が忙しかったということもあるが、これまで総介があえて話してこなかった小学校受験の失敗というエピソードを知ってしまった手前、正面から聞くのが怖くて避けていた。

「五、六歳で受験のレールに乗せられて、選別にかけられて、訳もわからないままに不合格になって失敗の烙印《らくいん》を押されるのって、結構辛いもんだぜ」

茜に向かう二つの瞳が、暗い光を帯びている。いつもの飄々《ひょうひょう》として明るい総介とは別人のようだ。大学時代に出会ってから十八年、付き合って十六年、結婚して八年。こんな表情ははじめて見た。

「まあ今のところ結衣も楽しんでるみたいだし、俺も仕事ばっかだしで言えた義理じゃないんだけどさ」

首元のタオルを外しながら、一階の洗面所に繋がる階段へと向かう総介。こちらの返事は期待していないのか、振り返らずにスタスタと下りていく。

リビングを沈黙が押しつぶす中、階段の下から電動歯ブラシのモーター音が聞こえてくる。管理職研修だ、オウンドメディアだと浮かれていた自分が急に恥ずかしくなった。茜が座るテーブルの端には、結衣が寝る前まで取り組んでいた、大道寺先生の教室の宿題のプリントが積まれている。そうだ、進次郎の歯磨きに追われてまだ答え合わせをしていなかった。モヤモヤした気持ちを抱えたまま、丸つけをする。全問正解のプリントが、何かを訴えかけているようだった。

＊

「ママ、みててね」

こう言うや否や、勢いよく両手をマットにつけ、結衣がころりと転がる。親の贔屓目《ひいきめ》なしに、綺麗なでんぐり返りだ。

「すごい、上手じゃん！」

思わず拍手をすると、得意そうな表情で胸を張る結衣。帰り支度をしていた周囲の親子からの視線が集中する。

「さっき、おしえてもらったんだ。コツはだんごむしさんのマネだよ」

茜の元へ駆けつけてきた結衣が嬉しそうに教えてくれる。大道寺先生の教室に通うようになって二カ月弱、すっかり慣れたようだ。レッスン終了後、こうしてその日に習ったことを教えてくれるまでになっていた。

「ぼくだってできるし！」

「ずるい、わたしがさきでしょ！」

結衣に触発されたのか、教室のお友達である大夜くんと瑠美偉ちゃんがマットの前で順番争いをしている。順番にやれば良いのに、二人とも一歩も譲らず、いつも通り喧嘩を始めた。

双子の母親である寛子が頭をかきながら「あんたたち、そんなくだらないことで喧嘩するんじゃないの！」と叱りつけ、大道寺先生から「澤田さん、言葉遣い」と注意を受けていた。

レッスン後のいつもの光景だ。

教室に通い始めた当初こそお受験ママの集団で浮いていた茜だったが、今では濃紺のワンピースを着こなし、すっかり溶け込んでいる。最初の頃は恥ずかしかったが、二週間もすれば慣れた。自分でも意外だったが、それっぽい服を着ているうちに、自分のマインドも切り替わっていくのを実感する。

でんぐり返しのお披露目に成功してはしゃぐ結衣と、すぐにお姉ちゃんの真似《まね》をしたがる進次郎。二人の相手をしていると、教室に通うママ友である麗佳の声が聞こえた。

「穂乃果ちゃんもでんぐり返し、やってみようよ」

麗佳の傍らでは、娘の穂乃果ちゃんがうつむいている。

「ほら、結衣ちゃんみたいにコロンって転がってみようよ。今日、教えてもらったんでしょ？　ね、お母さんに見せてよ」

麗佳は何度も勧めるが、穂乃果ちゃんはただ黙って首を振り、うつむいている。微妙な空気の中、沈黙を破ったのは涙ぐむ穂乃果ちゃんの一言だった。

「わたし、ゆいちゃんみたいにうまくできないから、イヤ」

「穂乃果ったら、昔から引っ込み思案で。私に似ちゃったんですかね」

ポットとカップにお湯を注ぎながら、麗佳が憂鬱《ゆううつ》そうに話す。おっとりした口調とは裏腹に、その両手の動きはなめらかだ。ポットとカップからお湯を捨てると缶から茶葉を出してポットに入れ、再びお湯を注ぎ、そして砂時計をひっくり返す。迷いのない動きに、思わず見とれてしまった。家で飲む紅茶のために湯通しをする人なんて、はじめて見た。普段、紅茶を飲むときはティーバッグで、時短のために氷を入れて冷ましている私とは大違いだ。

レッスン終了後、マットのそばで穂乃果ちゃんがポロポロと涙を流し始めたことに気づいたのは茜だけだった。すぐ近くで大夜くんと瑠美偉ちゃんの喧嘩が始まり、教室内の人々の集中はそっちに逸れていた。穂乃果ちゃんの口から結衣の名前が出たこともあり、少し気まずい。そっと帰ろうとしたが、麗佳と目が合ってしまった。「良かったら一緒にランチでも」。果たして、この状況で断れる人間がいるだろうか。

麗佳に「すぐそこだから」とお呼ばれした先にあったのは、外壁に煉瓦色のタイルが張ってある、瀟洒《しょうしゃ》な低層マンションだった。建てられてから結構時間が経《た》っているのだろう。歴史を感じるが、ちゃんと手入れされており全然古臭さは感じない。

ビンテージマンションと呼ばれているであろう建物の二階に位置する麗佳の家は広々としており、リビングだけで二十畳はありそうだ。部屋の端で光を浴びるドラセナの木を見ながら、女性誌でおなじみの「丁寧な暮らし」という文字が脳裏をよぎる。洗濯物がリビングの片隅で山を作り、玩具と本が散らばる我が家の雑な暮らしとは雲泥の差だ。

「お昼、ピザでも取りましょうか」

ドミノピザかピザーラでも頼むのかと思っていたが、麗佳が何やら電話をすると、イタリアンレストランから本格的なマルゲリータピザが届いた。濃縮還元ではない、生搾りのジュースに「こんなおいしいの、はじめて」と興奮する結衣。麗佳の洗練された一挙手一投足に、何気ない部分に現れる生活の質の差に、引け目を感じてしまう。

もっとも、隣の芝生が青く見えるという点では、麗佳も同じらしい。食後、入念な準備で用意された紅茶がテーブルに置かれるや否や、進次郎をお客さんに見立てておままごとをしている結衣と穂乃果ちゃんを見ながら深く、濃いため息をついている。

「うちの子も結衣ちゃんみたいなタイプだったら良かったんですけれど……」

なんと答えたら良いかわからず、逡巡した末、紅茶に口をつける。高い茶葉を使って正しく淹《い》れたアールグレイは、味といい香りといい、普段飲んでいるものとは比べ物にならない。

紅茶の出来栄えなど関心外であるかのように、うらやましそうな視線を結衣に向ける麗佳。前からうすうす気づいていたが、大道寺先生の教室に通わせるようになって確信したことがある。四月生まれということもあるだろうが、結衣は同年代の子の中で「できる子」の部類に入る。ペーパーテストも一度教えればスラスラと解くし、運動神経も良い。大人との会話でも受け答えがはっきりしているし、友達と遊ぶときも空気が読める。要するに、小学校受験で求められる能力を兼ね備えているのだ。

一方、穂乃果ちゃんはシャイな性格で、おとなしいタイプだ。いつ話しかけても、もじもじしている。プールで大夜くんや瑠美偉ちゃんと一緒のときも常に一番後ろにいるし、あまり運動も得意ではなさそうだ。ワガママ盛りの進次郎を相手に根気強く遊んでくれる優しい性格をしているが、限られた時間で自己アピールをしなければいけない小学校受験の世界においては、なかなか評価されにくいのかもしれない。

「うち、実は幼稚園受験で御縁を頂くことができなくて」

子供たちに視線を向けながら、麗佳がポツリと呟く。子供たちが遊ぶ場所である「幼稚園」と過酷な競争である「受験」、食い合わせが悪そうな単語の並びだが、どうやらこの界隈ではごく普通に行われていることだという。熱心な家庭は一歳になる前に幼児教室に通い始めると聞いて、「まだハイハイしてる段階で一体、何を学ぶんですか？」と思わず聞いてしまった。

我が子のためにより良い環境を与えたいという親心と、どれだけ払っても尽きることのない豊かな財力。二つの要素が組み合わさった結果、このような恐ろしい過当競争が起こっているのが現代の東京都心の日常だ。狭き門を前に三歳の時点でふるいにかけられ、勝者と敗者に分けられる世界。普通に生きていれば縁がないはずの小学校受験に対し、敗者復活戦として挑むことを強いられる子供たち。その過酷なシステムの全容を理解しないまま足を踏み入れてしまったことに、今更ながら戦慄《せんりつ》する。

「結衣ちゃんって、おうちで何か特別なことしてますか？」

これが本題だとばかりに、麗佳が茜をじっと見つめる。

「うーん、全然。うちは一歳から保育園に入れてるし、進次郎もいるから、大したことは何もできてなくて」

嘘はついていない。この五年間を振り返っても、会社員と母親の二足のわらじを上手に履きこなしているとはとても言えない。基本的に保育園に任せっきりだ。モンテッソーリだ、おうち英語だ、と幼児教育に熱心な友人を見るたび、チリチリとした焦燥感があった。

一方で、口には絶対に出せないことがある。正直、結衣の成長に関してはこれまで心配したことがほとんどない。寝返りも、ハイハイも、喋るのも、結衣はなんでも早かった。文字だって手取り足取り教えたわけではないのに、気がついたら読めるようになっていた。

優越感。大道寺先生の教室に通わせるようになってから、その後ろ暗い感情は、密かに、しかし確実に心の奥底で育まれている。名門幼稚園に通わせていようが、専業主婦で丁寧に面倒を見ていようが、結局、フルタイムで働きながら片手間で育てている私の娘のほうが全然出来が良いじゃないか——。

目の前の麗佳に恨みがあるわけではない。それでも、結衣を産んでから幾度となく「保育園なんだ、大変だね」「もっとママと一緒にいたいよね」という無神経な言葉を聞かされるたび、仕事も育児も中途半端だと言われているようでモヤモヤした何かを感じていたのは事実だ。麗佳が子育てに悩んでいるという話を聞くと、歪《ゆが》んだ自尊心が高まるのを感じる。それが好ましいものではないということをわかっていながらも。

「大道寺先生はまだ一年あるからどっしり構えておけっておっしゃるんですけど、なかなかできなくて」

文京区のビンテージマンションに住んでいても、弁護士の夫を持ち専業主婦として何不自由ない暮らしをしていても、決して尽きることのない悩み。世間的に見ればあまり共感を得ることができなそうだが、当事者にとってはそれが世界のすべてだ。スケールこそ違えど、自分にも覚えがある。麗佳がスマホを取り出す。

「茜さんってツイッター、やってますか？　最近、暇さえあればお受験の情報を探して、よそのお子さまと比べて自己嫌悪に陥っちゃうんですよ」

はじめて結衣を教室に通わせた日、公園のベンチでずっとスマホとにらめっこしていた麗佳の姿を思い出す。企業広報として一応ＳＮＳは一通り嗜《たしな》んでいるが、ツイッターはニュースをチェックする程度にしか使っていない。

「穂乃果には穂乃果のいいところがあるし、他の子と比べても仕方ないってわかってはいるんですけど、どうしても気になっちゃって……」

麗佳のアイコンだろうか、淡いピンクのコスモスの写真が左上に表示されている。麗佳がスマホ画面の上で親指で滑らせると、おびただしい文字列が流れてくる。「熱望校」、「ペーパー対策」、「全落ち」、「国立抽選」――。秋の受験シーズン真っただ中、本番に突入した一学年上の親の悲喜こもごもが画面から飛び出してくる。この情報の洪水の中、むしろ正気を保つほうが難しいだろう。

「私もまだわからないことだらけだけど、まだ時間はあるし、そんなに気にしなくてもいいんじゃないですかね」

気休めにもならないとわかっていながらも、他にかける言葉を知らない。それでも、麗佳は一人で抱えていたものを吐き出して少しスッキリしたのか、また元の落ち着いた上品な佇まいに戻った。

「ありがとうございます。こういう話、できる人がいなくて。これからも仲良くしてくださいね」

目を見て話す麗佳を前に、ささやかな優越感に浸っていた自分の浅ましさを思い知る。リビングに続く廊下からは、結衣と穂乃果ちゃんの歓声が聞こえる。おままごとに飽きた進次郎が逃げ出したので、仲良く追いかけているようだ。本人の知らないところで優劣をつけられ、親の虚栄心を満たしたり、劣等感を刺激したり。親の心子知らずというが、私たちの醜い感情には気づかないまま、無垢《むく》なままでいてほしい。自分勝手だとは思いつつも、そんなことを思う。すっかり冷めた手元のアールグレイを、静かに飲み干す。

＊

バンプオブチキンの曲が車内で響き、銀色のインプレッサが関越道を快調に飛ばす。田畑と物流倉庫と工場が車窓に流れる中、ハンドルを握る総介が口ずさむ「天体観測」のメロディーは音程が少しズレている。そういえば大学四年生の秋、学園祭の休み期間にレンタカーを借りて旅行したときも、同じような場所で、同じ曲を聴いて、同じことを思った気がする。流行の歌を追わなくなって、もう随分経つ。

「パパ、きょうりゅう、まだー？」

後部座席から、結衣の声が弾む。隣には、機嫌よくチャイルドシートに座ってバスの玩具《おもちゃ》をいじっている進次郎。あれから十四年が経ったが、変わらないものもあれば、変わったものもある。あの頃の私たちは、今の光景を想像していただろうか。

「きょうりゅうのはくぶつかん、いきたい！」

恐竜がテーマのドキュメンタリー番組をテレビで見て以来、結衣はどっぷり恐竜にハマっている。秋が深まった現在も、隙あらば図鑑を開いてはティラノサウルスだ、ブラキオサウ

ルスだとせっせと絵を量産する毎日だ。大道寺先生に相談したところ、

「好きなものを見つけて、時間を忘れて熱中するというのは素晴らしいことです」

と褒められた。「女子は女子らしくしなさい」と言われたらどうしようかと心配していたが、むしろ肯定的に受け止められて、安堵《あんど》する。

「大切なのは、子供の好きという気持ちにどこまで親が寄り添えるかです。何かに熱中した体験は、必ず糧になります」

大道寺先生にこう言われると背筋が伸び、不思議とその気になる。最近では本屋に立ち寄るたびに恐竜の本を購入し、週末の午後は博物館巡りがルーティーンになっている。本は決して安くはないし、教室やプールの後の博物館見学は正直疲れる。それでも、口を開けてトリケラトプスの全身骨格を眺め、家に帰ってから夢中で図鑑を広げる結衣の姿を見れば、疲労など一瞬で吹き飛ぶ。あらゆる体験が子供の未来に繋がるという手触りは、これまでに感じたことがない、ワクワクするものだった。

今日の目的地は群馬県立自然史博物館だ。雑誌で特集されているのを見た結衣が行きたいとねだるので、祝日を使って遠征することにした。

「あ、しんかんせん！　このみちって、じぃじんちといっしょ？」

高速道路と並走する上越新幹線を見ながら、結衣が尋ねる。茜の実家は高崎なので、関越道は帰省のために使う道路でもある。前回、ここを通ったのはお祖母ちゃんの葬式のときだ。

あのときはバタバタしていて、親とはあまり話せなかった。母は介護が終わってホッとしているだろうが、実の親を亡くして父は気落ちしていないだろうか。最近連絡をとっていないが、地元の地銀に務めている弟の亮《りょう》が実家に顔を出していると良いのだが。

そんなことを考えている間に、高崎の手前でカーナビが上信越自動車道へと車線変更を指示し、総介がハンドルを左に切る。老いた父と母の顔が一瞬頭をよぎったが、今は親に孫の顔を見せることよりも、結衣の見聞を広めるほうが優先順位は高い。我ながら薄情だと思うが、もう受験まで一年を切っているという事実は、少なからず焦りを生む。お父さん、お母さん、ごめんね。年末には帰るから。

インターを降りると、山に沿って道路が伸び、戸建てと田畑とチェーン店が並ぶロードサイドの風景が広がる。十八歳で上京してから人生の半分以上を東京で過ごしているが、やはり見慣れた景色は落ち着く。助手席の窓を開けて、深呼吸をする。決して綺麗な空気ではないが、対向車線のトラックから出る排気ガスの匂いも含めて、すべてが懐かしい。「ママ、さむいー」と文句を言う結衣。ママが高校生のとき、毎日二十分かけてこういう道を自転車を漕いで学校に通っていたんだよ、と言っても伝わらないか。「そっか、寒かったよね」と、左手の人さし指でパワーウィンドウのスイッチを押す。

博物館に着くなり、恐竜の展示へと駆けだす結衣。私が小学生の頃にも遠足で来た記憶があるが、展示の内容まではあまり覚えていない。思春期真っ盛りということもあり、あの頃は班のメンバーだとか、誰と一緒に回るだとか、そんなことばかり気にしていた気がする。まだ幼い結衣は純粋に、全身全霊、恐竜を楽しんでいる。

「あ、スピノサウルスのかせき！」

結衣が叫ぶと、脳内で瞬時に背中が盛り上がったスピノサウルスのイメージが湧くようになった。子供が生まれることで、親もまた学び直していると知ったのは最近になってからだ。

新田家では博物館に来るたび、恐竜の展示をじっくりと見たい結衣と、早々に飽きて次に進みたがる進次郎のペースの違いが問題になる。茜が一人のときは二人の板挟みになって大変だが、今日は総介もいるので楽だ。進次郎が総介の手を引き、どんどん先に進む。一方、茜は恐竜の展示を隅から隅まで舐《な》めるように観察する結衣に付き添う。まだ漢字が読めない結衣に、展示内容を説明してあげる。

「恐竜はこんなに体は大きいのに、脳は人より全然小さいんだって」

恐竜の脳について説明していると、どこからか視線を感じる。ふと周りを見回すと、小学校低学年くらいの男子を連れた女性が、じっと茜を見つめていた。

「茜ちゃん…だよね？　高女《たかじょ》で一緒だった。え、すっごい久しぶり、群馬帰ってきたの？」

そこにいたのは高校時代の同級生、茂木《もぎ》岬《みさき》だった。ベリーショートだった高校時代から髪の毛が伸びていて一瞬気がつかなかったが、目元の涙ぼくろと八重歯は昔と変わらない。

「本当に久しぶりだね、バレー部の子たちとは定期的に会ってるんだけど」

岬が嬉しそうに話す。一年生のクラスのときに同じグループで、昼休みに弁当を一緒に食べた仲だ。二年生以降は文系と理系でクラスも分かれた上に、茜とは部活も違うので一緒に過ごす時間は減ったものの、校内で会うたびに立ち話をしていた。約二十年ぶりだというのに、この辺の距離感は変わらない。

「今、何やってるの？　え、紅華園の広報？　すっご！　私、紅華園のコスメ、めっちゃ使ってるよ」

岬の声が館内に反響する。ちょっと恥ずかしかったが、子供が大勢いてザワザワしている空間なので、周囲の誰も気にしていない。結衣も、岬の息子も、ブラキオサウルスの骨をしげしげと眺めている。

「岬こそ何やってるの？　確か、群大《ぐんだい》だったよね？」

絶対に上京すると決めて文系コースから東京の私立大学を受験した茜と違って、岬は理系コースから地元の国立大である群馬大学へと進学していた。

「私は前橋の小学校で先生やってるよ。私が真面目な顔して授業やってるとか、ウケるっしょ」

冗談半分で笑うが、教壇に立つ岬の姿はすぐにイメージできた。気さくな先生として、きっと生徒からも人気なんだろう。

「でも茜ちゃん、服からして東京でバリバリ働いて格好いいママって感じ！」

恐竜に夢中な子供たちを置いて、岬は少し嬉しそうだ。今日の服装は特に気合を入れたつもりはなかったが、地味目なファストファッションでまとめている岬に比べると、少しは垢《あか》抜けて見えるのかもしれない。仕事と育児に追われる普段の生活で褒められることなどほとんどないので、ほんのり自己肯定感が高まる。

「そういえば茜ちゃん、高校の頃から制服がダサいとか、校則で白い靴下しか駄目なのはおかしいとか、先生に食ってかかってたもんね。今思い出しても笑えるんだけど」

手を叩いて高校時代を振り返る岬。確かにあの頃はそんなことを言っていた気がするが、若気の至りを改めてほじくり返されると気恥ずかしい。「ちょっとやめてよー」と手を振ってみると、いつもより高い声が出た。傍から見ればオバサン二人なんだろうが、女子高生に戻ったかのような気分だ。あの頃は、怖いものなんて何もなかった。

「ねえねえ、ママのおともだち？」

母親が知らない大人と盛り上がっていることに気づいた結衣が駆け寄ってきた。岬の息子も同様に、岬の足元でもじもじしている。

「ねえ、一緒に回ろっか」

岬と二人、声が重なり、思わず顔を見合わせて笑う。

岬によると、息子の陽翔《はると》くんは小学二年生で、無類の恐竜好きらしい。最初こそシャイな様子だったが、結衣が同類だとわかるや否や、プテラノドンの翼の形について「バタバタ飛ぶんじゃなくて、スーッて飛んでたんだよ」と両手を広げて豆知識を披露するなど、恐竜博士の片鱗を見せていた。結衣も年上の恐竜に詳しいお兄ちゃんに遊んでもらえて嬉しそうだ。

恐竜のコーナーが終わり、群馬県の自然や動物の展示になっても、二人は仲良く歩いている。都心でコンクリートのビルに囲まれて育った結衣にとってすべてが新鮮なんだろう、ずっと目を輝かせている。ここに連れて来て良かった。

「うちの子、いつもは恐竜の展示だけ見て残りはスルーしてるんだけどね」

岬は苦笑するが、陽翔くんは大張り切りだ。

「キツネ見たことある？　うちのおじいちゃんちの畑を荒らしにくるんだよ！」

と剝製を前に真面目な顔で講義し、結衣もふんふんと頷いている。長女として育ったからか、普段はお姉ちゃんぶりたがるだけに、年上のお友達との交流で普段とは違う顔を見せるのが微笑ましい。

子供のペースに合わせて時間をかけて展示を見ていると、総介から「全部見終わったから、中庭で進次郎を走らせてるわ」と連絡が入る。ちょうど一階を見終わって少し疲れたところだったので、岬も連れて合流することにする。

「茜ちゃん、家族で一緒に遠出できるとか超うらやましいんだけど。うちの旦那、中学校の先生なんだけど部活の顧問で土日がつぶれるから週末はワンオペでシングルマザー状態だよ」

自販機で買ったコーラの缶を開けながら、岬がため息交じりに呟く。確かに中学生の頃、部活の練習試合は顧問の先生が引率していた。あの頃は当たり前だと思っていたが、きっと私たちが気づかなかっただけで、残された家族には苦労があったのだろう。テレビ局の政治部記者として、選挙だ内閣改造だと土日もなく働く総介だって同じようなものだが。

「うちも今日はたまたまいるけど、普段は仕事ばっかりだよ。なんで男って家庭よりも仕事を優先するんだろうね」

女同士で盛り上がっていると、視界の隅で総介がバツの悪そうな顔で肩をすくめていた。

中庭の芝生の上では、子供三人が小動物のように走り回っている。少し肌寒いが、みんな元気だ。

岬と話し込んでいると、いつの間にか、遊びの輪に小学校低学年くらいの男子二人が加わっていた。「知り合い?」と聞くが、岬は首を振る。これも親になってはじめて知ったことだが、子供という生き物は、初対面だろうがすぐに打ち解けることができるのだ。余計なことを考えないその奔放さが、少しうらやましい。

新しく加わった二人の男子も恐竜好きらしく、子供同士、恐竜ごっこで遊んでいる。「トリケラトプスだぞー」と両手の人さし指を頭にあててノシノシ歩いている結衣と、「うわー、やられたー」と大げさに転ぶ陽翔くん。残りの二人も思い思いに恐竜の真似をしている。お兄ちゃんやお姉ちゃんのダイナミックな動きに付いていけなくて拗《す》ねたのか、気がつけば進次郎は一人で総介の元へとトテトテ走っていた。平和な光景に思わず笑みがこぼれる。

もっとも、明るい気分でいられたのはここまでだった。

「そういえば結衣ちゃんは塾とか通うの？　東京は中学受験ブームがすごくて、小学校低学年のうちから塾の席取り合戦が始まってるって聞いたけど」

岬が興味津々といった感じで質問をぶつけてくる。その話は茜も耳にしたことがある。中学受験熱が過熱する中、東京のトップ層の子供が集まるブリックスという塾では、校舎によっては低学年どころか入塾説明会の時点で既に競争が始まっているという。しかし、塾の席取り合戦なんていう、極めて局地的な特殊事例が東京から百キロメートル以上離れた群馬まで届いていることに驚いた。

「どうだろ、まだ先の話だから」

とっさに誤魔化す。まさか塾どころか、既に小学校受験のために幼児教室に通っているだなんて、とても言えない。

「そりゃそうか、まだ保育園だもんね。実はね、最近、群馬でも公立の中高一貫校が増えてさ。中央中等なんて、共学なのに高女より進学実績いいんだよ。ありえなくない？」

群馬では歴史的に男女別学の名門校が進学実績上位を牛耳っており、茜や岬が通っていた高女のライバルといえば、隣の市の名門校である前橋女子くらいだった。人知れず、群馬の教育界でも地殻変動が起きているようだ。

とはいえ高校を卒業したのはもう二十年近く前のことだ。正直、よくわからないし今となっては興味もない。ぼんやりと相槌を打つ。

「でも可哀想《かわいそう》だよね、小学生の頃から勉強を詰め込まれて。うちらが小学校の頃なんて、勉強なんてせいぜい公文くらいだったじゃん。いま六年生の担任してるんだけど、受験用の塾に通わされてる子もいて、テストの点数がどうだ、順位がどうだって、大変そう」

気がつけば、岬はいつの間にか教師の顔になっていた。教育現場にいるからこそ見えるものもあるのだろうか。感心して頷いていると、岬が続ける。

「東京だと小学校受験なんていうのも流行《はや》ってるんでしょ？　異常だよね。まだ何も知らない子供を洗脳して競争させて。そうやって名門校に入れたって、親の自己満じゃん。自分の子供をロボットか何かと勘違いしてるんだろうね」

中庭で走り回る子供たちを見ながら、冷静に語る岬。心臓の鼓動が早まり、体温が下がる。


――え、いま、なんて？


「この仕事やってると思うんだけどさ、子供が子供らしくいられる時間って、すっごく短いんだよね。その貴重な時間にあれだこれだって親が指示して詰め込むのって、本当に近道なのかなって。回り道や無駄がないまま育つのって、実は大事なものを失ってるんじゃないかな」

淡々と言葉を紡ぐ岬。視線の先では名前も知らない子供たちと陽翔くんが芝生の上に転がっていて、結衣が大はしゃぎでピョンピョン小さく跳んでいた。

——何も知らないくせに。

自分でも驚くほど、反発の気持ちが湧き上がる。こちらの事情を知らない岬に他意がないことはわかる。学校教育の現場を預かる人間として、昨今の流れについて思うことがあるのだろう。それでも、東京の教育事情になじみのない岬に、群馬のことしか知らない人間に、一体何がわかるというのだろうか。岬が喋れば喋るほど、心が冷えていく。

洗脳。ロボット。岬が口にした言葉を頭の中で繰り返す。博物館で恐竜の化石を前に全身で情報を吸収していた結衣のどこに、そんなおぞましい要素があったというのだろうか。季節の行事を大切にして、親が子供の興味や関心に寄り添い、家族一丸で取り組むことの何が悪いというのだろうか。自分の選択が、これまでの生き方が否定され、踏みにじられているような気分になっていた。

回り道だの無駄だの大事なものだの、昔から変わらぬカビの生えた綺麗事を錦《にしき》の御旗《みはた》のように掲げ、マスコミが作り出したであろう断片的なイメージだけで小学校受験そのものを断罪するという行為に対する嫌悪感が、足元から背中のほうを伝《は》ってゾワゾワと這っていく。

高校を卒業してからもうすぐ二十年。何も持たずに東京に出てきて、必死でもがいてきた。それでも手が届かなかった世界が、もし自分が東京に生まれていれば見えたかもしれない景色があった。地元に残った岬はこの二十年、何を見てきたんだろうか。高校一年生の昼休み、お弁当の具材を交換していた岬がどこか遠い所に行ってしまったように思える。いや、勝手に離れてしまったのは私のほうか。

「ママー、おなかすいたー」

遊び疲れたのか、結衣が駆け寄ってくる。さすがに小学生男子は体力が違うのか、陽翔くんを含む三人はまだ芝生の上を転げ回っていた。

「そっか、じゃあお昼ごはん、食べに行こうか。ここの近くに、ママが好きな釜飯《かまめし》屋さんがあるんだよ」

すっくと立ち上がる。

「あれ、企画展は見ていかないの？」

岬はまだ話し足りなそうな顔をしていたが、一刻も早く、この場から離れたかった。これ以上、かつての友人に失望したくなかった。それが自分の価値観に基づく、独りよがりな感情だとはわかっていても。

「ごめんね、午後に予定があって。前半で盛り上がりすぎちゃったね。またいつか、お弁当食べてたメンバーで一回集まりたいね」

自分で口にしながら、多分、その機会が訪れることはないだろうなと思った。岬と陽翔くんに、じゃあねと手を振り博物館から出る。偶然の再会がもたらす喜びも、芝生で遊ぶ子供たちを見て温まった気持ちも、どこか遠くへ行ってしまった。風が少し肌寒い。

駐車場で車に向かって歩きながら、「今度は私が運転するよ」と総介から車のキーを受け取る。「どうしたの、珍しいじゃん」と話しかける総介に、「広い道だし、久しぶりに運転してみたくなって」と顔も見ずに返す。今の表情はあまり見られたくない。

後部座席に乗り込み、「かまめし、かまめし」と喜ぶ結衣。訳もわからないまま同調する進次郎。この子たちに選択肢を与えてあげられるのは世界で一人、私だけだ。他の誰に何と言われようと、揺らいでいる暇はない。ハンドルを握る前にスマホの音楽アプリを立ち上げ、「受験」というプレイリストを開く。インプレッサが山道を軽快に駆って進む中、スピーカーからは、大道寺先生の教室の先週の課題曲だった、「ちいさい秋みつけた」が流れていた。

＊

「来年から私が研修で抜けることも多くなるだろうし、化粧水のリニューアルイベント、荻原さんが仕切ってみよっか」

商品企画部から届いた新製品のサンプルを机の上に並べながら、広報部の先輩である潮崎さんが軽い口調で話す。少し唐突だったし、雑談の流れで提案する類いの話ではない気がする。この人はいつもそうだ。

「まだ私、一人でイベントを仕切ったことないんですけど……」

「私もサポートするし、荻原さんなら大丈夫だよ。会場を押さえたり司会を決めたり、ロジの手配は全部代理店がやってくれるし。そうだ、午後の打ち合わせで引き継ぎしちゃおっか」

鼻歌を歌いながら、サンプルを次々と並べる潮崎さん。同じ時期に広報部に異動した潮崎さんは独身ということもあり、育休と産休を繰り返しているこちらと違って実働期間は圧倒的に長い。入社年次は私と二年しか違わないのに、まるで若手社員のような扱いでモヤッとする。

「よし、じゃあ次は資料だね」

サンプルを並び終え、周囲を見回す潮崎さん。そこにはさっきまでサンプルが入っていた、空《から》の段ボール箱が置いてあるだけだ。

「いっけない、持ってくるの忘れてた。取ってくるからちょっと待ってて！」

両手を顔の前で合わせ、慌ただしく会議室から去っていく。ついさっきまで、複合機の前で「あ、間違ってカラーで印刷しちゃった」と大騒ぎして、無駄遣いだと怒られたくないからとわざわざ白黒で印刷し直していたじゃないか。挙げ句の果てに忘れるとは、一体何をやっているんだ。思わず呆《あき》れる。

よくよく見ると、潮崎さんが机の上に置いたサンプルは表と裏が逆になっていたり、斜めになっていたりと、仕事が雑だ。役員が参加する会議だというのに、何を考えているんだろう。腹立たしい気分を紛らわせるように、一つずつ丁寧に並べ直す。主任から課長補佐に昇格している潮崎さんと、主任のままの自分。仕事の実力以外の部分がこの差を生んでいると思うと、釈然としない。

結局、女性管理職候補の研修には私ではなく、広報部の先輩である潮崎さんが参加することになった。辞退を申し出たとき、部長は少し残念がっていたが、理由は聞かないでくれた。その気遣いがありがたく、ちょっと寂しかった。

仕事は好きだ。若い頃に思い描いていたような順調なキャリアパスではないかもしれないけれど、会社の顔である広報部の一員としての業務は刺激的だし、自分の手掛けた案件がメディアに大きく取り上げられることにやりがいも感じる。オウンドメディアの実現という、かつての目標に向かって走る生き方も魅力的で、つい夢を見てしまった。

でも、会社員である前に、私は二児の母親だ。仕事と育児の両立に追われる中、新たな荷物を背負う心構えはできていない。

ここで私が自分の研修を優先し、受験で望むような結果が出なかったとしたら。毎日、ドリルや家事のお手伝いを頑張っている結衣に、どう向き合えるというのだろうか。今後も胸を張って、仕事に取り組めるだろうか。

私にだってやりたいことはある。でも、それは今ではない。じっくり考えたとき、家族に犠牲を強いかねない研修に参加するという選択肢も、管理職になるという覚悟もなかった。

「ごめーん、おまたせ」

資料の入った紙袋を手に、潮崎さんが戻ってきた。もう会議の開始時刻まであまり余裕はない。手分けして資料を机の上に並べる。

「そういえば、私が参加する研修って海外合宿とかあるらしいよ。来年はバリ島だって。会社もお金かけてるよねー。二、三日休みとって延泊して、ダイビングとかしちゃおうかな。荻原さんも次に機会あったら、手挙げてみたら？」

資料を並べながら、上機嫌な潮崎さん。能天気な上から目線とさっきからの雑な仕事ぶりが重なって、少しカチンときた。この人は、自分が優秀だから選抜されたとでも思っているんだろうか。私が辞退したことで繰り上がっただけなのに。決して口に出せない、陰湿な本音がむくりと顔を出す。

独身ということで出産や育児でキャリアに穴を開けることもなく、男性に引け目を感じずに残業も出張も飲み会も自由にできて、さぞかし仕事も楽しいことだろう。子供が風邪を引くたび、体調を心配するより先に保育園に預けられるかどうかを気にして罪悪感を覚えたこともないくせに。あなたたちがのんびりランチを食べている間、こっちは定時で仕事を片付けるためにコンビニのサンドイッチで昼食を済ませて必死でキーボードを打っていることを知っているんだろうか。

「潮崎さんは管理職になって、何かやりたいことあるんですか？」

ささやかな悪意を質問で包み、それとなくぶつけてみる。あくまで自然に、さりげなく。

「うーん、私、出世とか興味ないしなー」

資料を並べながら、想像していた通りの答えが返ってきて内心ほくそ笑む。特に仕事でやりたいことがあるわけでもなく、それでいて家庭を築くでもなく、この人はきっと、ずっとこのままなんだろう。お気に入りの韓流《はんりゅう》スターの写真をデスクに並べ、長期休暇のたびにモルディブだカンクンだと気ままに世界を飛び回る四十歳独身女性。性別を理由に周囲から甘やかされ、下駄《げた》を履かされていることにも気づかないまま、ダラダラ年齢だけ重ねていく人生。自分がこうじゃなくて良かった。今まで胸の奥底に密かに溜め込んでいた、ドス黒い感情に身を委ねる。

「でも実際どうなんだろう、女だから管理職に上げるって言われても、なんか違う気しない？」

資料を配り終えたタイミングで、急に質問を振られて思わずビクッとする。

「どうなんですかね、会社としてもダイバーシティ的な意味で女性管理職を増やしたいみたいですけど……」

我ながら、部長の受け売りでしかない。私だって、研修の存在を知るまで、管理職になりたいと思ったことなんて一度もなかった。部長になったところで給料が大して増えるわけでもないのに責任だけ重くなるなんて、まっぴらごめんだ。正直、潮崎さんみたいな人に下駄を履かせて無理に管理職に引き上げるくらいだったら、今まで通りで良いとすら思っている。

「時代の流れかねー。まあ、他社の人との交流もあるみたいだし、色々聞いてくるよ。広報部もこれから荻原さんみたいなママ社員も増えるだろうし、やっぱ女が上に立ったほうがいいこともあるよね。って私は子供いないんだけどさ」

自虐気味に、冗談めかして笑う潮崎さん。その目は笑っているようで、真剣だった。急に、やましい気持ちになる。さっきまで、明確に潮崎さんのことを見下していた。それも、仕事とは関係ない部分で。私はいつから、結婚や子供の有無でマウンティングをとり、勝ち誇るようなさもしい人間になってしまったんだろうか。

「お疲れさまー、準備できてる？」

会議室のドアを開け、課長が顔を覗かせる。後ろからゾロゾロと、スーツ姿の男性たちが部屋に入ってきた。

「バッチリです！　ね、荻原さん」

元気よく応対する潮崎さんに、気後れしながら頷く。

「じゃあ始めちゃおうか、潮崎さん、荻原さん、よろしく」

役員をはじめ偉い人たちがズラリと居並ぶ中、部長の合図で慌ててパソコンを立ち上げるが、肝心のスクリーンをセッティングするのを忘れていた。血の気が引く。申し訳ございません、と恐縮しながら、ウィーンという音とともにロールスクリーンが降りるのを待つ。役員がイライラしながら腕時計を見ている。実際の十倍の体感時間でスクリーンがようやく降り、プレゼン資料が投影されるが、今度は部屋の照明がつけっぱなしなので、ぼんやりとしか映っていない。冷や汗をかきながら部屋の入り口まで走って電気のスイッチを消す。私は一体、何をやっているんだろう。新入社員でもしないようなミスをしながら、他人の仕事ぶりを内心で評価して、何さまのつもりだ。

「それでは、来年一月に予定されている、化粧水のブランドリニューアルの広報戦略について説明いたします。イベントにはテレビや雑誌など従来型のプレスだけでなく、Z世代への訴求のため、インスタグラムやＴｉｋＴｏｋでフォロワーを抱えるインフルエンサーも招待することで……」

私のミスなどなかったかのように、堂々とプレゼンする潮崎さん。冗談も挟み込みながら、巧みな弁舌で聴衆をひきつけている。自己嫌悪に陥りながら、潮崎さんの発言のタイミングに遅れないようにパソコンを操作する。パチ……パチ……エンターキーを叩くたび、ただ惨めな気持ちだけが募っていった。

第3章

高揚

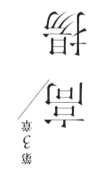

「キツネさんとタヌキさんとウサギさんとゾウさんがおはじきで遊んでいました。ウサギさんは『私は目の色と同じ、赤いおはじきを二個選ぶわ』と言いました。キツネさんは『僕は毛皮と同じ黄色にするよ』と、黄色いおはじきを三つ取って、尻尾をパタパタさせました。タヌキさんは『僕は残った緑のおはじきにするよ』と、緑のおはじきを一つ手に取り、葉っぱの代わりに頭に載せました。すると、ゾウさんが泣き始めました。おはじきが残っていなかったからです。ウサギさんとキツネさんは、『それなら私たちのおはじきを分けてあげる』と、おはじきを一つずつ分けてあげました。ゾウさんはおはじきを二つ持って、照れくさそうに笑いました。みんな、嬉しそうです」

文章を読み上げる。できるだけ、ゆっくりと。午前六時半。まだ外は薄暗く、街も目覚めきっていない。静かな空気の中、壁掛け時計の秒針がコチコチと鳴っている。ダイニングテーブルに座った結衣は、両手の指を折って一生懸命何かを数えていた。

「最初の問題です。いまのお話に出てきた生き物はどれかな？」

鉛筆を握りしめ、目の前に置かれたプリントに向き合う結衣。よどみなく鉛筆が動き、数ある動物の絵からキツネとタヌキとウサギとゾウを選んで丸をつける。そう、その調子。

「じゃあ、次の問題。みんなのおはじきを合わせると何個かな？　丸を書いてみようか」

一つ、二つ、三つ…見ているこっちのほうが緊張する。六個目の丸を書いて、鉛筆が次へと向かう。違う、ゾウさんのおはじきは分けてもらった分だから、足したら駄目！　喉まで出かかった声を呑み込み、拳を握る。おそるおそる、七個目の丸を書く結衣。やっぱりまだ

早かったか……と落胆しかけるが、

「あ、ちがう」

と小さな声とともに鉛筆を消しゴムに持ち替え、ゴシゴシと消す。目の前には、六個の丸が並んでいた。ひっかけ問題に騙《だま》されることなく正解を選んだ我が子を抱きしめてあげたい気持ちを抑え、次の問題に移る。

「じゃあ、これで最後の問題。タヌキさんは何を頭に載せたのかな？」

葉っぱの絵に鉛筆が向かうが、ハッとした表情とともに、隣のおはじきの絵に丸をつける結衣。その力強い筆跡に、自信のほどが窺《うかが》える。

「すごい、全問正解！」

赤ペンを滑らせ、丸を三つ。おまけに花丸も。さっき我慢した分、ぎゅっと抱きしめる。

「おはじきのかず、とちゅうでわかんなくなったから、かぞえなおしたんだよ」

誇らしげに、ニコニコと笑う結衣。つられてこっちまで嬉しくなる。正解したことはもちろん、途中で諦めたり投げ出したりせずに解答にたどり着いた、そのことが嬉しく、誇らしい。

窓ガラスから見える、葉の落ちた木が寒々とした空気感を伝える。もう十二月。大道寺先生の教室に通い始めて三カ月が経った。十一月から新年長クラスとなり、ペーパー問題もだんだん難しくなってきた。さっきまで取り組んでいた「お話の記憶」の場合、問題文を集中して聞く能力と、頭の中でイメージする力、そして語彙《ごい》力などが問われる。ひっかけ問題もあり、油断していると大人でも混乱するような難易度だ。しかし受験本番では、今やっている練習問題よりも三倍ほど長く、さらに複雑な内容になるという。

「お話の記憶は、付け焼き刃で問題を繰り返しても駄目です。問われているのは子供の能力ではありません。普段からどれだけ本を読み聞かせできているか、そしてちゃんとコミュニケーションを取れているかです」

大道寺先生の言葉を思い出すたび、心が軽く浮き上がる。小学校受験という沼にのめり込めばのめり込むほど実感するのが、結衣の出来の良さだ。それはすなわち、これまでの子育てが「正解」だったと認められていることに他ならない。幼児教室で結衣と他の子を比べるたび、大道寺先生に褒められるたび、ふつふつと湧いてくる何か。それは大学に入るために上京して、そして社会人になって組織の歯車として過ごす中で失われていった感覚だ。娘への愛情と自己肯定感が重なり合い、溶けていく瞬間。早起きして勉強に付き合う苦労も、決して安くはない月々の月謝も、プリントに花丸を描くたびに報われた気分になる。

「おはなしがおわったから、つぎは、これ！」

結衣の手元には、図形が書かれたプリントがある。

「みぎから4この□に○をかきましょう」

「ひだりから3こめと5こめの□に○をかきましょう」

声に出しながら、次々と問題に取り組んでいく結衣。こちらはお話の記憶と違って一枚一枚の負担はそれほどでもなく、机の上には次々と紙が積み重なっていく。

「有名校を目指すなら、子供の身長と同じくらいのプリントを解く必要があるらしいですよ」

以前、麗佳から聞いた話を思い出す。リビングの隅に目を向けると、テレビボードの横に、大道寺先生の教室に通うようになってからこれまでに解いたプリントが積み重ねてある。三カ月間、毎週宿題をこなしているにもかかわらず、まだくるぶしを少し超えたくらいだ。

受験本番までの間、このプリントが一メートル十センチに達するまでに、一体、どんな生活が待っているというのだろうか。未知の領域に足を踏み入れることにたじろぎそうになるが、その一方でワクワクする気持ちもある。乾いたスポンジのように新たな知識を身に付け、成長していく娘の姿を一番近くの特等席で見ることができるという喜び。それは他の何にも代えがたく、仕事や日々の営みでは決して満たされないものだ。

結衣の学習意欲を見るたび、自分の高校受験や大学受験を思い出す。やればやるほど成果が出て、その好循環が体を机に向かわせた。五歳にして結衣がその感覚を摑んでいることが嬉しく、少しうらやましい。身長の高さまで積まれたプリントを踏み台に、自分が見ることができなかった景色を覗く結衣。その光景を実現するためなら、どんな犠牲も厭《いと》わない。


「ママー！　マッマー!!」

プリントの丸付けをしていると、悲鳴のような泣き声が耳に飛び込んできた。進次郎だ。

「ごめんね、ちょっと待っててね」と結衣に言い残し、階段を駆け上る。

「ウェエエーン、マッマー！」

寝室のドアを開けると、暗い中、ベッドの上で進次郎が号泣していた。部屋の空気が震えている。

「ママだよー、ごめんねー」

優しく声をかけながら抱き上げるが、進次郎は訳もわからず、興奮状態で叫び続けている。目覚めて隣に茜がいないことに気づき、パニック状態になったのだろう。慌てて電気をつけ、抱っこしたまま背中をトントンと叩くこと数分間。ようやく落ち着いたのか、泣き声がゼエゼエという声に変わってきた。

第一子で常に親の目が届く所にいた結衣と違って、二人目の進次郎の世話は後回しになりがちだ。特に結衣が受験勉強を始めてからは、その傾向が強い。首元にギュッとしがみつく進次郎。罪悪感が湧き上がる。

「ごめんね、びっくりしたよね。下に行って、朝ごはん食べよっか」

進次郎がコクリと頷く様子が肩越しに伝わる。安堵感《あんどかん》が広がり、後ろめたさが薄まる。結衣も進次郎もどっちも同じくらい大切な存在だ。優先順位なんてない。結衣の受験が終われば、きっとまた落ちついた生活に戻れるはず。あっという間だ。

ドアに向かおうと体を反転させると、クイーンベッドの端のほうで横たわる総介が口を開く。

「助かる、うるさくて寝られなくてさ」

気だるそうに寝返りを打ち、また目を瞑《つむ》る総介。進次郎に気取られぬよう、軽くため息ををつく。

昨夜、総介がタクシーで帰宅したのは深夜だった。政治部の記者にとって、取材先との会食も仕事の一部だということは理解している。それでも、耳元で子供が泣き叫んでいるのならば、起きてあやしてほしい。父親なんだから。

「眠いのはわかるけど、抱っこぐらいしてよ」

進次郎を抱いているので抑えたつもりだが、つい、口調が攻撃的になってしまう。

「だって俺がやっても泣き止まないじゃん」

茜に背を向けたまま返ってくる、投げやりな返事。またこれだ。子供の機嫌が良いときだけ遊び相手になって、それで子育てしているつもりになっている。甘えがあるから、こうして他人事のような態度で堂々と眠れるんだろう。

とはいえ、ここで言い争っても何も得るものはない。私たちがこうしている間にも、結衣はプリントと向き合っているのだ。総介を相手にするだけ、カロリーと時間の無駄だ。とはいえ少し腹が立ったので、寝室の電気をつけっぱなしのままリビングに戻る。

進次郎のオムツを替え終わってリビングに戻ると、もう七時半だ。もうそろそろ朝の支度をしないと保育園に間に合わない。

「プリントはここまでにして、体操しよっか」

テレビの電源をつけると、結衣は大喜びだ。

「やったー！　たいそう、たいそう！」

机の上のプリントを片付けてテレビのリモコンを操作し、動画を再生する。

「今日はお兄さんと一緒に、足でグーチョキパーをつくろう！」

テレビ画面の中では、爽やかな風貌の若い青年が体操用のマットの上に立っていた。青年がジャンプしながら足の形を変えるたび、画面の前の結衣もピョンピョン飛び跳ねている。それを見た進次郎も、訳もわからないままドシドシ動く。模倣体操と呼ばれる、先生の動きをコピーするものだ。

小学校受験では、ペーパーテストと並んで運動テストも重視される。ただ単に動ければ良いというわけではなく、先生の指示通りに動けるか、どのような姿勢で取り組むか、待ち時間に静かに待てるか、など評価項目は多岐にわたる。

大道寺先生いわく、これも毎日の積み重ねだという。

「漫然と日々を過ごしているか、目標に向かって親子で取り組んでいるか、子供の動きを見れば一発でわかります」

最初は半信半疑だったが、実際に受験を意識した生活を送るようになり、大道寺先生の言葉が正しかったと実感する。

日々の積み重ねが子供を形作るという言葉は、毎日の生活習慣を、そして家の中の雰囲気を変えた。例えば、リビング。以前はおもちゃや絵本が散らばっていても忙しさを理由に見て見ぬふりをしていたが、体操を毎朝のルーティーンとして組み入れて以来、床に物を置かないようになった。親の背中を見ているのか、結衣も読み終えた本を本棚にしまい、脱いだ服を洗濯機まで運ぶ習慣が身に付きつつある。

パンをトースターにセットし、フライパンで目玉焼きとソーセージを焼く。鉄のフライパンの上で何かが爆ぜる音と一緒に、焼けた脂の香ばしい匂いが部屋中に漂う。

早寝早起きで生活リズムを整え、部屋を常に綺麗に保ち、バランスの取れた食事を用意する――。気がつけば、妊娠中に読んでいた雑誌の中でしか存在しない「正しい」母親像を追求する毎日を過ごしている。つい数カ月前まで、時間がないときは菓子パンやフルグラを朝ごはんに与えていたことを考えると、自分でも驚くほどの変貌ぶりだ。それでも、忙しい忙しいと言いながらも毎晩ネットフリックスのドラマを見ながらダラダラ夜更かしをしていた頃よりもずっと充実している。

朝ごはんを食べ終えるや否や、食器を載せた皿とコップをキッチンまで運ぶ結衣。茜が進次郎にちぎったパンを与えている間に、「はみがき、してくる」と、下の階へとペタペタ下りていく。この後ろ姿を見ることができるだけでも、受験に取り組んで良かったと心底思う。小学校受験を通じ、様々なものが変わっている。きっと、良い方向に向かって。

冬の送迎は億劫《おっくう》だ。電動自転車はペダルを軽くしてくれるが、寒さまでは解決してくれない。顔が冷たくなった中、自転車を保育園の駐輪スペースに止め、進次郎を前のチャイルドシートから降ろす。結衣は器用に後部シートから一人で降りて、「ボタン、おしてくる!」

とエレベーターのほうへと駆けだしていった。

　駅前の雑居ビルの中に入っているこの保育園に結衣を預けるようになって、もうすぐ五年になる。園に到着するたびに不安そうに泣いていた頃を思えば、随分と成長した。自分のロッカーにリュックを入れるなり、こちらを振り返ることもなく、友達のところへ走っていく結衣。背中でポニーテールが揺れている。

「おはようございまーす。じゃあ結衣ちゃん預かりますねー」

　担任の若い保育士さんは連絡帳を受け取ると、慌ただしく子供たちの群れへと戻っていった。

「進次郎くんはこっちだよー」

　足元にひっついていた進次郎は、廊下を通りがかった一歳児クラスの保育士さんにリュックごと抱きかかえられて連れて行かれる。ギリギリの人数で回しているのだろう、毎朝、戦場のようだ。

　子供を預ける時間を記録するタイムカードには、八時十分と表示してある。今日は駅まで走らなくても余裕で間に合いそうだ。タイムカードを押していると、受付で事務作業をしていた園長先生が話しかけてきた。

「結衣ちゃん、すごいのよ。昨日も、周りの子たちに本を読んであげてて」

　園長先生はいかにも話し好きのオバちゃんといった感じで、こうして隙を見つけては子供たちの様子を教えてくれる。あまり時間があるわけでもないが、結衣が平日の日中をどんな風に過ごしているのかを知るまたとない機会だ。

「進次郎が成長してきたので、お姉ちゃんとして自覚が芽生えてきたのかもしれないです」

「そうそう、クラスでも姉御肌で、気の弱い子を引っ張ってあげて。しっかりしてるわよね」

保育園でもお姉ちゃんポジションをしっかりと確保している結衣の様子を思い浮かべて、心が浮き立つ。リーダーシップは小学校受験で重視される項目の一つだ。

「最近は私たちのお手伝いしてくれることもあって、もう大助かりで。お教室に通ってるって結衣ちゃんは教えてくれたんだけど、何か習い事でも始めたの？」

結衣の様子を聞いたつもりが、気がつけばこちらが質問を受ける立場になっている。園長先生の瞳に宿る、好奇心の光。小学校受験のことはあまり外では話していなかったが、子供の口を通じて家庭内の情報が筒抜けになるというのはよくあることだ。観念し、口を開く。

「実は、友人に勧められて小学校受験用の幼児教室に通ってるんですよ。あ、別にまだ受験するって決めたわけじゃないんですけどね」

何のための言い訳か自分でもわからないが、別に自分がそこまでのめり込んでいないという謎のアピールも交えつつ、事情を説明する。

園長先生は驚いたのか、目を見開いている。

「へえ、小学校受験。そういえばこの辺、国立小学校多いものね。そういうのは幼稚園に通う子ばかりだと思ってたけど」

日本の幼児教育は保育園と幼稚園の二つに分けることができる。共働き世帯向けの保育園と、主に専業主婦が利用する幼稚園。似て非なるもので、管轄する省庁も違えば、運営目的も異なる。

茜を含め、働く母親にとって真っ先に選択肢に挙がるのが保育園だ。朝から夕方まで預かってもらえる上、毎日の給食もあり、夕方以降の延長保育にも対応している。現代日本において、フルタイムで働く共働き家庭にとって保育園は必須のインフラとなっている。結衣や進次郎が通うような屋外に園庭を持たないビル型の保育園も、共働きが前提となりつつある現代の東京では珍しくない。

一方、小学校受験の世界では多数派を占めるのが幼稚園だ。基本的に午後二時までしか預かってくれない上、園によっては毎朝弁当を作る必要がある。専業主婦を前提とした仕組みで、時代錯誤感すらある。一方、教育施設である幼稚園は保育園に比べ、受験に適しているとも聞く。実際、大道寺先生の教室に一緒に通うママ友である麗佳や寛子は子供を幼稚園に通わせている。広々とした園庭や充実したカリキュラムはもちろん、しつけも行き届いており、放課後の時間を体操や絵画などの受験向けの習い事に充てることも可能だという。

つい数年前まで保育園に入れなかったために会社をやめざるを得ない母親も多かったことを考えると、姉弟そろって同じ保育園に入れるだけでも恵まれているとは思う。でも、受験を本格的に考えるようになった今、園長先生の反応で少し不安になる。共働きでも小学校受験をする人は増えていると聞くが、何も知らないんだろう。こんなにのんびりした環境で大丈夫なんだろうか。ライバルたちは、こうやって呑気《のんき》に遊んでいる間にも受験に向けたトレーニングを積んでいるというのに。

先日、プール帰りに麗佳や寛子と一緒に定食屋でランチした際、麗佳の娘の穂乃果ちゃんは勿論のこと、寛子の子供の大夜くんと瑠美偉ちゃんも実に綺麗な箸さばきで焼き魚から骨を外していた。みんな、幼稚園で習ったものだという。一方、結衣はといえば、親指の使い方が少し変で、食べ終わる頃には魚は無残な姿になっていた。前から少し箸の持ち方が気になってはいたが、食事のときは進次郎に手がかかることもあり、ちゃんと矯正できていなかった。

箸の持ち方も、幼稚園であればきちんと教えてもらえていたのだろうか。小学校受験はテストの点数だけで決まるものではなく、細かな所作も採点対象だと聞く。もしかしたら私が気づいていないだけで、まだ身に付けるべきことを見落としているのではないか——。

「まあ結衣ちゃんは優秀だから、そんな思い詰めた表情しなくても大丈夫よ。ほら、もう仕事でしょ。行ってらっしゃい」

不穏な考えがグルグルと渦巻く中、園長先生がポンと手を叩き、ふと我に返る。面倒を見てもらっているだけで十分にありがたいはずなのに、気がつけば多くを求めるようになっている。受験がすべてではないと自分でもわかっていたつもりなのに、気を抜くと呑まれそうになる。

「ありがとうございます、では今日もよろしくお願いします」

そそくさと背を向け、扉に手をかけた瞬間、園長先生がポツリと呟く。

「子供は小学校に入るまでに一生分の親孝行をしてくれるのよ。せっかくなんだから、楽しまないと」

今の言葉は私に向けたものなのだろうか。どんな意図なんだろうか。聞こえなかったふりをして、エレベーターに乗り込む。腕時計の針は八時十五分を指している。駅まで早歩きで急がないと、会社に間に合わない。白いため息が、冬の空気の中に溶けていった。

*

「あら、結衣ちゃんはもうそんなに上手に絵も描けるの。凄いわねえ」

義母の新田千鶴が、結衣の描いた恐竜の絵を前に顔をほころばせている。夫の実家で過ごす大晦日《おおみそか》。進次郎はいつもと違う環境で興奮しすぎたのか、昼寝もせずに晩御飯の途中で力尽きて寝てしまった。夫の総介と義父の新田哲也はグラスを片手に、テレビから流れる紅白歌合戦をぼんやりと眺めている。

山盛りの蟹の殻の隣にある空っぽの鍋から湯気がゆらゆらと立ち上り、部屋の湿度を上げる。年末特有の緩みきった空気。「息子の嫁」という、家族でも客でもない中途半端な立ち位置の私だけが、自分の居場所を見つけられていない。

振り返ってみれば、大晦日とは休む日ではなく、一年で一番忙しい日だった。群馬の実家は家業として蕎麦屋を営んでおり、年末は最大の稼ぎ時だ。お父さんとお祖父ちゃんは朝からフル稼働で蕎麦を打ち続け、お母さんとお祖母ちゃんは一日中店頭に立って持ち帰り用の年越しそばを売っていた。夜には初詣に向かう人たちに温かい一杯を用意しなければならず、深夜まで煌々と光る店は地元の年末を彩る風景の一つになっていた。茜自身、中学生になってからは自然と店の手伝いをするようになっており、紅白は店のテレビで見るものだった。

「茜さんのところのご両親は元気かい？　蕎麦屋だと、今日は忙しいんじゃないの？」

昔を思い出して感傷に浸っていると、哲也がビール瓶をこちらに向けて傾けてきた。結構飲んでいるのか、もう顔は真っ赤だ。

「父も母も体力的にキツくなって、最近は大晦日は店は開けてないんですよ。持ち帰り用の蕎麦を売っているだけだから、忙しいのは夕方までですね」

愛想笑いでビール瓶に気づかないふりをするが、この年代の男性の多くがそうであるように、哲也はこちらの意向に構うことなく、テーブルに置かれたグラスに一方的にビールを注いでくる。形だけの礼を言い、泡だらけのグラスに口をつける。少しぬるくなっており、全然美味《おい》しくない。お酒ぐらい自分のペースで飲ませてほしい、なんて本音を言えるはずもなく、そっとグラスを机に置く。

「しかし茜さんも大したもんだな、働きながら子育てもして。俺が現場にいた頃は、働く女なんてどいつもこいつも結婚も子供も諦めたような、女を捨てたやつばっかりだったからな」

会社で口にすれば一発でハラスメント認定されそうな発言だが、赤ら顔の哲也はこちらの反応を気にすることもなく、嬉しそうに手酌で自分のグラスにビールを注いでいる。

専業主婦と子供を抱えて成城学園前に自宅を構え、大企業の役員まで上り詰めるという、昭和から平成という時代のすごろくで上がった人間の考え方を今更変えることは不可能だろう。曖昧に笑って受け流す。

「そういえばお前はどうなんだ、仕事はちゃんとやってんのか」

満足したのか、今度は息子である総介に酌をする哲也。茜の隣に座る総介はグラスでビールを受けた後、待ってましたとばかりに口を開く。

「まあそれなりにやってるよ。秋の内閣改造だって、抜いたのはウチだからね」

グラスに注がれたビールをグイッと飲み干し、得意げな表情だ。もっとも、高くそそり立っていた鼻は、父からの一言でピシャリとへし折られる。

「閣僚人事なんて抜いたうちに入らんよ。お前はいつもそうだ。取材対象者に借りを作ってるだけじゃないか。ニュースっていうのは、協会賞取るような記事のことを言うんだよ。何秒早くテロップを入れたとか、せせこましいことばっかやってるからテレビは駄目なんだよ。お前のところの社長にもいつも言ってるんだけどな」

サラリーマンとして雲の上の存在である社長すら小僧扱いする父親を前に、何も言い返せず憮然《ぶぜん》とした表情の総介。豊洲テレビの政治部記者として普段は肩で風を切っているくせに、父親である哲也の前ではいつもこうだ。

それもそのはず、哲也は豊洲テレビの親会社である読日新聞でワシントン支局長や編集局長を歴任し、いまもなお副社長として権力を持つ業界の大物だ。部屋の壁には歴代総理大臣とのツーショット写真が飾ってあり、本棚には哲也の名を冠した日本政治に関する著書が数冊並んでいる。

「しかしお前、楫取はどうなんだ。あいつ、本気で首相やる気はあるのか？　首相が国定のままだと選挙は戦えんぞ。来年あたり、解散あるんじゃないのか」

「……楫取さんはやる気みたいだけど、官房長官が自分でやるとは言えないでしょ。国定さんが自分から辞任するって言い出すのを待ってるみたいだけど」

「そんな悠長なこと言ってたら権力は取れんぞ。勝負には流れっちゅーもんがあるからな。お前も今から備えておけよ」

政界にどっぷり浸かった人間同士のやりとりはとても親子の会話とは思えず、部下に対する上司のお説教のようだ。最初は面食らったが、この二人は酒が入るといつもこうだ。総介は今日も口を開くたびに鼻であしらわれ、可哀想なくらい意気消沈している。

学生時代から記者を目指していた総介だが、千倍を超える高倍率をくぐり抜けてキー局に入社できたのも、親会社の有力者であった哲也の影響力があったであろうことは想像に容易《たやす》い。偉大な父の背中を追って記者になったものの、いつまで経っても一人前として認められない息子。実の父親に対する屈折した思いは、傍から見てても一目瞭然だ。夫が抱えるコンプレックスの深さに触れる瞬間、妻としてどういう表情をしたら良いのかわからず、できることといえば見て見ぬふりをすることぐらいだ。

「あら結衣ちゃん、もうそんな難しい問題も解けるの。大したものね、本当に」

義父と夫のやり取りに気を取られている間、結衣は自分のリュックから大道寺先生の教室で貰ったプリントを取り出していた。家を出発する前、何やらゴソゴソやっていたが、まさか持参しているとは。さすがに大晦日とお正月くらいは休もうと思っていたのに、大人から褒められると知ってわざわざ持ってきたのだろう。鼻の穴を広げ、胸を張る結衣。

「展開図ねえ、懐かしいわねぇ」

結衣から受け取ったプリントの束をめくりながら、千鶴が呟く。

「総介はサイコロの展開図がなかなかできなくて、めざめ教室でよく泣いてたのよね」

突然、総介に話題が飛んでビクッとする。めざめ教室とは、チェーン展開をしている老舗の幼児教室の名前だ。おそるおそる隣を見ると、総介は苦虫を噛《か》みつぶしたような表情でスルメをかじっていた。

「そんな昔のこと覚えてねーよ」

三十七歳にもなって、親の前で虚勢を張ることほど虚しいことはない。愉快そうに笑う千鶴を前にバツが悪くなったのか、総介はボリボリと頭をかいてトイレへと立った。

「それで茜さん、結衣ちゃんはするの？　小学校受験」

総介が部屋からいなくなったことでこの話は終わりかと思っていたが、まだまだ続くらしい。結衣を膝に乗せ、興味津々に尋ねてくる千鶴。

「いまのところ、まだ受けさせるかどうかは決まってないんですけど、一応、私の友人の勧めでお教室には通わせてます。まあ公立小学校に通うとしても役には立つかなって」

我ながら苦しいな、と思いながら喋っていると、値踏みするようにこちらを見つめる千鶴の遠慮のない視線がぶつかる。目を逸らした先では、結衣が大きな口であくびをしていた。普段ならとっくに寝ている時間だ、まばたきがいつもの三倍のペースになっている。

「駄目よ、そういう言い方は」

千鶴がピシャリと言い放つ。

「子供にやらせるなら、親が本気にならないと。母親が恥ずかしがってるようじゃ話にならないわよ」

ぐうの音も出ない正論だ。返す言葉がない。

「結衣ちゃんはお教室楽しい？」

「おきょうしつ、たのしいよ！　せんせいはおこるとこわいけど、ほめてくれるし！」

眠気に抗いながら、祖母の質問に元気に答える結衣。千鶴はその様子を見ながら満足そうに頷く。

「いいわね、本人にやる気があるんじゃない。茜さんが腹をくくるなら、私も応援します。結衣ちゃん、今日からばぁばじゃなくて、お祖母ちゃんと呼びなさい」

「わかった！　おばあちゃん！　おばあちゃん！」

夜独特の変なテンションでやりとりをする祖母と孫。これはえらいことになった。

「結衣ちゃんの習い事のお迎えでも、進次郎くんの世話でも、何かあったら遠慮せず頼んでちょうだいね。茜さんもお仕事があって大変でしょう？」

こちらの戸惑いも意に介することなく、千鶴は一人で盛り上がっている。何かこの状況から救い出してくれるものはないかと周囲を見回すが、哲也は孫の教育に一切興味がないのか、ビールをチビチビ飲みながら紅白を眺めている。テレビの中では、老いたロック歌手が往年の名曲をしゃがれた声で歌っている。

その刹那、ガチャッという音とともにリビングの扉が開き、総介が姿を見せた。この話はもうおしまいにして寝よう、と腰を浮かせるが、そうは問屋がおろさない。

「あんた、ちゃんと結衣ちゃんの勉強見てあげてるの？」

今度は総介につっかかる千鶴。背筋に冷たいものが走る。まだ夫婦でもちゃんと話し合っていないというのに。

「なんだよ、またその話かよ。まだ何も決まってないっつーの」

総介は不機嫌そうに突き放すが、こういうときに強いのは母親のほうだと相場が決まっている。

「あんた、自分が小学校受験で落ちたからっていつまで拗《す》ねてるのよ。中学受験のときも勉強したくないってピーピー泣いてたじゃない。自分の娘に同じことやらせたいの？」

何も言い返せず、黙る総介。

「え、パパないてたの？」

「そうよー、あなたのパパは泣き虫でねえ。小学校に入るまで、一人で寝られなかったのよ」

「ほんと？　ゆい、ごさいなのにひとりでねられるよ！」

デリカシーを持ち合わせていない母親と、何も知らない無邪気な娘。総介が力なくため息をつく。完全に勝負あった。いや、勝負にすらなっていない。父親が仕事にかまけて家のことや子育てをすべて妻に任せ続けた結果、この家の権力は千鶴が完全に掌握している。

総介はすべてを諦めたような表情のまま椅子には座らず、壁際のガラスキャビネットまで歩く。そこには高そうな酒瓶やグラスが並んでいた。

「おお、飲むか。ちょうどこないだ山崎の十五年を取引先から貰ったんだよ」

哲也が嬉しそうに振り返る。初孫の話題にもほとんど関心を寄せることなく、自分のテリトリーである政治と仕事と酒だけに反応する父親。常に自分中心で、他人の気持ちを察することなくドンドン突き進んでいく母親。この家で、一人息子の総介がどのように育ったのか、なんとなく想像がつく。

キャビネットからバカラのグラスとウイスキーのボトルを取り出す総介に対し、哲也は、

「ちょっと待っててな、氷取ってくる」といそいそキッチンに向かう。

結衣が大きなあくびをした。

「もう結衣も眠そうなので、私たちはここで」

腰を浮かして、結衣を抱き上げる。黙って抱かれたところを見ると、さすがに限界のようだ。

「あらもうこんな時間。茜さん、お受験の話はまた改めて話しましょうね」

不穏なことを言う千鶴に礼を言ってリビングから出ようとすると、奥のほうで男たちの政治談義が始まった。これは長くなりそうだ。

「新田家の男は本当に駄目ね、政治か仕事の話しかできないんだから」

背中に届く千鶴の声を作り笑いでやりすごし、リビングのドアを閉める。廊下のひんやりした空気が心地よく、ようやく一息つけた。「せっかくの大晦日なんだし、友達みたいに紅白を見ながらのんびり過ごしたい」なんてことを考えていた中学生の頃の自分に伝えてあげたい。店で蕎麦を運んでいるほうが、よっぽど楽だった。

＊

「もう準備できてるから、いつでも大丈夫でーす！」

「承知しました。先ほど碓氷《うすい》軽井沢のインターチェンジで降りて、そちらに向かっています」

「オッケー！」

膝の上で振動するスマホの画面に、グループチャットのメッセージが次々と表示される。送り主は寛子と麗佳だ。新年が明け、大道寺先生の教室とプールで毎週末に顔を合わせるようになってから早くも四カ月近く経つ。毎日のようにメッセージをやり取りするようになり、すっかり打ち解けた。

「うちもさっき高速から降りたとこ！　何かコンビニで買っていくものとかある？」

メッセージを送信し、ため息をつく。インプレッサの助手席からは、雪化粧した山が一面に広がる。軽井沢にある友人の別荘にお呼ばれしたときに何を買っていくのが正解かなんて、今までの人生で一度も考えたことがなかった。一体、どうしてこうなってしまったんだろう。

「カルタや七草粥《がゆ》はともかく、凧《たこ》揚げとか羽根つきとか、場所なくない？　冬は雪遊びをしましょうって簡単に言うけど、そもそも東京、雪降らないじゃん」

自分が思っていたよりも、大きな声が出ていたらしい。プールの観覧席で自分の声が響いていることに気がついて、慌てて声のトーンを落とす。目の前の寛子は手を叩いて大爆笑し、麗佳はハンカチで口を押さえて笑うのをこらえている。

きっかけは、一日前の大道寺先生のレッスン後の「お説教」だった。

「いくらペーパーの成績が良くても、行動観察が得意でも、それだけで学校から選ばれるとは限りません。皆さん、季節の行事はちゃんと意識していますか？　おせち料理は一緒に作りましたか？　カルタや凧揚げ、羽根つきはしましたか？　今朝、食べた七草粥のそれぞれの草の名前と意味はちゃんと教えてあげましたか？　受験前の最後の冬ですが、ちゃんと雪遊びの予定は入れてますか？　なぜ日本に四季があり、その季節ごとの風習や文化があるのか、お子さんと一緒になって考えていますか？」

新年初回の授業で、正月気分の緩んだ空気を引き締める意図があったのだろう。受験の世界に慣れつつあった茜だったが、正面から頬をひっぱたかれた気分だった。

　正月休みは成城学園前と高崎の双方の実家を往来してバタバタしており、伝統的な正月遊びどころではなかった。七草粥も昨夜気づいて慌ててスーパーでセットを買って、「せり・なずな・ごぎょう・はこべら・ほとけのざ・すずな・すずしろ」と呪文のように唱えながら食べさせただけだ。目線を動かして他の母親の様子を窺うが、みな当たり前でしょう、といった顔をしており、ただ居心地が悪かった。


「確かにうちも凧揚げはしてなかったです。東京だと、なかなか広い土地もないですもんね」

　麗佳がおっとりとした口調で共感してくれて、いくらか救われた気分になる。

「先生、雪遊びって言ってましたよね。そうだ、うちで合宿しません？　旦那がこないだ別荘建てたんだけど、ぶっちゃけ持て余してまして」

　良いアイデアを思いついた、といった調子で寛子が口を開く。別荘という聞き慣れない単語を前に思考が止まるが、麗佳は近所のお洒落なカフェの話に誘われたかのように、自然に反応する。

「いいですね。寛子さんの別荘はどちらにあるんですか？　うちもお祖父ちゃまが那須に持ってたんですけど、相続のときに売っちゃって」

「軽井沢っす。なんか旦那の起業仲間の間で流行ってるらしくて。車で少し行けば広い公園とかあるし、冬の行事、まとめて体験しちゃいましょうよ！」

「えー、楽しみ。私も昔、軽井沢にあるお友達の家の別荘によく遊びに行ってました」

「無駄に部屋はあるから、三家族泊まっても問題ないし。日曜のプールはサボって、土曜の教室終わった後、そのまま軽井沢に行って一泊して日曜の夕方に帰りましょ」

別荘というものは、そんなに身近に存在するものなんだろうか。盛り上がる麗佳と寛子を前に、自分が足を踏み入れた世界が浮世離れしていることを改めて確認する。

お受験沼に足を踏み入れたばかりの茜にとって、界隈の先輩である二人の話を聞くだけでも参考になることは多い。この世界は狭く、そして深い。スマホで検索しても出てこない情報にこそ価値があり、そこに触れることができるのはごく限られた人間のみだ。港区の名門幼稚園に子供を通わせている寛子も、自身が学習院初等科出身の麗佳も、引き出しは圧倒的に多い。

いくら結衣が優秀だとはいえ、共働きのサラリーマン家庭で保育園に通っているという時点で不利だということは忘れてはいけない。その差を埋めるために動くのは、親である自分の務めだ。

「じゃあせっかくだし、うちも参加させてもらっていいかな？」

おそるおそる、話に乗っかる。

「もっちろん！　少し急だけど、来週とか空いてます？　そうだ、二人とも旦那連れて来て家族旅行にしましょうよ。超楽しそうじゃないすか？」

スマホで夫婦共用のカレンダーアプリを開く。来週末は総介も予定を入れていないので大丈夫そうだ。

「私は大丈夫です、うちは一人っ子だし、お泊まり会とかはじめてだから嬉しいです」

麗佳も喜んでいる。そう言われてみると少し楽しそうだ。家族ぐるみの付き合いなんて、これまでなかった。麗佳のような由緒正しい家ならともかく、寛子の別荘ならそこまで肩肘張らずに済みそうだ。


……なんてことを考えていたはずだが、浮ついた気分は指定された住所に向かう途中でだんだんと薄れていく。すれ違う車はアウディにベンツに、外車ばかり。道から見える瀟洒《しょうしゃ》な建物はどれも凝ったデザインで、高級感が漂っている。

「軽井沢の別荘とか、中学生の頃にサッカー部の友達んところに泊まって以来だわ。ほら、結婚式にも来てた福澤《ふくざわ》。あいつ、幼稚舎で親が醤油《しょうゆ》メーカーの社長だからさ」

ハンドルを握る総介も少し気圧《けお》されているのか、声がうわずっている。こっちだって結婚式で一度会ったきりの夫の友人なんて覚えているはずもない。そもそも軽井沢なんて、アウトレットの買い物でしか来たことがない。

場違いなパーティーに呼ばれてしまったような違和感は、寛子の別荘に到着した瞬間に確信に変わった。カーナビが「到着しました」と告げた先には小高い丘があり、正面部分が全面ガラス張りの、巨大な建物がそびえ立っていた。道中で目にしたどの別荘よりも立派で、想像していた三倍は大きかった。

本当にここで合っているのかとスマホと住所を見比べていると、自動車のフロントガラスに雪玉がぶつかる。

「しんにゅうしゃはっけん！　しんにゅうしゃはっけん！」

「きんきゅうじたい！　はいじょします！」

足元の雪をせっせと丸めては投げつけているのは、寛子の双子の子供である大夜くんと瑠美偉ちゃんだ。モンクレールの高そうなダウンジャケットを着ているものの、いつもと変わらぬヤンチャな様子にホッとする。

「あ、いいなー！　ゆいもやりたい！」

シートベルトを外し、臨戦態勢の結衣。チャイルドロックがかかっている後部座席のドアを開けてあげようと外に出ると、ＢＭＷの青いＳＵＶが音もなくインプレッサの後ろについた。助手席から麗佳が、後部座席から穂乃果ちゃんが降りてくる。

「寛子さんの別荘、すごいですねえ」

口ではそう言いながらも、麗佳は平然としている。やはり上流階級との付き合いに慣れているのだろうか。麗佳の夫だろうか、運転席に座る眼鏡をかけた男性がペコリと会釈をするので、慌てて返す。

「あー、二人とも一緒だったんだー。とりあえず車、こっち止めちゃってくださーい」

建物から寛子が顔を出す。たまたま一緒になったところ、と返しながら結衣と進次郎を庭に放って再び車に乗り込み、指定された駐車スペースに向かうと、巨大な真っ白な車が鎮座していた。普段寛子が運転しているカイエンとは違う車種で、エンブレムからかろうじてベンツだということだけはわかる。

「うお、マイバッハのＧＬＳじゃん！　あれ、三千万円とかするやつだぜ」

車好きの総介がなにやら興奮している。隣に駐車してみると、普段は我が家の駐車スペースで窮屈そうにしているインプレッサがちんまり感じる。

「寛子さん、今日はカイエンじゃないんですか？」

「いやいや、今日は旦那の車。こんなデカいの、私が運転したらぶつけちゃうし」

「じゃあカイエンは寛子さん用なんですね、すごーい」

寛子と麗佳が盛り上がる中、ただ呆然としていた。軽井沢に豪奢《ごうしゃ》な別荘を持ち、軽自動車感覚でカイエンを乗り回す妻。わかっていたことだが、あまりにも住んでいる世界が違う。

茜が圧倒されている間、子供たちは無邪気に雪合戦を始めていた。別荘や自動車なんて気にせず、雪まみれになって遊んでいる結衣や進次郎。そういえば私はいつから、雪で無邪気に喜ばなくなったんだろう。

「今日は遠路はるばるありがとうございます。こうやって妻や子供たちの友人が来てくれて、本当に嬉しいです。今日はここを自宅だと思ってリラックスしてください。それでは新たな出会いに、乾杯！」

無垢《むく》材の内装が間接照明に照らされたシックな空間で、ポニーテールに無精髭《ひげ》の男性がシャンパングラスを掲げる。窓際のクラシックな暖炉では炎がゆらゆらと舞い、部屋中を温《ぬく》もりで満たしている。吹き抜けの天井はどこまでも高く、壁に掛けられた鹿の首の剝製が存在感を主張する。ここを自宅だと思ってリラックスできる人間なんて、世の中にどれだけいるのだろうか。我が物顔で走り回っている結衣と進次郎が調度品を壊さないか、その場合弁償にいくらかかるのか、気が気ではない。

「社長仲間がみんな別荘持ってるから欲しい！　って建てたはいいけど、全然使えてなくて。本当に計画性ないの、あの人」

スモークサーモンを挟んだクラッカーをシャンパンで流し込みながら、寛子が肩をすくめる。視線の先では、少し白髪交じりのポニーテールが弾んでいた。

澤田栄一《えいいち》、四十八歳。山口県の高校を卒業後、単身上京し都内の美容専門学校に入学。原宿のヘアサロンで働き始め、その卓越したカット技術と時代を先取りしたスタイルで時代の寵児《ちょうじ》に。カリスマ美容師ブームを牽引する形で独立すると、経営する「リリオン」は予約が取れない超人気サロンとして人気を博し、多店舗展開にも成功。その剛腕は美容師業界にとどまらず、ネイルサロン「レオ」やカフェ「ラテ」、エステサロン「ミスト」など異業種でも次々と旋風を巻き起こす。年商数十億を超えても、その勢いはとどまることを知らない。実業界という戦場を自在に舞う、カリスマを超えたカリスマ。畏敬の念を込め、人々は彼をこう呼ぶ。「戦神」と――。

昨夜、ユーチューブを検索したら出てきた、寛子の夫、澤田栄一のことを紹介する動画の一コマだ。盛り上げ方に思わず笑ってしまったが、こうして貴族が乗るような外車や贅《ぜい》を尽くした別荘を目の当たりにすると、あながち誇大広告ではないのかもしれない。

日本を代表する大企業に勤め、仮に社長まで上り詰めたとしても、絶対にたどり着けない境地。学歴など何の役にも立たない世界でリスクを取って戦い、そして勝ち取ったのだ。ここまで次元が違うと、嫉妬の感情すら湧かない。

「澤田さんって、本当にテレビで見るまんまなんですね。私、実はミーハーだから嬉しくって。あとで一緒に写真撮ってもらわないと」

おっとりした口調の麗佳が会話に加わる。

「いっつもあんな感じっすよ、てかあんなオジサンとツーショ撮っても自慢にならないって」

そうは言いながら、寛子は少し嬉しそうだ。

「そういえば寛子さんって澤田さんとどちらで出会ったんですか？」

「職場婚っす。茨城から東京に出てきて美容院で働いてたら、なんかいきなり口説かれて。テレビで偉そうなこと言ってるけど、従業員に手を出してる時点で説得力ゼロなんすよね」

「えー、素敵じゃないですか！　私はお見合いだったから、そういう運命的なの、憧れます」

キャッキャとはしゃぐ二人。もう恋バナという年齢ではないけれど、いくつになっても人の馴れ初めを聞くと若返った気分になる。

「じゃあ、茜さんは？」

　気がつけば、麗佳が好奇心に満ちた表情でこちらを覗き込んでいる。

「うちは大学時代の同級生だから何の面白みもないよ」

　これは本当の話だ。慶應のマスコミ系の研究所で知り合い、就活でインターンの情報交換をしているうちに距離が近づき、付き合うようになった。親から決められた相手とお見合いするような上流階級でもなければ、上京して美容師として働き始めたらセレブに見初められたという韓国ドラマのような展開でもない。どこにでも転がっている、何の変哲もない普通の出会いだ。寛子や麗佳と話していると、自分たちの平凡さが改めて際立つ。

「でも茜さんのご主人、いかにもテレビマンって雰囲気ですね」

「わかるー、六本木とかで飲んでそう」

　こちらの気も知らず、勝手に盛り上がっている麗佳と寛子。二人の視線の先には、別荘の主である栄一に対し、大げさなリアクションを取っている総介の姿があった。

「マジすか、澤田さん、半端ないっすね！」

　絵に描いたような業界人っぽいテンションで見ているこっちが恥ずかしくなるが、持ち上げられている栄一もまんざらではなさそうだ。昔から人の懐に飛び込むのが得意だったが、記者として海千山千の政治家たちと接することで、その技術はさらに磨かれているようだ。世間一般的には、コミュニケーション能力が高いと評価されるのだろう。

　一方、麗佳の夫である松島誠也《せいや》はこういう場が得意ではないのか、壁に背中をつけ一人でグラスを傾けている。痩せ型で眼鏡をかけており、物静かな雰囲気はいかにも東大卒のエリート弁護士といった風貌だ。この半日、ほとんど喋っているところを見ていない。

「うちの人、こういう場が苦手なんですよ」

と麗佳は残念そうに話すが、誠也はただ突っ立っているだけではなく、食事に飽きて別荘中を走り回る子供たちが暖炉に近づかないよう、さりげなく誘導している。気が利く人なんだろう。

「それで皆さん、お受験、どんな感じですか？　うちはノリで始めてみたはいいんですけど、わからないことだらけで。ほら、僕ら二人とも大学出てないし」

栄一がさあ本題だ、とばかりにぐるりと周囲を見回す。隣で寛子が少し気まずそうにしている。なるほど、今回の会の目的はこれか。我々庶民からすると雲の上の存在であるセレブにとっても、小学校受験というのは未知の世界なのだ。小学校受験の情報戦から取り残されていると考えているのが自分だけじゃないと知って、少し安心する。

「寛子から聞いたんですけど、お二人は慶應卒なんですよね？　幼稚舎の知り合いって多いんですか？」

遠慮のない様子で、栄一が距離を詰めてくる。思わぬ形で急に指名され、心の準備ができていない。

「私はゼミの同期で一人いたけど……」

口を開きながら、幼稚舎について語れるほどの知識を持ち合わせていないことに気がつく。

そもそも、慶應に入学してからしばらくは幼稚舎のことを幼稚園だと勘違いしていたくらいだ。

慶應では茜のような、大学から入った学生は外部生《がいぶせい》と呼ばれる。こちらが勝手に意識していただけかもしれないが、下からエスカレーターで上がってきた内部生《ないぶせい》の女子とは金銭感覚でも人脈でも微妙な距離感があり、結局、それは卒業するまで解消されることはなかった。

そんな事情はつゆ知らず、期待に満ちた目でこちらを見つめる栄一。さて、どうしたものかと困っていると、一枚板のテーブルに並べられた高そうなワインを物色している総介が視界に入った。そうだ、こんな所に中学校から慶應の、ピカピカの内部生がいたじゃないか。

目線で助けを求める。

茜の意図を察した総介は一瞬嫌そうな顔をしたが、周囲の視線が自分に集まりつつあるのに気づき、観念した様子で口を開く。

「俺は普通部っていう附属の中学から通い始めたんですけど、クラスの四人に一人は幼稚舎出身でしたね。最初は異文化交流って感じでお互いよそよそしかったですけど、三年間かけて融合する感じで」

慶應出身の茜ですらはじめて聞く情報なだけに、その場にいる大人はみんな興味津々だ。

「幼稚舎のやつって、メチャクチャ勉強ができるやつから掛け算が怪しいやつまで多様性があるんですけど、伸び伸び育ってるからか、気がいいやつが多かったですね。気軽に家に遊びに誘ってくれたり」

夫の口から語られる、茜の知らない世界。

「じゃあ、小学校からでも中学校からでもそんなに壁はない感じですか？」

栄一が口を挟むと、総介は少し考えた後、ゆっくり首を振った。

「あーでもやっぱ、幼稚舎から来たやつらは独特の世界観がありましたね。ほら、幼稚舎って六年間クラス分けがないんですよ。俺らの世代はK組、E組、O組の三クラスだったんですけど、誰がK組で誰がO組だとか、そういうのが外から来た俺たちも把握できる程度には付き合いが濃いんですよね。受験の時点で家柄も含めて、そういうので選別してるって聞いたことありますよ。経営者の子供とか医者の子供とか、クラスごとにうっすら分けてるぐらいですし」

「へえ。うちの事務所でも幼稚舎出身の後輩がいるけど、言われてみれば確かに独特の雰囲気がありますね。屈託がないというか、純粋培養されてる感じっていうのかな」

突如、壁際でワイングラスを傾けていた麗佳の夫、誠也が会話に加わる。

「ああ、確かに弁護士とか医者とか、そういう道に進むやつは結構いましたね」

「なるほど、ノブレス・オブリージュの精神なのかな。小中高と受験に惑わされないことで得られる視座というのもあるのかもしれないな」

四大法律事務所でパートナーとして働いている誠也も普段は忙しく、受験のことは麗佳に任せっきりだと聞いていた。しかし、こうして総介の話に食いついているところを見ると、どうやら受験や教育に対する興味自体はあるらしい。

「学習院はどうでしたか？　やんごとない人が多いというイメージですが。やっぱり経営者も多いんですかね」

栄一が麗佳の顔を覗き込む。誰がどの大学を卒業しているか、事前に寛了から聞いていたんだろうか。寛子は隣でバツが悪そうな顔をしている。

「そうですねえ、上の学年で皇族の方もいらっしゃいましたけど……でもみんな、普通のおうちでしたよ」

澤田夫妻の間に流れる微妙な空気感を受け流すように、爽やかに微笑む麗佳。いつもマイペースを保てるのも、育ちの良さから来るものなんだろうか。

きっと、彼女の「普通」の基準は世間とはズレている。でも、こうして友人の家族が所有する軽井沢の別荘でワイングラスを傾けている時点で、何が普通なのかわからなくなってきた。群馬にいた頃と、上京してから、そして受験を始めた今。「世間」のほうがどんどん変わっていって、自分の中の物差しがあやふやになりつつある。

「でも皆さんの話を聞いてると、やっぱ敷居が高い感じはしますね。俺らみたいに、大学出てない親なんていないでしょう」

栄一が冗談めかして話す。おどけているものの、「大学」という言葉には力が込められている。さっきの聞き方といい、これだけ経済的に成功しても、学歴に対するコンプレックスのようなものは解消されないのだろうか。

「どうなんだろ、俺の代の幼稚舎出身の同級生には叩き上げの経営者の子供もいましたけど。

澤田さんの場合、中途半端なエリートサラリーマンよりは全然可能性あると思いますけどね」

淡々と話す総介。「中途半端なエリートサラリーマン」という言葉は、自分の父親のことを指しているのだろうか。それとも、身の程知らずだと半ばわかっていながらお受験の世界に飛び込もうとしている私のことなんだろうか。暖炉の炎が揺らめき、総介の横顔を赤く照らす。

「私は頭良くないからどの大学がいいとかよくわかんないけど、そこまで頑張る必要性って本当にあるのかなあ」

突然、寛子が口を開き、場がしんと静まり返る。暖炉から薪《まき》の爆《は》ぜる音がパチパチと漏れている。

「でもみんな、小学校から受験させたほうがいいって言ってるぞ。エスカレーターだと楽だし、一生の友人もできるからって」

「みんなって誰よ、どうせ経営者の友達でしょ。別荘とか車と子供を一緒にしないでよね」

澤田夫婦の不穏なやりとりで空気がピリつく。どうやら、受験に対する意見のすり合わせができていないのは我が家だけではないらしい。隣を見ると、総介は自分の役割は終わったと言わんばかりの表情で、再びテーブルの上のワインの物色に戻っている。

「難しいですよね。私は地方出身なので東京の事情はよくわからないですけど、思春期は受験勉強ばっかりでしたし、同じことを娘にやらせるのもなってやっぱり考えちゃいますよ」

突然、誠也が口を開いた。相変わらず口調は淡々としているが、娘を想う父親としての顔が垣間見える。

「自分と同じような道を歩ませるのが幸せなのか、それとも自分が選べなかった道に行ってほしいのか、何が正解かわからないから悩むんですよねえ」

麗佳が独り言のように呟く。栄一は二人の言葉に何か思うところがあったのか、神妙な表情で口ひげをいじっていた。


「みて、これ、みつけたのー！」

「ちょっとまてよ、おれがさきだし！」

「あー、だいやがおれっていった」

「ママー、しんじろうがうんちしてる！」

「しんじろうくん、だいじょうぶだよ。もうすぐおかあさんがくるからね」

しっとりした雰囲気をがらりと変えたのは、子供たちの声だった。部屋に入って静かに遊んでいると思っていたが、今回の「合宿」用に持ってきたカルタや羽子板、コマなど積み残していた正月遊びの道具が入ったカバンを見つけたらしく、ドアを勢いよく開けてなだれ込んできた。

「まあ子供たちは元気が一番だよね。よし、カルタやるよ、カルタ！　みんな、そこに広げるから片付けて！」

寛子がテキパキと場を仕切る。受験の話をしているときより、よほどイキイキしている。

バタバタしている隙に、オムツバッグと進次郎を抱えてトイレに向かう。年商数十億円稼ぐ経営者夫妻も、東大卒の弁護士と名家の娘の夫婦も、みんな悩みを抱えている。社会が複雑になりすぎたのか、私たちが勝手にこんがらがっているのか。

汚れたオムツをビニール袋で包む。おしりがスッキリしたのか、進次郎はごきげんで無邪気に笑っている。トイレのドアを通じて聞こえる喧騒が、どこか遠くの世界の出来事のように思えた。

第4章

慈愛

「茜さん、次はあちらの学校に並びましょう」

「あっちですか？　えーっと……？」

「仏教系の学校ね。板橋だから、あなたたちの家からも近いわよ。ほら、行きましょ！」

「あ、はい。すみませんっ！」

人混みをかき分けてスタスタと歩く義母、新田千鶴の背中を必死で追いかける。紺色の服で身を包んだ大人で埋め尽くされた小ぶりなホールには「第十二回　東京都私立小フェスティバル」という垂れ幕が掲げられており、様々な小学校がパーテーションで区切られたブースを構えていた。

どの学校も、利発そうな子供たちや綺麗な教室が映ったポスターをブースの壁にベタベタと貼り、自校のアピールに余念がない。実践的な英語教育、最新鋭の設備、充実した学校生活を送る児童たち――。美しい部分だけをトリミングして額縁に飾ったものだと頭ではわかっていながらも、自分が通っていた群馬の公立小学校と比較すると、どこも魅力的に映る。

合同説明会。小学校受験において、決して避けては通れないイベントだ。自分が知らなかっただけで、日本にはこんなに私立小学校があったのか、と感心するほど多くの学校が名を連ねている。会場にはじめて足を踏み入れたとき、就職活動みたいだなと思った。参加者がみなソワソワと浮き足だって、リクルートスーツに身を包み、訳もわからないまま企業のブースを右往左往した日々の記憶と重なる。

企業の人事担当者が学校の先生に代わっただけで、本質的な部分は何も変わらない。どこまで本当だかわからない美辞麗句を聞きながら、参加者が必死で頷いてメモを取るところまでそっくりだった。慶應幼稚舎のような何もしなくても志望者が集まってくるような超人気校は参加せず、なんとかして優秀な子供たちを獲得しようと鼻息が荒い学校が中心なのも、どこか既視感がある。

ただ、大学生時代の就活の合同説明会と今日とで一つだけ違うことがある。隣にいるのが同級生ではなく、夫の母、つまり義母だということだ。周囲を見ても、目に入るのは父親か母親ぐらいの世代で、高齢者の姿はほとんど見えない。千鶴はそんなことはお構いなく、ブースからはみ出た行列に並び「茜さん、早く！」と手招きしている。どうしてこんなことになってしまったのだろうか。軽くため息をつきながら、「はい！」と返事して小走りで追いかける。

すべての始まりは一カ月ほど前、「東急線・小田急線沿線私立小合同相談フェア」というイベントのカラー刷りのチラシを受け取ったときのことだった。小学校受験界隈では冬の終わりを意識し始める頃に合同説明会ラッシュが始まると噂では聞いていたが、大道寺先生の教室でカラー刷りのチラシを受け取ったとき、ついにこのときが来たかと思った。チラシを手にした瞬間、教室にいる母親たちの表情が変わったのを肌で感じた。慌ててチラシに書いてある学校名を目で追う。桐蔭、桐光、洗足……茜の慶應時代の同級生が通っていた学校の名前もあった。いわゆる伝統的な名門校と分類される学校だ。

「合同説明会では先入観にとらわれずにできるだけ多くの学校の話を聞いて、視野を広げてきてください。男女別学がいいのか、共学か。歴史を重んじる伝統校か、それとも改革に取り組む新興校か。ミッション系か、宗教色が薄い学校か。大学までのエスカレーターを望むのか、そうではなくきめ細やかな受験対策を求めるのか。自分の子供にどういう学校が合っているのか、どう育ってほしいのか。そこを疎《おろそ》かにして、知名度だけで選んだところで後悔するだけですからね」

具体的な学校名が視界に入ってきたことで気もそぞろとなった親たちに対し、大道寺先生がぴしりと釘《くぎ》を刺す。部屋の空気が一瞬で引き締まった。

大道寺先生は「志望校選びを焦ってもいいことはない」という哲学を持っている。新年に入り受験シーズンまであと十カ月を切ってもなお、志望校別対策のようなものはまだ始めていない。結衣が教室に通い始めてから半年近く経つが、ペーパー、体操、工作、行動観察とバランスよく学ぶという方針はまったく揺らがない。

茜が雑誌やネットで調べた限り、こうしたやり方は小学校受験界隈では珍しい。例えば、体育会系の指導で近年急速に進学実績を伸ばしているブランコ幼児教室では「慶應体操」「早稲田」「難関校総合」「女子校総合」とコースが志望校別に細かく分かれている。老舗のビーンズ幼児教育研究所の場合、渋谷教室であれば慶應幼稚舎や青山学院初等部、吉祥寺教室であれば早稲田実業初等部や立教女学院小学校、といったように志望校に応じた教室に通うというのが「常識」だ。

これには合理的な理由がある。算数・国語・理科・社会の四教科をまんべんなくカバーする必要がある中学受験と違って、小学校受験は学校によって考査の内容が大きく異なる。例えば慶應幼稚舎の場合、ペーパーテストや親の面接はなく、絵画制作や行動観察、運動で子供たちは選別される。一方、男子の最難関校の一つである暁星小学校の場合、ペーパーテストの出来が重視されるというのがもっぱらの評判だ。学校によって求める子供の像が異なるため、それぞれ考査の内容や配点比率を変えているという事情が背景にある。あらかじめ志望校に合わせたクラスを受講させ、考査で必要とされる能力を集中的に伸ばしていくというのが現在の小学校受験では主流であり王道だ。

もっとも、長年にわたり小学校受験を見てきた大道寺先生に言わせると、そのような合理的な手法が子供にとって最適かどうかは、また別の話らしい。まずはどんな学校にも対応できるように基礎的な能力を身に付けた上で、徐々に志望校を絞り込みつつ学校別の対策をとるべきだというのが、大道寺先生の理念であった。

「学校別の対策については、適切な時期に指示を出します。私の方針を信じることができず、ただ合格したいからと小手先のテクニックを身に付けさせたいのならば、他のお教室に行かれたらどうでしょうか？」

以前、志望校別のコースがないことについて不安を訴えてきた母親に対し、バッサリと一刀両断していた大道寺先生の姿を見たことがある。その背中からは、己の人生を懸けて小学校受験に取り組んできた人間の矜持と自信を感じた。小学校受験について知らないことだらけの茜にとってはその姿は頼もしく、暗闇の航海の中での一筋の光を放つ灯台だった。自分にできることは、どんな荒波が来ようとも、その光を信じてオールを漕ぐことだけだ。

ただし大道寺先生の方針は、裏を返せば親に求められるものが多いということでもある。子供の適正を見極めて志望校を絞り込み、時間をかけて擦り合わせていくという作業は決して生易しいものではない。小学校受験の経験も情報の蓄積もなく、共働きで時間もない茜にとってはなおさらだ。

実際、「東急線・小田急線沿線私立小合同相談フェア」におそるおそる足を運んでみたものの、そこで直面したのは自分たちが圧倒的に出遅れているという、無慈悲な事実だった。

「すっげーなー、みんな同じ格好してんじゃん。マジで三十年前と何も変わってないんだけど」

「シッ！　声が大きい！　恥ずかしいから余計なこと言わないで！」

みんなが人生を懸けていると言わんばかりの真剣な表情で説明会に臨む中、他人事のように面白がっている総介をたしなめていると、隣で進次郎が昼寝をしたいとグズり始める。結衣は結衣で、大勢の人が集まる会場の雰囲気に呑まれていた。そもそも周囲を見回すと、子連れで来ているほうが少数派だ。どうやら、子供をどこかに預けて参加するというのが「正解」のようだ。年度末が近づき仕事が忙しくなる中、下調べが不十分なまま突入したことが完全に裏目に出た。

結局、はじめての合同説明会はほろ苦いデビューに終わった。人気がある学校のブースではどこも長蛇の列ができており、話を聞くまでに一時間以上並ぶ必要があった。比較的空いているブースに潜り込んだと思ったら、先生から説明を受けている最中に進次郎が泣き始めて慌てて退散するという有様だった。

「合同説明会で先生方に熱意をアピールし、名前と顔を覚えてもらいましょう！」

事前に読んでいた本にはこんなことが書いてあったが、とてもそれどころではなかった。学校のブースにはアンケート用紙があり、そこに名前を書くことで実際の受験で加点されるというケースもあるらしいが、そういう段階にすらたどり着いていない。結局、デビュー戦はパンフレットを集めるだけで終わってしまった。パンプスの中で指先がジンジン痛む。一体、私は何をしに来たんだろう。

「説明会、どうだったの？」

合同説明会の終了後に立ち寄った総介の実家では、開口一番、千鶴が興味津々で尋ねてきた。もう小学校受験のことを隠す必要もないので予定をあらかじめ伝えていたところ、待っていたのは質問攻めだった。

総介は苦笑いで肩をすくめていたが、茜にとっては人生初の合同説明会で打ちのめされた直後なだけに、結衣の進路について千鶴が真剣に考えてくれてると思うとそれだけでありがたく、涙腺が緩みそうになる。

立ち話もなんだからと淹れてもらったお茶を飲みながら、惨憺《さんたん》たる結果だったと伝える。まったくもって弁解の余地もない。今日は結衣が楽しみにしていたプールの昇級検定を休ませて来たというのに。話しているうちに、情けないやら悔しいやらで湯呑みを持つ手が震えた。客観的に見て、自分が結衣の足を引っ張っていることは明らかだった。

ふんふんと話を聞いていた千鶴だったが、なにやら考え込んだ後、ニヤリと笑った。

「総介、選手交代。次の説明会は私が行くわ。あんたは……そうね、家で結衣ちゃんと進次郎くんの相手でもしてなさい。どうせ普段から仕事ばっかりで子育ては茜さんに任せっきりなんでしょ？　本当、お父さんに駄目なところばっか似てきて」

母親にこう言われると、総介は何も言い返せない。その反応を見て、千鶴が嬉しそうに手を叩く。

「はい、それじゃあ決まり。次の説明会はいつ？　来週ね、場所は？　有楽町で十時からね。オッケー、じゃあ九時半にＪＲの銀座口改札で待ち合わせましょう」

呆気にとられているうちに、どんどん話が進んでいく。総介はお手上げのポーズだ。どうやら、千鶴は本気らしい。

入学式や卒業式ではあるまいし、子供の学校の説明会に祖母を連れて行くのはありなんだろうか。しかも私にとっては実の親ですらない。

しかし冷静に考えてみると、いつまで経っても他人事の夫より、小学校受験経験者である義母のほうがよっぽど頼りになる気がする。結婚以来、これまで密かに苦手意識を持っていたが、小学校受験のことをカミングアウトしてからは急に親近感が湧くようになった。「茜さん、私に任せておけば大丈夫だから」と力強く喋る千鶴が、急に救世主のように見えてきた。

実際、千鶴と二人で合同説明会に来たことで、様々な発見があった。まず、事前準備の大切さだ。千鶴は説明会に参加する学校の一覧をあらかじめ印刷しており、めぼしい学校には赤丸をつけ、優先順位まで書き込んであった。

「茜さん、こういうのは動線を考えておかなきゃ駄目よ」

と豪語する千鶴の手には、立ちながらでもメモを取れるようペンと紙を挟んだバインダーがあった。その立ち姿は歴戦の強者《つわもの》といった風貌で、一分《いちぶ》の隙もなかった。

面談中の振る舞いからも、学ぶことは多かった。

「まさか教頭先生から直接お話を伺えるなんて、今日は本当に来て良かったですわ。運動会、是非見学させていただきます」

ベテラン教師と楽しそうに会話を終えたかと思うと、すぐさま教師から見えない場所に移動し「佐藤教頭、男、メガネ、体育重視、運動会で加点」と会話の中で出てきたキーワードや先生の特徴を書き記す。

「あの人がキーマンね。来場者の名前をチェックするみたいだから、この学校を受けるつもりなら運動会の見学はマストね」

と分析する仕草は、スポーツ選手のスカウトマンのようだった。ポカンとしている茜に対し、

「願書に書いたり面接で喋ったりするとき、実際に誰に話を聞いたのかで説得力が全然違うでしょ」

とこともなげに言う千鶴は、「ほら茜さん、次行きましょう」と次のターゲットを見定めてスタスタと歩いていった。

千鶴と半日間一緒に行動し、自分の取り組みの甘さを痛感する。午前の部の終了後、千鶴と会場近くのイタリアンでランチを食べながら聞いた話によると、今回の合同説明会への参加にあたり、ブログやSNSを片っ端から検索し、経験者の生の声を集めていたという。もう高齢者に分類される年齢だというのに、そのバイタリティーはどこから来るんだろうか。

「有料noteも情報量が多いわよ、狼侍《おおかみざむらい》さんとか、ネットで検索しても出てこない話が出てくるし」

と、スマホ片手に小学校受験界隈では有名なインフルエンサーの名前を挙げる千鶴。大手出版社が出している本や雑誌ならともかく、ネットの情報に金を出す、という発想なんて自分は持ち合わせていなかった。

「玉石混交だろうと、情報量のインプットを増やしていけば自分の中にある判断基準の精度が高まっていくから、最初のうちはとりあえず情報には惜しまずにお金を使わないと」

こう説明する千鶴の姿は、後輩を指導する上司のようだった。これまで結衣の能力を底上げすることばかりに気を取られていたが、小学校受験はそもそも偏差値のようなわかりやすい尺度がある世界ではなく、親の能力も含めた総合戦であるということを改めて思い知らされる。

もう一つ気がついたことがある。すべての保護者が千鶴のように万全の態勢で臨んでいるわけではないということだ。千鶴の隣から落ち着いて会場を見渡すと、前回の茜や総介のように右往左往している家族もいたし、何から手を付けていいのかわからずにキョロキョロしている母親や私服で来場する父親など、明らかに場慣れしていない人も結構な割合だった。

「私たちの時代と比べて小学校受験の世界も多様化してるのね」

こちらの考えを読み取ったかのように、千鶴が話す。

「共働きなんて私たちの頃は考えられなかったし、中学校受験が嫌だから小学校受験をする、なんていう発想自体が現代的よね」

別にあなたたちを責めてるわけじゃないけどね、と前置きしながら説明された。もともと私立小学校というのは限られた層にのみ門戸が開かれた世界の話だったという。保護者が期待するのは自分と同じ学校に入れたいという親心であり、同じような階層の学友だ。進学実績や偏差値、知名度といった俗っぽいものを超越したところにあるものこそが私立小学校の価値の源泉であり、今のように大衆化が始まってから、そう時間は経っていないらしい。

「まあ私もそういうことを知らないまま総介を受験させて失敗したから、人のことは言えないんだけどね」

話を夢中で聞いている間にパスタの皿は片付けられ、食後のドリンクとジェラートが机に置かれていた。コーヒーに砂糖とミルクを加えながら、千鶴がしみじみと呟く。心なしか、これまでより声がやや細い。

テーブルに置いたスマホが光る。

「進次郎が昼ごはん食べないでずっと泣いてるんだけど。いつ帰ってくる？」

画面に表示される、総介からのメッセージ。やはり、イヤイヤ期が始まりつつある進次郎の相手は荷が重かったか。もうあまり時間は残されてなさそうだ。

でも総介と進次郎には申し訳ないが、もう少し千鶴に話を聞きたかった。

「失敗って……総介さんの小学校受験はどんな感じだったんですか？」

前から聞こうと思っていた。小学校受験の話になるたびに及び腰になる夫の姿勢。かつて義母の口から聞いた、「全落ち」という言葉。その言葉の持つ意味。

「どんな感じって……ねえ。今だからわかるけど、焦ってたのよね。私も。夫はずっと仕事で家に帰ってこないし、一人っ子で男の子だからわからないことだらけだったし。前に言ったかしら。総介の受けた学校って、難関校ばっかりだったのよね。子供との相性とか、学校ごとの対策とか、なんにも考えてなかったの」

　慶應幼稚舎、暁星、成城学園……かつて千鶴に聞いた、総介が落ちた小学校の名前を記憶から呼び起こす。確かにどれも超がつく名門校だ。

「学校のブランドっていうの？　そういうのばかり気にして、目の前にいる総介のことをありちゃんと見られていなかったのよね。あの子、小学校入試で全落ちしてから、ストレスなのかしばらくおねしょが続いてね。申し訳ないことしたわ」

　テーブルの上で、重ね合わせた自分の両手に視線を落とす千鶴。いつもの強気はどこにもなく、そこには己の過去を悔いる母親の姿があった。これまで彼女が三十年以上にわたって隠してきたであろう、後悔の念が伝わってくる。そうか、この人にとって結衣の受験への協力は孫のためだけではなく、過去への贖罪《しょくざい》でもあるのか。そう気がつくと、心がフッと軽くなった。多少、手法が歪《いびつ》かもしれないが、目指すべきゴールは同じだ。

　――お義母さんの意志は私が引き継ぎます、共同戦線を張りましょう。

　声に出す代わりに、強い意志を込めて千鶴の瞳を見つめ返す。私たちは同じ船に乗った仲間だ。

「でも総介、早生まれだったでしょ。やっぱり小学校受験って、誕生日が遅いと不利じゃない」

　別に言い訳じゃないけどね、と千鶴がコーヒーをすする。「その点、結衣ちゃんは四月生まれでしょ。それだけで圧倒的に有利なのよね」と付け加えながら。既にその表情は過去の過ちを悔やむ母の顔から、ベテラン教育ママのそれに変わっていた。

「総介のときはね、小学校受験で失敗したから中学受験はかなり計画的にプランを練ったのよ。算数と国語は公文で先取りして、四谷大塚にも早めに通わせて。あの子、自分の力で慶應に受かったみたいな顔してるけど、私がいなかったら絶対に普通部には届かなかったわよ。でもちょっと失敗したなと思ったのが、中学校以降は慶應だからって安心して放置してたから成績下がっちゃって。普通部に受かったときは将来は医学部なんていいじゃない、と思ってたのに、もう全然。あの子、高校のときに一回留年しかけたのよ。信じられる？」

思い出話に記憶が刺激されたのか、千鶴がベラベラと総介の過去について話し始める。いくつになっても、孫が生まれても、子供は子供なんだろうか。そういえば当の息子さんから早く帰ってきてくれと要請があった気がするが、この流れで席から立てる気がしない。総介、ごめん、もうちょっと一人で頑張って！　スマホを触ることもできないまま、自宅の方向に向かって念を送る。目の前では、夫の製造責任者ともいうべき人が子供の教育論について熱弁を振るっていた。

*

「結衣ちゃん、見ててね。右にいるのがお雛《ひな》さま、左がお内裏さま。一番偉い人たちだから、二人とも綺麗な畳に座ってるでしょう」

「わあ、きれい」

「じゃあ次は二段目ね。この人たちは三人官女って言ってね、お雛さまとお内裏さまの身のまわりの世話をする人たちのこと。みんな女の人なのよ」

「そうなんだー。ごにんばやしは？」

「あら、よく知ってるわねえ。どこで習ったの？」

「ひなまつりのうたでならった！」

「ああ、なるほどね。五人囃子《ばやし》は三段目。結衣ちゃんのママも昔、よく歌ってたのよ。懐かしいねえ」

「ほんとう？」

「本当よ、本当。茜、覚えてる？　あんた、小学一年生の頃、ひな壇が綺麗だから片付けたくないってギャンギャン泣いてたのよ。嫁入りが遅れるからって学校に行っている間に私たちが倉庫にしまったら、もう大騒ぎ。拗ねて、ご飯もしばらく食べなかったのよ」

「母さん、昔話はいいから！」

「あら、いいじゃない。本当のことなんだから」

「ママ、なきむしだったの？　もっとききたい！　ききたい！」

こちらの制止を気に留めることもなく、本人も覚えていないような黒歴史を蒸し返す母と、それを聞いて嬉しそうにはしゃぐ結衣。三十年以上前のことをつい昨日のことのように話す母の手は皺《しわ》だらけになっていて、実家の倉庫から十数年ぶりに表に出てきた雛人形からは防虫剤の匂いがほのかに漂っている。

「今年のひな壇はどうするの？」

二月初旬にスマホに届いた、毎年恒例の母からのメッセージ。

「今年も一段目だけ送ってくれればいいよ、そんなにスペースないし」

例年通りの返信を打ち、親指を送信ボタンに乗せる直前でふと気づいた。女子にとって三月最大のイベントであるひな祭りを前に、実家にある七段飾り十五人揃えのフルセットを活用しない手はないのではないか。

群馬の実家にしまってある雛人形は、人形の名産地として知られる岩槻の由緒正しい店の逸品だ。今は亡き母方の祖父が初孫である私のために張り切って注文してくれたもので、和室に飾られたひな壇はどの友達の家のものよりも立派だった。自分が特別な存在であることを実感できるこの季節は、誕生日よりも、クリスマスよりも大切だった。

年齢を重ねるごとにひな祭りへの思いは薄れ、親になってからは毎年実家から送ってもらったお雛さまとお内裏さまだけを飾り、シーズンが終わるとまた段ボールにしまって送り返すということで仕事のノルマを消化するように季節の行事をこなしていた。しかし、結衣の小学校受験を控えた今、三月最大のイベントであるひな祭りを学ぶのにこの上ない機会だ。

母も久しぶりに七段飾りをフルで飾れるとあって、ウキウキしながら群馬から車を飛ばして運んで来てくれた。

「でも結衣ちゃんが女の子で本当に良かったわよ。亮のところ、三人目も男の子だって。詩《し》織《おり》さん、今度こそは女の子が欲しいって産み分けとか頑張ってたみたいなのに」

　四段目に右大臣の人形を飾りながら、群馬に住む弟夫婦の近況をべらべらと喋る母。産み分けというのは排卵日のタイミングに合わせて子作りに励むという、女性誌でたまに見る例のアレだろうか。寡黙な亮が母親の前で口にする話題だとは思えないが、亮の妻である詩織さんはそんなことまで母に話しているのだろうか。実の弟の性にまつわる生々しい話はあまり聞きたくなかったが、義理の妹にあたる詩織さんが母とうまくやっているようであれば何よりだ。父と母を地元に置いて、一人だけ東京に出てきて暮らす罪悪感が薄まる。

　高校時代から東京志向が強く、都内の私立大学しか受験しなかった茜と違い、弟の亮は東京に対する憧れがあまりないようだった。高校の先生からは早慶も狙えると言われていたのに、実家から通えるからと群馬大学に進学。そのまま地元最大手の地銀である上毛銀行に就職した。最初に配属された沼田支店で出会った詩織さんと結婚し、本部への異動を機に実家から自動車で十分程度の新興住宅街に立派な一軒家を建て、息子二人と家族四人で暮らしている。東京でフラフラしている私と違って、きちんと群馬に根を下ろして暮らしている。地元で飲食店を営む年老いた両親にとって、最大の親孝行だ。

「詩織さん、やっぱ妊娠してたんだ。お正月に集まったとき、ビール飲んでなかったから、もしかしたらって思ってたんだけど」

「あら、言ってなかったっけ？　そうなのよ、ずっと女の子を欲しがってたみたいなんだけど。茜のとこは結衣ちゃんと進次郎くんで一姫二太郎じゃない。詩織さん、ずっとうらやましかったみたいよ」

両親と離れ東京で暮らしているという後ろめたさを隠すように詩織さんの話題を深掘りするが、母はこちらの意図に気づくことなく、義理の娘の妊娠状況から勝手に推し量った心情まで勝手にベラベラと喋っていた。詩織さんには申し訳ないが、この鈍感さが少しありがたい。

三人目の妊娠を機に亮がアルファードを買おうとしているが、詩織さんはむしろ自分用のワゴンRを新しくしろと譲らない話や、隠居した町内会長が陰謀論にハマって大変だという話など、母のマシンガントークに付き合っている間に、立派な七段飾りが完成した。

「わあ、すっごい」

結衣が目を輝かせる。金屏風《びょうぶ》の下には真っ赤な敷物が段状に広がり、各階に精巧な人形や色鮮やかな小道具が並ぶ。リビングの一角を占拠しているだけあって、すごい存在感だ。キラキラした瞳で、自分の背丈をはるかに越えたひな壇を仰ぎ見る結衣。昔の自分を思い出して、少し胸に迫るものがあった。

「死んだお祖父ちゃんも喜ぶかなあ」

何の気なしに、言葉が口からこぼれる。

「だろうねえ。茜が生まれたとき、父さん本当に張り切ってたのよ。私はそんなに大きいのはいらないって言ったんだけど、全然聞かなくて。でもこうしてひ孫の代まで引き継がれているのを見ると、本当に良かったわねえ」

母がしみじみと呟く。ひな祭りのたび、祖父母を家に呼んで食卓を囲み、みんなでちらし寿司を食べていた在りし日の光景が浮かび上がる。風習、伝統、絆。幼い頃の自分を支えた、一本の芯。東京で暮らす上では無駄で必要ないと、私が切り捨てようとしていたもの。子供の成長にとって本当に大切なものが何なのか、日々の生活に追われる中、私は気がついていなかった。

亡き祖父を想い母と二人、少ししんみりした雰囲気になったが、結衣がキョトンとした顔で、

「え、おじいちゃん、しんじゃったの？」

と尋ねるものだから、つい噴き出してしまった。

「違う違う、ママのお祖父ちゃん。結衣にとってはひいお祖父ちゃんだよ。ずっと前に病気で死んじゃったんだけど」

「ふーん。このあいだ、おそうしきやったひいおばあちゃんは？」

「確かにあれもお祖母ちゃんだけど……えーっと、ママのパパのママって言ったらわかる？」

「えー、いみわからないんだけど」

「だからー、群馬のお祖父ちゃんとお祖母ちゃんにもそれぞれパパとママがいてー」

結衣と埒《らち》が明かない問答をしていると、母がもう限界、といった様子で手を叩いて笑い出した。

「懐かしい。そのやり取り、茜とも昔にやったわ」

「え、そうなの？　全然覚えてない」

「親戚の集まりで突然、ひいお祖父ちゃんは戦争で亡くなったはずなのになんで生きてるんだって騒ぎ始めて。私、本当に恥ずかしかったんだから」

「嘘でしょ？　本当に？」

「なーんだ、ママもしらなかったんじゃん」

ケタケタと笑う結衣に何も言い返すことができない。どうも血は争えないらしい。

女三代、かしましく騒いでいると、リビングの片隅で寝息を立てていた進次郎がむくりと起き上がった。

昼寝の前には影も形もなかったひな壇が突如として現れたことで混乱し、一瞬怯《ひる》んだ進次郎だったが、そこに色とりどりの人形が並んでいることに気がつき、新しいオモチャだと目を爛々《らんらん》と輝かせてドシンドシンと歩いてくる。もうすぐ三歳になるとはいえ、道理が通じる相手ではない。

「しまった、進次郎の対策忘れてた。ひな壇の前にフェンス的なものでも置いとけばいいかな？」

「そうねー、ならこのまま買い物に行こっか？　結衣ちゃんも進次郎くんも誕生日、もうすぐでしょ」

進次郎をひょいと抱きかかえて立ち上がる母。もう六十歳を超えているが、毎日店に立っているだけあって、毎日デスクワークの私よりよほど体力がありそうだ。

「ほーら、起きたならオムツ替えようね」

　母が進次郎を小脇に抱えたままトイレへと向かう。バタバタと足を動かして抵抗を試みる進次郎だったが、無理だと諦めたのか、両足をだらんと垂らした。

「結衣の誕生日は四月だし、進次郎も五月だからまだ先だし、プレゼントはそのときでもいいよ」

　口に出しかけて気がついた。これまでは二、三カ月に一回は実家に顔を出していたが、結衣が教室に通うようになってから、群馬に足を運ぶ頻度が減っていた。これから受験が本格化していくことを考えると、誕生日だからといって、両親に会わせてあげられるとは限らない。今回のひな壇の件も含め、母なりに何か察しているのかもしれない。

「私が進次郎くんのオムツ替えておくから、あんたたちは出かける準備しなさい！」

　テキパキと指示を出す母。思い過ごしでなければ良いけれど、と思いながら慌ててマザーバックに進次郎の着替えやオムツなどを詰め込んだ。


　どうせ買い物に行くなら新宿の伊勢丹《いせたん》が良い、と言い始めたのは母だった。うちからは池袋のほうが近いと説明したものの、

「池袋なんて埼玉みたいなもんでしょ。せっかく東京に来たんだから、ちゃんとしたところに行きたいじゃない」

　と一蹴された。そういえば昔から、大きな買い物は高崎駅前にある髙島屋、と決めていた

人だった。高崎には地元資本の老舗百貨店であるスズランもあり、少女時代の茜はスズランの屋上遊園地が大好きだったが、母がここぞというときに選ぶのは髙島屋だった。思えば私が早稲田ではなく慶應を選ぶなど微妙にブランド志向が強いのも、母から受け継がれたものなのかもしれない。

地下鉄の新宿三丁目駅から地上に上がると、新宿通りは人で溢《あふ》れていた。派手な格好をした女の子、楽しそうに雑談しながら歩く大学生風の若者たち、スマホで自撮りしている外国人観光客。東京に住んでいながら普段あまり来る場所ではないだけに、その熱気にあてられる。進次郎を乗せたベビーカーを押しながら人混みの中を進むのは少し億劫《おっくう》だが、母はそんなことはお構いなしで結衣の手を引いてズンズン進む。

「新宿も随分と久しぶりねえ。茜の結婚で新田さんちのご両親と顔合わせするとき以来じゃないかしら。ねえねえ、あのホストの顔写真が貼ってあるトラック、最近流行ってるの？　一億円プレーヤーってどういう意味？　高崎じゃ見たことないわよ、あんなの」

水を得た魚のように都会の雑踏を活《い》き活《い》きと泳ぎ、口を動かし続ける母の背中を必死で追う。学生時代、私が一人暮らししていた部屋にふらりとやってきて「東京見物に付き合ってよ」とあちこち連れ回されたときとあまり変わらない。それでも、ビルの窓を反射した夕日が以前は少なかった白髪を際立たせていて、実家を出てからの年月の長さを否応なく突きつける。

「ほら、ここが伊勢丹よ。結衣ちゃんはデパート、来たことある？」

「はじめてー。ママ、いっつもネットでかいものしてる」

「あら、じゃあ今日はお祖母ちゃんが色々教えてあげる。昔はお買い物っていったらデパートだったのよ。いい子にしてたら誕生日プレゼントも買ってあげるからね」

「やったー！」

結衣を相手に嬉しそうにしている母を見ると、普段できていない親孝行になっているようで少し嬉しかった。

伊勢丹に入り扉一枚隔てると、外の雑然とした雰囲気が嘘のようにそこは「百貨店」だった。この非日常感こそが、普段、地方都市の大衆店で一枚千円に満たない蕎麦を運ぶ母が求めているものなんだろう。ハレの場としての百貨店、という感覚そのものが時代遅れなのかもしれないが、自宅と会社の往復を繰り返してはや十五年、母の気持ちもわかる。いつもは騒がしい進次郎も、場の雰囲気に圧されたのか神妙な顔つきで静かにベビーカーに座っている。母に手を引かれた結衣は、ショーケースの中のアクセサリーをしげしげと眺めていた。

光を浴びてまばゆく輝く、ただ美しさのみを追求したデザインの数々。中でも目に飛び込んできたのが、シダの葉を模したローズゴールドの土台に小粒のダイヤモンドをあしらったネックレスだった。最近出た製品だろうか、はじめて見た。昔はよく新作をチェックしていたが、結衣が生まれてからはとんとご無沙汰だ。子供二人を連れてゆっくり見るのは不可能だし、そもそも家から出るときは子供の着替えやらオムツやらの準備で、アクセサリーをゆっくり選ぶ時間もない。

「何かお探しでしょうか？」

非日常の象徴たる、豪華絢爛《ごうかけんらん》なジュエリーを前に物思いにふけっていると、物腰柔らかな女性店員に話しかけられた。気がつけば先を進む結衣と母の背中は遠く、小さくなっていた。

「いや、特に何を探しているってわけではないんですけど」

しどろもどろになりながら、必死で平静を装う。久しぶりすぎて、こういう場面でどう振る舞えば良いのか、すっかり忘れてしまった。

「こちら、良かったら出してみますか？」

さっき見ていた、シダの葉のネックレスをショーケースから取り出す店員。ちょっと困ったなと思ったが、にこやかな笑顔に押し付けがましさはない。そしてなにより、ガラス越しではなく、直接目にするダイヤモンドの輝きは息を呑むように美しく、一瞬で心を奪われた。

華美でありながら上品で、職場で使っても問題なさそうだ。

「実際におつけになってみますか？」

微笑をたたえ、ショーケースの中からネックレスを取り出す。その瞬間、チェーンの留め具についた値札がめくれて、ずらりと並んだ数字を視界に捉える。頭の中で桁数を数え直す。
一、十、百、千、万、十万……七十七万五千五百円。
ないな。うん、ない。さすがにない。これは身分不相応だ。

「葉っぱ一枚ごとにダイヤモンドのカットを変えることで立体感を出しているんですよ」

微細な細工の素晴らしさを伝えられる頃には、すっかり心は冷めていた。

「デザインは素敵なんですけど、ちょっと予算を超えちゃってて……」

手が届かないものに執着しても良いことはない。これまでの決して短くはない人生で学んできた。

「そうでしたか。うーん、確かにちょっと高いですよね」

店員が少しくだけた感じで相槌《あいづち》を打つ。こちらの懐事情を開示したことで、この客は見込みがないと判断されたんだろうか。

「最近、原材料価格が高くなってるのと円安で、どんどん値上げしてるんですよ。外国からのお客さんだけですよ、値段を気にしないで買われるのは」

周囲に目配せをしながら、店員がコソッと打ち明ける。あたりを見渡すと、確かに売り場には外国人の姿が目立つ。

「円安、すごいですもんね。この調子で日本円が弱くなるとブランド品にはもう手が出なくなっちゃうなー」

商談から雑談モードに切り替わったことで、こちらもつられて軽口を叩く。とはいえ茜の勤務先である紅華園は輸出企業でもあるので、円安のおかげで業績は好調だ。つい先日、今年の夏のボーナスは額面で三桁は期待できそうだと同期とのランチで話したばかりだ。

七十七万五千円。冷静に考えてみると、まったく手が出ない金額ではない。そういえば先週、入社十五年の勤続表彰金として十五万円が四月に振り込まれると総務部からのメールが届いていた。店員が慣れた手付きでショーケースにしまおうとするチェーンから垂れ下がったペンダントトップが、艶《あで》やかな光を放つ。

「でもこの商品、本当に素敵ですよねー。私も旦那の稼ぎがもうちょっと良ければ、これ以上値上がりする前に買っちゃうかもしれないですぅ」

完全に気が緩んでいるのか、高級ブランドの店員らしからぬ口調で話しかけられて、少し苛ついた。週末にベビーカーを押して百貨店に来ている母親としてどう見られているのか知らないが、そもそも私は自分のボーナスのことしか考えていなかった。自分の欲しいアクセサリーを買うときに総介の稼ぎなんて、あてにしたことすらない。

先日訪れた軽井沢で、お互いの新しいアクセサリーを褒め合っていた麗佳と寛子の様子が思い浮かぶ。カルティエだろうがヴァンクリだろうが、所詮は夫に買ってもらったものじゃないか。彼女たちと違って、私は自分の稼ぎで買うことができる。ちょっとした対抗意識が心の奥底でちろちろと燃える。

別に今日、この場で買うというわけではない。久々のデパートだ、試着くらいしてもバチは当たらないだろう。

「せっかくだし……」

と口を開きかけたところで、進次郎がじっと座っているのに飽きたのか、ベビーカーの上でゴソゴソ動いた。つられてベビーカーにかけたマザーバッグが大きく揺れる。バッグの入り口からチラリと覗かせた薄緑色の紙が目に入った。「能力育成問題集　積み木の問題」という文字がくっきり見える。お出かけのときのすきま時間を有効活用すべく、つい先日購入した結衣の受験用の問題集だ。今日は慌てて準備をしたので、バッグに入れたままだった。

「お客さま？」

急に動きを止めてどれくらい経っただろう。笑みを崩さずに対応する店員。シダの葉のネックレス。七十七万五千円。

「あ……やっぱ試着はいいです、また今度で」

店員さんは呆気にとられたような顔をしたが、そこはプロ。瞬時に元の表情になり、何事もなかったかのように微笑んだ。

危なかった。久しぶりのハレの場で浮かれて忘れていたが、今年は結衣の受験があるのだ。こんなところで無駄遣いをしている場合ではない。

「またのお越しをお待ちしております」

店員さんの声を背中で受け止めながら、ベビーカーを押して足早にジュエリー売り場を去る。進次郎は景色が動いたことに満足したのか、静かになった。

少し先に行った所で、母と結衣が待ち構えていた。

「何か買ったの？」

と尋ねる母。

「ううん、今使ってるネックレスをクリーニングしてもらおうと思ったんだけど、時間かかりそうだったから今度にしよっかなって」

何事もなかったかのような表情で返す。母は少しも疑うそぶりを見せることなく、

「じゃあ玩具売り場に行きましょ、六階だってさ」

とスタスタと歩きだした。後を追いながら、新しいネックレスも、自分へのご褒美も受験が終わってから、と心の中で呟く。


少子高齢化の影響か、それとも昔からそうだったのか。百貨店の玩具売り場はかつての記憶のそれと比べて狭く、小さくなっていた。フロアの大半はブランドものの子供服が占めており、期待に胸を膨らませた結衣の想像とは違ったようだ。

「トイザらスがよかったー」

とむくれる結衣。去年の誕生日は高崎に帰省し、国道沿いのトイザらスに連れて行ってもらってその場で好きなものを買ってもらったので、落差が大きかったようだ。確かに、子供の欲望を詰め込んだような郊外の量販店に比べると、百貨店の上品な売り場は結衣にとって物足りないかもしれない。「そりゃそうだよね」と苦笑しながらも、内心、ホッとしていた。

伊勢丹の玩具売り場に並んでいたのは外国製の積み木など知育玩具が中心で、いわゆるキャラクターものの製品は少ない。世界中から選《え》りすぐられた上質な製品だけが並ぶ空間は、小学校受験の世界観と極めて似通っている。今の結衣に必要なのは流行《はや》り廃りで値札が貼られているプラスチック製品ではなく、長年にわたって愛されてきた「本物」なのだ。

「確かにあんまり種類ないわね、ビックカメラでも行く?」

耳元で囁く母に対し、

「別にいいよ。もうすぐ小学生なんだし、長年使えるようないいものを選ぶっていうのも、大事な経験なんじゃない？」

　と何食わぬ顔で返す。何もわかっていない進次郎が嬉しそうに木製の積み木で遊んでいる間、結衣はずっと悩ましげな表情であっちこっちをウロウロしていた。

「このちっちゃいピアノもかわいいんだけど……」

　結衣が最初に目をつけたのは、ミニサイズのピアノだった。両腕で抱きかかえられるくらいのサイズながら、ちゃんと木製の鍵盤がついていて、ちょっとした演奏もできる代物だ。

　結衣がピアノを選んだとき、自分の胸が高鳴る音が聞こえた気がした。従姉妹のさやかちゃんから聞いた、国立小学校に通う知り合いの子がピアノに熱中しているという話を思い出す。

　幼い頃、ピアノを習っていた同級生がうらやましかった。小学校の合唱コンクールでピアノを伴奏するというのは、当時の価値観では最大の栄誉だった。これまで忙しくて手が回らなかったが、ミニピアノで音楽に慣れ親しんで、小学校に入ってから本物のピアノにステップアップするというルートもあるのではないか。まだ決して遅くはないはず。なんせ、小学校に合格さえすれば、高校まで受験を気にすることなく伸び伸びと過ごすことができるのだ。

「いいじゃん、ピアノ。ね、これにしよ！」

思わず食い気味になってしまう。しかし結衣は納得がいかないのか、

「でもちょっとちいさいきがする」

と決して首を縦に振らない。

「これもたのしそうなんだけど……」

しばらくした後、結衣が次の候補として持ってきたのは織り機だった。ドイツ製らしく武骨で無駄のないフォルムは、保育園に置いてあるような子供だましの安物とは見るからに違った。縦に張った糸に横糸をくぐらせて布を編んでいくという本格的なもので、上級者になると様々な色の糸を組み合わせて模様も組めるらしい。

「器用な手先は一朝一夕では身に付きません。日々の生活でどれだけ指を使って過ごしているか、見る人が見ればすぐにわかります」

先週の教室でメモした、大道寺先生の言葉がよみがえる。小学校受験ではペーパーテストや行動観察と並び、手先の器用さを図る巧緻性《こうちせい》も重要なファクターだ。紐通しや紐結びなど、紐にまつわる課題も多い。遊びながらこれらが身に付くとなれば、一石二鳥じゃないか。

「編み物もいいね。自分で編んだマフラーとか、絶対に素敵だよ！」

ここでもつい、前のめりになってしまう。

「茜、あんたの誕生日じゃないんだから、ちょっとは落ち着いて結衣ちゃんに選ばせてあげなさい」

呆れた様子の母にこう言われるまで、自分の声のトーンが上がっていたことにまったく気

がつかなかった。視界の端では、進次郎がブロックを積み上げては崩して一人で盛り上がっていた。

結局、悩みに悩んだ末、結衣が選んだのはクマのぬいぐるみだった。

「ぬいぐるみ、おうちにたくさんあるけど本当にいいの？　ピアノとか織り機とかじゃなくていいの？　あとでやっぱりあっちが良かった、ってならない？」

何度も尋ねたが、結衣が「これがいいの」と言って聞かないので、根負けした。

「子供っていうのは親が望む方向に進まない生き物だからね。押し付けても無駄よ。茜も少しは私の気持ちがわかったでしょ」

会計を終えた母が、何やら意味ありげに笑う。

「別に結衣がいいって言うならそれでいいんだけどさ……」

積み木が入った紙袋をぶんぶん振り回す進次郎をベビーカーに縛り付けながら横を見ると、結衣は心の底から嬉しそうな顔をして茶色いクマを両手でギュッと抱きかかえていた。そんな孫たちの様子を見ながら、母は目を細めて喜んでいる。

百貨店の宣伝にそのまま使えそうな幸せな光景を目の当たりにしながらも、ミニピアノと織り機が頭から離れない。祖母から孫への誕生日プレゼントを選ぶという過程ですら小学校受験に結びつけ、娘の行動を支配下に置こうとする己の行為のグロテスクさを自覚し、少し嫌な気分になった。

悶々としながらエレベーターに向かって歩いていると、「ランドセルフェスティバル」というポスターの文字が目に入った。五月の大型連休に開催される催事で、「八百点ものランドセルが一堂に会する」という謳《うた》い文句が勇ましい。伊勢丹で販売されるような高級なランドセルがずらりと並ぶ様子はさぞかし壮観だろう。

「そういえば結衣ちゃん、来年には小学生じゃない。ランドセル買わなきゃ」

母の発するランドセルという言葉に反応して、心拍数が速まる。茜も最近知ったばかりだが、小学校受験界隈では、ランドセルは進学する学校から指定されたものを購入するというのが常識だ。つまり、受験生を抱える家庭では、入学する一年前に百貨店に足を運んでランドセルを選ぶというイベントは発生しない。

「五月っていったら、もうすぐね。帰ったらお父さんに相談してみるわね」

こちらの事情はつゆ知らず、名案を思いついたとばかりに喜ぶ母。

「結衣ちゃんは何色のランドセルがいいの？　今どきの子たちって、女の子でも赤じゃないんでしょ？」

勝手に話を進める母に対し、曖昧に相槌を打つ。今日だけでも何度か受験のことを打ち明ける機会はあったはずだが、なんとなく母には言えなかった。できれば、今回はこのまま最後まで気がつかずに群馬に帰ってほしいとすら思っている。すべて終わったら、そのときに話せばいい。余計な心配をかけたくないし、なにより、実の母親に小学校受験について否定されるのが怖い。ピアノか織り機が良いのでは、と結衣に迫っているときの自分に対する、呆れたような母の表情がよみがえる。

「……ねえ茜、聞いてるの？　予約とかって必要なのかな？」

思案にふけっている間に、すっかりその気になっている母がこちらの顔を覗き込んでいた。

「ごめん、ちょっと考え事してた。でもランドセルはいいよ、誕生日プレゼントも買ってもらったばっかだし」

「あ、もしかして新田さんちのご両親もランドセル買うって言ってたりする？　総介さんは兄弟いないし、初孫だもんねえ」

少しピントが外れた母の心配を聞いて、ホッとする。そりゃそうだ、東京の小学校受験の事情なんて、地に足をつけて暮らしていれば知ることはない代物だ。東京に出た娘がまだ六歳にならない孫の進路について日々あれこれ悩んでいるだなんて、群馬で暮らす母にとって想像すらできないだろう。

「もう遅いし、ご飯食べてから帰ろっか」

無理やり話題を変えると、結衣が飛びついた。

「やったー！　ゆい、おそばたべたい！」

「えー、蕎麦は結衣ちゃんたちがお祖母ちゃんちに来たときに食べさせてあげるから、他のにしようよ」

「えー、おそばがいいー」

「蕎麦なら今度、お祖父ちゃんがいくらでも打ってあげるから！　ね、せっかくだし他のにしよっ！　ほら、お子さまセットとかあるよ。結衣ちゃんのママなんて昔、お子さまセットがいいって言って聞かなくて、デパートの地面に転がって駄々こねてたのよ」

思わぬ方向から飛び火してきたが、母と結衣のかけ合いを眺めながら、つい噴き出してしまう。あらゆる場面で受験の二文字がちらつき、些細なことでいちいち悩む日がさっさと終わって、何気ない日常が戻ってくれば良いのに。自分で選んだ道のはずなのに、ついそんなことを願ってしまう。

第5章 傾注

「ねえねえ、何かいいことでもあった？」

記者会見が終わり、テーブルの上に放置された紙やペットボトルを集めていると、広報部の先輩である潮崎さんが尋ねてくる。

「あ、俺も同じこと思ってた。なんか今日、ずっと嬉しそうじゃない？」

雑誌や新聞記者の名刺の束を手にした部長も同調する。

「いやー、そんなことないですよ。新社長の就任会見も終わったし、これでようやく一息つけるかと思うと、それが嬉しくて」

慌てて誤魔化すが、潮崎さんも部長も「えー、本当にそれだけ？」と疑わしそうな視線を向ける。

「ほら、さっさと作業終えて撤収しちゃいましょう！　時間内に終わらなかったら会場の延長料金かかって、また本部長に怒られますよ」

本当はそんなことまったく気にしていないが、それとなく話題を逸らす。危ない危ない、仕事中だというのに、同僚からわかるくらい表情や態度に出ていたとは。我ながら浮かれている。


「総合得点92点　推計偏差値　68・2　順位　総合　12位／1254人」

昨日、結衣が三月に受けた模試「統一オープン　総合テスト」の結果が返ってきたとき、思わず自分の目を疑った。ペーパー、実技、運動、集団、個別とあらゆる項目で平均点を大きく上回っており、それは想定よりも遥《はる》かに良いものだった。

千人以上の受験生が一斉に受ける統一オープンは小学校受験業界でも最大規模の模試で、老舗幼児教室である文英会が主催している。「我が子の能力がすぐにわかる」というキャッチフレーズの通り、現時点での子供の成績に加え、推計偏差値や順位を通じて受験生の間で相対的にどの程度の能力を持っているのかというのがわかる仕組みだ。

あくまで現時点での評価であり、しかも四月生まれの結衣は他の子に比べて有利な立ち位置にいる。そのまま鵜呑《うの》みにできるようなものではないということは頭では理解している。しかし、こうして実際に我が子の能力が数値化され、高く評価されていることを知って嬉しくない親はいないだろう。

教室に通い始めて八カ月、毎朝のペーパーワークや体操のルーティン、大道寺先生の教室でのレッスンなど日々の積み重ねが実を結びつつある。それはつまり、何もないところから茜が手探りで進んできた道が間違っていなかったという証しに他ならない。

統一オープンは志望校別の順位や、合否判定も表示されるのが特徴だ。

「桜葉女子学院小学校　A　合格圏」
「白百合学園小学校　A　合格圏」
「洗足学園小学校　S　優秀圏」
「お茶の水女子大学附属小学校　S　優秀圏」

志望校としておそるおそる選んだ名門校の名前の横に、大きく書かれたアルファベット。AやSという文字がキラキラ輝いて見えた。一晩経った今日になっても興奮は冷めやらず、ふと思い出してはニヤニヤしてしまう。


「よし、これでおしまいかな。撤収しようか」

記者会見用に借りていたホテル会場の原状回復を確認して、部長が号令をかける。

「早めに終わったし、会社に戻る前にみんなでお茶でもしていきましょうよ」

潮崎さんがいつもの調子で軽口を叩くと、部長も新社長の就任会見の司会役という大仕事を終えたという達成感からか、

「そうだな、プレスからの電話対応は本社に残ってるやつらに任せて、ちょっとサボってくか」

と同調する。提案した潮崎さんを含め、誰もOKが出るとは思っていなかったので、場がどっと沸く。

「ここのホテル、新エクストラスーパーあまおうショートケーキってのがあるんですよ。期間限定なんだけどまだ売ってるかな」

「おいおい、三千円を超えるようなケーキは経費で切れないからな、自腹だぞ」

「えー、ならお茶だけでいいです」

潮崎さんと部長のコントのようなやりとりで盛り上がる中、一人、居心地の悪さを感じる。

「すみません、私、予定があって今日早上がりなんですけど……」

「あ、そうだったね、じゃあもう上がっちゃって！　明日の朝の記事チェックは分担通りでよろしく」

上機嫌な部長に恐縮して頭を下げながら、会場を後にする。また潮崎さんがおかしなことでも言ったのだろうか、エレベーターホールまで来てもみんなの笑い声が微かに聞こえる。

広報部にとっての重要なミッションを無事に終え、チームとしての一体感が最高潮になっている中、一人で早引けすることに対する後ろめたさはある。でも、今は仕事よりもずっと大事なことがある。これから、大道寺先生との個別面談だ。模試といい、面談といい、小学校受験が本格化したことを実感する。職場に私の代わりはいくらでもいるが、結衣の母親は世界に一人、私だけだ。

地下鉄に乗ってスマホを開くと、教室のママ友である寛子と麗佳との三人のグループに、メッセージが届いていた。

「三十分にわたって激詰めされた……大道寺先生、怖すぎ……」

先に面談を終えた寛子からのメッセージには、冷や汗をかいているスタンプが添えられていた。寛子の双子の子供である大夜くんも瑠美偉ちゃんもわんぱくで、寛子は教室でもいつも怒られている。

「うちも生活態度をゼロから見直せって叱られました……」

同じく麗佳も意気消沈している。麗佳の娘の穂乃果ちゃんは大人しいタイプで、行動観察のときに消極的になってしまうのが悩みだといつも話している。

「うちもこれからだ、緊張する〜」

話を合わせるためにこう打ち込みながらも、茜は内心、余裕だった。なんといっても、結衣は千人を超える模試の参加者の中で十二位という好成績を叩き出したのだ。しかも周りの子よりもスタートが遅れるという不利な条件下で。褒められることはあっても、まさか叱られるなんてことはないはずだ。

平日の日中に訪れる大道寺先生の教室は子供たちで賑《にぎ》わう普段の光景が嘘のように、ガランとしていた。普段、子供たちがペーパーワークに取り組む木製の小さな机で先生と向き合う。大道寺先生は老眼鏡のツルを上下させながら、テーブルに広げた模試の結果を眺めていた。沈黙が場を包む。

「まず最初に言っておきます。今回の結果は忘れてください」

大道寺先生の第一声は、想像とはだいぶ違うものだった。呆気にとられていると、先生が続ける。

「小学校受験は中学受験と違って、模試の結果がそのまま合否に結びつく世界ではありません」

静かな、それでいて威厳のある響き。

「結衣さんが頑張っていることは私にも伝わってきます。でも勘違いしないでください。

ペーパーワークも、行動観察も、あくまで第一関門です。特に、ここに書かれたような伝統校は、能力が高いというだけで合格を頂けるような甘い世界ではありません」

静まり返った部屋の中、大道寺先生の声がはっきり通る。

「例えば、志望校に入れている桜葉女子学院ですが、募集枠はわずか四十人です。縁故を持ったご家庭も多く、フリーの枠は半分以下だという話もあります」

縁故。フリー。小学校受験の世界では避けては通れない、実力ではどうにもならない概念だ。頭では理解していたつもりだが、できるだけ考えないようにしていた。好成績で浮かれていたところに容赦ない現実を見せつけられ、冷水をかけられたような気分になる。

「不公平だとお思いでしょうが、私立小学校とはそういうものです。学校側には選ぶ権利があります。祖母や母親の代から桜葉に通い、我が身をもって教育理念を理解している上に教師とも顔なじみの御家庭と、縁もゆかりもない新参者。同じ成績だった場合に、どちらが選ばれるかはおわかりでしょう？　どうしても娘を桜葉に入れたいからと、男子だから小学校に進学できないお兄ちゃんをわざわざ附属の幼稚園に通わせて、そこまでして縁を繫ごうとしている人も過去にはいました」

テーブルの上に広げられた、模試の結果が視界の隅にちらつく。

「桜葉女子学院　A　合格圏」

さっきまで輝いて見えた、青いゴシック体で描かれたAというアルファベットがくすんで見えた。こんなもので浮かれていた自分が馬鹿みたいだ。

「それでも、諦める必要はありません」

大道寺先生の凛とした声に、ハッと顔を上げる。

「最初から縁故だけで決まるなら、わざわざ入試なんてする必要はありません。全員、幼稚園から採ればいい話です。なぜ、伝統校が広く門戸を開放して募集するのか。それは、縁故で入った子供たちに刺激を与える存在を求めているからです」

大道寺先生と目が合う。圧のある視線は、どこか優しさを含んでいた。

「あなたの友人の京子さんは、まさにそういう存在でした。自ら高い目標を課して努力を弛《たゆ》まず、己を高めていく彼女のような姿勢は、ともすれば世間知らずになりがちな縁故組の子供たちにとって必要不可欠です。彼女もフリーでした」

大学時代の親友、京子の顔を思い浮かべる。留学、就職、駐在。確かに、京子は周囲に刺激を与える存在だった。かくいう自分も、影響を受けた一人だ。

模試の結果を受けた喜びから現実を突きつけられた絶望、そしてまだ可能性があるという希望。ジェットコースターに乗っているかのように感情が激しく揺れ動く。

「さて、今後の方針について話し合いましょう」

大道寺先生の言葉で我に返る。

「まず、新田さんに必要なのは、志望校に対する理解です。例えば今回、桜葉と白百合を並べていますが、どういう意図ですか？」

「えっと……まず、我が家の方針として、大学附属校ではなく大学受験を前提とした学校を目指そうかと。結衣はペーパーが得意なようなので、そこが評価される学校を選びました。あと、自分を律するという点でカトリックの学校が合いそうだと思いました。あ、語学教育に力を入れて低学年から英語を学んでいるという点も、親としても魅力を感じました」

おずおずと答えると、大道寺先生はピシャリと制した。

「ミッションスクールを志望校に入れるならば、実利ではなく、宗教を通じて何を学びたいのかをきちんと説明できるようにしてください。カトリックと一口に言っても、学校によって校風はまったく異なります。桜葉と白百合の違いはその最たるものです。あとカトリックというならば、なぜ光塩《こうえん》や聖心は候補に入れなかったんですか？　また語学を重視するとおっしゃっていましたが、洗足とお茶の水はその条件を満たしていませんよね。ただ単に、中学の偏差値や進学実績で選んだのではないですか？」

大道寺先生の言う通りだ。ぐうの音も出ない。私立や国立小学校は首都圏だけで百校近くある。合同説明会や書籍、ネットなどを通じて色々と情報を仕入れているが、膨大な情報量を前に、調べれば調べるほどわからなくなる。結局、偏差値や進学実績というわかりやすい指標に頼ってしまう。

「進学実績を無視しろとは言いません。ただ、そこだけに縛られるのであれば、小学校受験なんてする必要はありません。中学受験、いや、大学受験だけでも十分です。結衣さんであれば、きっと問題ないでしょう。なぜわざわざこんな大変な思いをして小学校受験をするのか、なぜ公立ではなく私立や国立を目指すのか。考えて、考えて、考え抜いてください。どんな教育を通じて、どんな風に育ってほしいのか。志望動機を言語化できないほど、あなたが手を抜いてきたとは私は思いません」

大道寺先生の言葉に頷きながら、気がつけば涙を流していた。我ながら情緒が不安定だ。ハンカチで目頭を押さえる。

もともとの出発地点は中学受験を回避するという後ろ向きなものだった。大学進学というゴールから逆算しているというのも事実だ。未就学の子供に多くの負荷をかける小学校受験への偏見がまだ自分の中に残っていないとは言えない。しかし、半年以上結衣に伴走してきて、自分も小学校受験の魅力に取り憑《つ》かれている。結衣がこれだけ頑張っているのに、親の準備不足でどこの学校からも御縁をいただけないなんてことになったら、自分で自分を許すことができない。

「すみません、これから勉強します。何から始めたらいいか、教えてください」

自分でも驚くほど、大きな声が出た。それを聞いた大道寺先生は満足そうに頷いた。

「それではまず……」

語り始める大道寺先生の言葉を一言一句漏らすまいと、メモにペンを走らせる。静かな教室を、窓から差し込む夕日が真っ赤に染めていた。

＊

ベッドの上で夢と現実の境目を行ったり来たりとまどろんでいると、突如、視界が真っ赤に光った。少し遅れて、鼻のあたりに鈍い痛みが走る。目を開けるが、真っ暗で何も見えない。何が起こったのかわからず、パニック状態のまま両手で顔を覆う。とっさの防衛本能が功を奏したのか、遅れてきた第二撃は右手の甲で受けることができた。暗闇の中、手探りで攻撃の発生源を摑む。そこには自分の掌《てのひら》にも満たないサイズの、進次郎のフニフニした足があった。本来頭があるべき場所に足が、足があるべき場所に頭がある。いつものことながら、ひどい寝相だ。

五月を迎え三歳になり、進次郎は日増しに体力がついてきた。保育園でぐっすり昼寝をしているからか、夕方以降は家族の中で誰よりも元気だ。イヤイヤ期も本格化してきた。気に入らないことがあればすぐに号泣し、床に大の字になってジタバタする。今日も、風呂上がりにオムツを穿《は》きたくないと逃げ回る進次郎を捕まえて着替えさせ、歯ブラシをするだけで三十分かかった。体力を持て余した男児の育児がこれほど大変だとは、結衣だけを育てていた頃は全然知らなかった。

ベッドに入ってからも興奮状態が続く進次郎を寝かしつけている間に、自分も寝てしまったらしい。眠い目をこすり、進次郎の踵落《かかと》としのせいでまだじんわりと痛みが残る鼻骨のあたりを撫《な》でながらリビングに向かう。

「あ、起きてたんだ」

煌々と明かりがついたリビングでは、風呂上がりで寝間着姿の総介がダイニングテーブルにノートパソコンを広げ、何やら真剣な表情でキーボードを打っていた。

「進次郎を寝かしつけてたら私も寝ちゃってた」

「なるほど、おつかれさま」

総介はそう返すと、また視線をパソコンに戻す。リズミカルにキーボードを叩いたかと思えば、少し悩んでバックスペースを何度も押し、そしてまた文章を紡ぐ。その繰り返しだ。

一時期、仕事が落ち着いて保育園への送り迎えを自ら買って出ることもあった総介だったが、通常国会で法案の審議が本格化する中、政治部記者の宿命で帰宅が遅い日々が続いていた。家であまり仕事の話をしないので、茜は総介が何をしているのかはよくわかっていない。それでも、国定首相の支持率が三十パーセントを切り危険水域と呼ばれる水準に入り、与党総裁としての任期終了が近づく中、首相の退陣や解散総選挙を予測する記事が連日のようにヤフーニュースのトップ画面を賑わせている。今日も原稿を書いているのだろうか。

リビングの片隅に移動し、うずたかく積まれた洗濯物の山を前に軽くため息をつく。以前はベッドに向かう前にパパッと片付けていたが、最近はイヤイヤ期の進次郎への対応に時間を割かれるようになり、それどころではない。かといって放置していると、洗濯物の山はどこまでも高く、そしてすそ野は広がっていく。明日は土曜日なので、朝から大道寺先生の教室がある。今、この場でやるしかない。意を決して、畳み始める。

ペチペチとキーボードを叩く音が部屋に響く中、黙々と洗濯物を畳む。進次郎が毎日のように予備用の服も汚してくるのでただでさえ量が増えているというのに、今日の保育園の連絡帳には、「そろそろトイレトレーニングを始めましょう」と書いてあった。気軽に言ってくれるが、おしっこで濡れたズボンやパンツがここに加わることを想像して、気が重くなる。

「ねえ、保育園が進次郎のトイレトレーニング始めろって」

一人で洗濯物と向き合っていても憂鬱が加速するだけなので、総介に話しかける。といっても返ってくるのは「ああ」とか「うん」とか適当な返事だけだ。昔からいつもそうだ、集中して原稿を書くときはあらゆる情報を遮断して、自分だけの世界に閉じこもる。

もう慣れたものだが、今日に限ってはなんとなく気に障った。家事も育児も自分には関係ないと言わんばかりの態度で、それで許されて当然、といった表情で仕事に集中して。一体、誰が毎日パンツを畳んでいると思っているのだろう。裏返しのまま脱ぎっぱなしの靴下が一人で洗濯機に飛び込み、クローゼットまで歩いているとでも思っているのだろうか。

自分で始めたこととはいえ、受験本番に向けて親の負担は増え続けるばかりだ。普段のレッスンと並行して、様々なイベントが次から次へと出てくる。学校説明会、学校見学会、個別相談会、公開授業――。気がつけば、毎週末のスケジュールは午前・午後ともぎっちり埋まっている。専業主婦と違って週末しか動けない中、時間はいくらあっても足りない。

イヤイヤ期真っ盛りの進次郎の対応に労力が割かれる中、茜一人ですべてに対応するのはとても無理なことは明らかだ。最近では毎週のように義母である千鶴の助けを借り、必死の思いで予定をこなしている。毎週日曜日に通っていた結衣のスイミング教室はとても続けられなくなったので、先日、休会届を出した。「もうすこしでバタフライだったのに」と結衣は残念がっていたが、仕方がない。なんせ、受験本番である十一月まであと半年もないのだ。

しかし、娘の受験のために実の母親まで駆り出されているというのに、総介はいつまでもマイペースを崩さない。受験に関しては最初から期待していないが、せめて家事でこちらの負担を減らすための努力ぐらいはしてほしい。

洗濯物を畳み終え、家族四人分の衣類を持ってリビングとクローゼットを往復する。相変わらず、総介はパソコンと向き合っている。時計の針は十一時半を指していた。

いつも好きなだけ仕事ができて、相変わらず良いご身分ですね、と心の中で悪態をつきながら冷蔵庫を開ける。ドアポケットに収まる麦茶ポットはほぼ空っぽだった。夕食を食べ終えた時点ではまだ残っていたはずだ。夫婦のどちらかが飲みきった時点で新しい麦茶を作るというのが結婚以来の暗黙の了解だが、総介は時折、こういったセコい真似をする。

「麦茶、ちょっとしか残ってないじゃん」

洗濯物の分も込めて、苛立ちをストレートにぶつける。しかし当の総介は聞いているのか聞いていないのか、「んあ」と生返事だ。

「そんなに一生懸命、何書いてるの？」

嫌みをたっぷり込めて、総介の隣に座って話しかける。記者という職業柄、総介が家に仕事を持ち帰ることは珍しくない。それでも、ここ最近のペースはちょっと尋常じゃない。夜な夜なパソコンと向かい合っているし、何より集中力が普段とは段違いだ。文章を推敲《すいこう》しているであろう後ろ姿には、鬼気迫るものがある。

「うおっ、ビビったぁ」

茜が突然視界に入ったことに驚いたのか、総介が大きい声を出す。その大袈裟《おおげさ》なリアクションを見て、ちょっとスッキリした。

「毎晩毎晩、何やってるの？」

そう言いながら画面を覗き込む。総介は慌てて両手で画面を隠そうとしたが、もう遅い。

「衰退の危機にある我が国に、もう時間は残されていません。身を切る改革を掛け声だけでなく、実行に移すことで……」

ワードのファイルに並んでいた文章は、普段目にするニュースの原稿とは明らかに異質のものだった。総介の顔を見る。「しまった」という心の声が聞こえてきそうな、間の抜けた表情をしていた。

「これ、何？　仕事の原稿書いてたんじゃないの？」

気まずそうな総介を問い詰める。これでも抑えたつもりだが、つい、詰問するような口調になってしまった。目の前で何が起こっているのか、まったく理解できなかった。

コチ、コチ、コチ……静寂の中、壁掛け時計の秒針の音だけが聞こえる。

「……絶対にここだけの話な」

観念したのか、総介が重い口を開く。

「国定首相はもう持たない。楫取さんは総裁選に出るつもりだ」

国家機密を告白するかのような、少し芝居がかった口調。

「楫取さんは官房長官だし、表立って国定さんを降ろすような不義理な真似はできない。だけど、Xデーに備えて水面下で準備は進めてる。あくまで自分の意志ではなく、派閥横断の若手議員から推されて、みたいな形がベストだろうな」

話しながら席を立ったかと思えば、冷蔵庫からビール缶を取り出す総介。プシュッという音が響き、泡が溢れた。

「実は楫取さんから、総裁選のスピーチを頼まれてる。付き合いも長いし、俺が一番楫取さんの想いや政策理念をわかっているからって」

興奮状態にあるのだろう、床に垂れる泡を気にすることなく、誇らしげな表情で勢いよく缶を口にあててビールを飲む総介。茜は総介の喉仏が上下に動くのをボーッと眺めながら、このまま濡れた床を拭かないつもりなのかな、なんてことを考えていた。

渾身《こんしん》の独演にもかかわらず、妻のリアクションが淡泊で想定と違ったからか、総介がちょっと不安そうな顔でこちらの顔を覗き込んでくる。

「で、どうよ」

「……どうよって言われても」

質問の意図を測りかねて、オウム返しで済ませる。どこか物足りなそうな総介の表情を見て、理解した。そうか、褒めてほしいのか。他社のテレビ局や新聞社の記者を出し抜いて国家権力の中枢に近づき、国を動かす側に立っているという高揚感。「すごいね、頑張ったんだね」という称賛を待つその姿はまるで、フリスビーをくわえ、尻尾を振りながらハッハッと息を弾ませている犬のようだ。

「ここまで来るのに本当に苦労したよ。楫取さん、なかなか記者に心を開かないことで有名な人だから。楫取さんが無役の頃から政策議論の勉強会に参加して、朝の散歩に付き合って、距離を詰めてきた甲斐《かい》があったよ」

こちらの反応を待つことなく、一方的に楫取官房長官との思い出話を語り始めた総介の姿を見ながら、胸に寒々しい思いが去来する。この男は一体、さっきから何を話しているんだろうか。政治家のスピーチのゴーストライターを頼まれたことをあたかも名誉なことであるかのように誇らし気に話しているが、永田町という狭い世界で、放っておいても発表される話を数時間早く報じるために抜いた抜かれたと業界内の争いに明け暮れて、家族をないがしろにして朝も晩も週末もなく駆けずり回ったその終着点が、有力政治家の草履を懐で温めるような真似なのか。仕事が忙しそうだからと大目に見ていたが、こんなくだらないことに夢中になっていたのか。どうかしている。

「去年、ワシントン出張に同行したときに楫取さんが言ってたけど、日本の未来はこれからの数年で決まるんだよ。米中の対立が始まってる中で、デジタル化の遅れも、社会保障費の問題も、もう課題を先送りにはできない。野党や既得権益からの反発があったとしても、誰かがやらなくちゃいけないんだ」

こちらの冷めきった気持ちを気にかけることもなく、興奮状態でベラベラ演説を始める総介。テレビ局というガチガチの規制産業に親のコネで入った人間が語る既得権益とは一体、何を指しているんだろうか。

「楫取さんが首相になったら、この国も変わると思うんだよね。あの人、デジタルに強いし、官僚からの評判もいいし。国定さんも平時の首相としては悪くないと思うけど、今みたいな時代には利益調整型のリーダーは合ってないよな」

饒舌《じょうぜつ》に語る総介の話を聞いているうちに、イライラしてきた。日本の未来を憂う前に、やるべきことがあるんじゃないか。総裁選のスピーチを書いてる暇があったら、そのご自慢の文章力で、小学校の願書に何を書くかを一緒に考えるべきなんじゃないか。誰が総理大臣になっても我々の生活に影響はないが、受験には結衣の一生が懸かっているのだ。この男に、父親としての自覚はいつになったら芽生えてくるのだろうか。

「いやちょっとさ……」

と口を開きかけたが、目を爛々《らんらん》と輝かせる総介を見て、一瞬で悟った。この場で何を言っても無駄だ。ここで否定したら多分、いや、絶対に拗ねて後々面倒くさいことになる。先日読んだ本にも、受験中の夫婦喧嘩が子供の精神に与える悪影響について書いてあった。本当だかどうだか知らないが、受験で夫婦仲がこじれ、離婚したなんていうケースもあるそうだ。仕方ない、ここは私が大人になろう。

「へー、すごいじゃん」

せめてもの抵抗で、感情を込めずに話す。仕事だと思えばなんでもない。こちらの気も知らず、総介の表情がパッと明るくなる。少し褒められただけで嬉しそうな顔をして、まるで無邪気な子供みたいだ。

「でもさ、会社とか大丈夫なの？　特定の政治家に肩入れするのって駄目なんじゃないの？」

それとなく、本業でもないことにあまり深入りするなと水を向ける。サラリーマンとして普通に働いて、それなりに高い年収を貰って、それで良いじゃないか。政治家でも官僚でもないのに、国を動かす必要なんてどこにもない。

「まあ表向きは駄目だけどさ、ぶっちゃけ政治部の記者は政治家に食い込めてなんぼみたいなところもあるし。会社も黙認している感じだよ」

総介は誇らしげに語りつつ、冷蔵庫を開けて二杯目のビールを取り出す。駄目だ、まったく通じていない。仕事と自己実現の境界が曖昧に溶けている。ふと思い出したように「茜もビールいる？」と聞かれたが、そういう気分ではないと首を振る。

「親父が現役のときはスピーチどころか、田山元首相の本のゴーストライターもやってたらしいし。やっぱそこまで懐に入り込まないと駄目なんだよな」

悦に入ってツラツラと語っているが、要するに父親の背中を追いかけているという話にすぎない。本人は気づいていないかもしれないが。

「あの子、小さい頃に父親が家にいなかったから、逆に父親の幻影を追ってファザコンになっちゃったのよ」

先日、合同説明会に一緒に行ったときに千鶴が呆れたように話していたことを思い出した。

「あの人たち、政局だ人事だって年がら年中盛り上がってるけど、実際のところ、自己満足の世界よね。世間はそんなに政治にもニュースにも興味ないって、あんまりわかってないみたい。放っておくと際限なく仕事に夢中になるから、ほどほどのところでコントロールしておかないと駄目よ」

記者の妻の大先輩である千鶴からあらかじめ聞いておいた、夫の操縦法を繰り出すタイミングはここだ。

「仕事に夢中になるのはいいけどさ、落ち着いたら結衣のことも手伝ってよ？　願書書くのとか、政治家のスピーチライター頼まれるレベルの文章力なら余裕でしょ？」

「あー、願書ねー。まあ文章なら何とかなるかな」

我ながらうまいこと受験の話に誘導できた。総介は褒められたことで自尊心が満たされて満足したのか、まんざらでもなさそうだ。あまりにも簡単すぎて、ちょっと面白くなってきた。きっと、老獪《ろうかい》な政治家にもこうやって利用されているんだろうな。

こちらの掌の上で踊らされているとも知らず、嬉しそうにビールを飲む総介。面倒くさいが、すべては結衣のためであり、つまりは家族のためでもある。小学校受験という未知の海での航海で進路を定め、船員に指示を出すのは私しかいない。

ほろ酔いで上機嫌になった総介が一階に下り洗面台の前で歯を磨いている間、ビール缶を水洗いしてゴミを分別し、シンクに溜まった皿やコップを食洗機に片付ける。

「お、ありがとう」

「いいよ別に、でも願書の件、本当によろしくね」

駄目押しにさりげなく恩を売る。罪悪感を抱かせたら勝ちだと千鶴は言っていた。

「あー、もう十二時半じゃん」

「ほんとだ、寝よっか」

寝室に連れ立って歩く。夫婦用のダブルベッドのど真ん中で大の字で寝ている進次郎を、総介が進次郎用のマットレスにひょいと移す。寝ている子供の移動は茜にとってはひと仕事だが、男手《おとこで》があると、こうも簡単なのか。まじまじと総介の二の腕を見つめていると、総介が甘ったるい雰囲気で抱きついてきた。

「何じっと見てるのさー？」

こちらとしては全然そんなつもりはなかったが、どうやら意図を勘違いされたらしい。酔っている人間特有の体温が、寝間着越しに伝わってくる。

「二本しか飲んでないのに酔ったわー」

わざわざ酔っていることを主張する言葉とともに、ほのかにアルコールの臭いを乗せた息が耳にかかる。抱きしめられたまま、どすんと横に倒れた。ベッドのスプリングの反動で二人の体が軽くはねる。腰のあたりに硬いものが当たる。この流れは間違いない、総介は完全に「その気」になっている。

一方で、総介が盛り上がれば盛り上がるほど、冷静になる自分がいる。有力政治家のゴーストライターとして自分が日本を動かしているかのような錯覚に陥り、軽く飲んだことで興奮状態にあるのかもしれないが、こちらはアルコールが一切入っていない。今週は結衣のペーパーがあまり進められなかったので、仕事がない土日の朝で枚数を稼いでおきたい。それに、明日の午後の説明会に行く学校の下調べもまだ十分にできていなかった。何より、まったくそういう気分になれない。

「ごめん、明日朝早いんだよね。今日寝ちゃって、結衣の学校のこと全然できてなくて」

今夜はそういう気分じゃないんだよねと正直に言ったら傷つくだろうし、生理が始まったからと嘘をつくのも気が進まない。やむを得ない理由があると伝えたつもりだったが、総介にとっては想定外の反応だったらしい。体を抱きしめる力が急に弱くなった。

「…そいや、もう遅かったもんな」

わざとらしくあくびをする総介。興奮が冷めたのか、いつの間にか手は茜の体から離れていた。気まずさを誤魔化すために、布団を直す。

「じゃあ寝よっか、おやすみ」

「おやすみ」

心がすれ違った人間同士でも、寝る前の挨拶くらいはできる。布団越しに、ゴソゴソと総介が体勢を変えているのが伝わってくる。チラッと右側を覗くと、背中がこちら側を向いていた。

ちょっと申し訳ないなと思うと同時に、ホッとした。肌を重ね合わせること自体は嫌いではない。総介のことも好きだ。でも最近は受験でずっと気を張っているからか、母親モードからうまく切り替えることができない。そういえば、最後にしたのはいつだっただろう。

ごめんね、と心の中で謝りながら、明日の午後に行く学校までの道のりを調べてなかったことを思い出した。事前情報では良さそうな学校だったけれど、通学時間が一時間を超えないか確認しなければ。進次郎の寝かしつけで一度寝てしまったので、なかなか寝つけそうにない。ぐるぐると思考を巡らせているうちに、隣から寝息が聞こえてきた。ベッドの下では進次郎が寝返りを打って壁を蹴っている。

明日は起きたらまず学校への通学時間を調べないとな。何を質問するかも考えておかないと。あと、伊勢丹で受験用の服のオーダー会が来月あるってメールが届いてたな、予約しなきゃ。気がつけば、頭の中は受験のことで占められて、夫婦関係についての悩みなんてどうでもよくなっていた。

＊

梅雨入りしたというのに、一向に雨が降る気配がない。電動自転車で毎日送り迎えしている身からするとありがたいが、雨の代わりに、真夏のような暑さがやってきた。仕事帰り、保育園の下駄《げた》箱前で「まだ帰りたくない——」と大の字になってバタバタする進次郎を抱え、自転車のチャイルドシートに乗せるだけで滝のように汗が流れ出る。

「あめがふらないし、からつゆだねえ」

大道寺先生の教室で習ったのか、後部シートに座った結衣が得意げに話すが、暑さと疲れで、返事をするだけで精いっぱいだ。肌にまとわりつくヌメッとした空気が体力を奪っていく。家までの道のりがいつもよりも遠く感じる。

「ただいまぁ」

ギャーギャー泣きわめく進次郎を抱えながら息も絶え絶えに玄関の扉を開け、玄関ホールの床に突っ伏す。ひんやりとしたフローリングに頬が触れ、ようやく一息つけた。これでまだ六月なんだから、夏になったらどうなってしまうのだろうか。

玄関の隅には小さなプラスチックケースが二つ並べられている。一つはアゲハチョウの幼虫が、もう一つはカブトムシの幼虫が入っている。大道寺先生から「生の素材に勝る教材はありません、これで観察日記をつけてください」と託されたものだ。キャベツの葉の上で、アゲハチョウの幼虫がウネウネと動いている。ああ、今週の絵日記もあとで描かせなきゃ。

このまま目を瞑ってしまいたいが、一念発起し、気力で二階のリビングまで這い上がる。あと少しだ、頑張れ。自分を奮い立たせる。

カチャリ。リビングのドアを開け、電気のスイッチをつけた瞬間、それまでの疲れが嘘のような晴れやかな気分になった。部屋が綺麗に片付いている。床にはちり一つなく、洗濯物は綺麗に畳まれ、テーブルや椅子は定位置にまっすぐ並んでいる。ごちゃごちゃだった本棚の絵本はシリーズや高さごとに綺麗に並べられ、まるでモデルルームのようだ。

冷蔵庫のドアを開くと、目の前にはタッパーがギッチリと積まれた空間が広がっていた。

「月曜日」と書かれた黄色いポストイットが貼られた大小三つのタッパーを取り出し、いそいそとふたを開ける。ミートソースハンバーグ、きんぴらごぼう、ほうれん草のおひたし。バランスの取れたメニューに思わずうっとりする。

「夏バテしそうな気候なんで、野菜をたっぷり取って乗り切りましょう！」

そんな声が聞こえてくるようだ。レンジでハンバーグを温めると、ミートソースの匂いが部屋中に漂う。手洗いうがいを終えた結衣が配膳をお手伝いしているうちに、グズって横になっていた進次郎がむくりと起き上がった。

「ほら、ご飯食べたいなら手洗いしなきゃ」

コクリと頷く進次郎。さっきまでのイヤイヤが嘘のようだ。今まで知らなかった。綺麗な部屋と美味しい料理は、人々の心に余裕を与え、生活を豊かにする。

家事代行、というサービスの存在自体は知っていた。ニュースや広告でよく見かけるということは、それなりに流行っているのだろう。けれど、まさか自分が使うことになるとは思いもしなかった。

いくら共働きとはいえ、せめて子供たちへのご飯ぐらいは作ってあげたいし、キッチンを他人に預けるというのには抵抗があった。何より、普通の共働き家庭なのにヘルパーさんを雇うだなんて、身分不相応な贅沢なようにも思えた。

しかし、インスタで小学校受験関連の情報を調べてみると、多くの母親が料理や掃除を外注していいるらしい。

『食育のために季節の素材を使うとか、もう無理！　そういう細かいことは全部ヘルパーさんに頼んでる！』

『部屋が綺麗に保たれているだけで、子供を叱らなくて済む！　ヘルパー様様《さまさま》！』

まるでステマかと思うような絶賛ぶりだが、精神的な余裕ができるという点が気になった。

ハッシュタグをたどっていると、ある投稿に目を奪われた。

『料理とか掃除をいくら頑張っても所詮は自己満だし、そんなことに使う時間があったら全部受験のために注ぎたい。受験が終わった後、もっと料理頑張っておけば良かったとかいつも部屋を掃除しておけば良かったとか絶対思わないだろうし。一日は二十四時間しかない！すべては合格のため！』

思わず身震いした。ライバルがここまでやっているというのに、私は家事で時間を浪費している場合なのだろうか。だいたい料理といっても、週末に下ごしらえしておいたものにチャチャッと火を通しているだけで、内容も似たようなメニューの使いまわしだ。掃除も洗濯も、確かに自己満と言われればそれまでだ。時間がない、時間がないと口癖のように言っておきながら、その状況を変えようと努力していたとは言い難い。確かにお金はもったいないが、何のために働いているのだ。こういうときに使うためではないか――。

こうして意を決して使い始めた家事代行サービスだが、その快適さは想像を遥かに超えたものだった。仲介業者から派遣された光江《みつえ》さんは、近所に住む五十代の女性。もともと専業主婦だったが、子供二人が大学生になり手離れし、自分の家事スキルを活かせる仕事を探していたという。

「子供が小さいのは本当に一瞬だからね。いまが一番可愛い時期よ」

上品に笑いながらテキパキと調理し、タッパーに色とりどりの料理を詰め込む光江さんはまるで魔法使いのようだった。もともとは一回三時間で一万円というコースで、食品の買い出しと作り置きをお願いするつもりだった。しかし、光江さんは

「買い物は来る途中に済ませちゃうから構わないわよ」

と、余った時間で掃除や洗濯までしてくれることに。鍵を預ければ仕事中にすべて済ませてくれるという至れり尽くせりのサービスで、すっかり骨抜きにされた。当初は二週間に一回程度のつもりだったが、気がつけば毎週頼んでいる。

「きょうもおいしかったねえ。きんぴらごぼうってなにがはいってるの?」

結衣が尋ねてくるので、スマホで検索しながら教えてあげる。今までは寝る時間が遅くなるからと焦ってこうした質問一つ一つに答えてあげられなかったが、光江さんのおかげで余裕が生まれた。進次郎がボロボロと床にご飯をこぼしても、あまり気にならない。

光江さんに家事を頼むことで一カ月に四万円。大道寺先生に月謝として七万円を払い、情報代として本やネットに次々と課金していることを考えると、小学校受験のためだけに月に十数万円払っている計算になる。こうして改めて考えてみるとゾッとするが、受験は遅くとも半年後には終わる。これは必要な投資だ。自分に言い聞かせる。ご飯を食べ終えた結衣が

折り紙を一生懸命折っている姿を、幸せな気持ちで見守る。

風呂に入り、歯を磨かせ、子供たちを寝かしつけてリラックスしていると、スマホが震えた。カレンダーアプリの通知には、明日の予定が表示されていた。

「柴崎《しばさき》教室@四ツ谷　三時三十分」

明日は結衣を連れて、桜葉女子学院に強いと噂の個人教室「柴崎チャイルドアカデミー」を受講することになっている。

もともと、受験に関しては大道寺先生にすべてを任せるつもりでいた。右も左もわからない中からここまで来ることができたのは、大道寺先生のおかげだ。小手先の対策ではなく能力を底上げするという思想に心酔さえしていた。しかし、柴崎チャイルドアカデミーを紹介してくれたのは、他ならぬ大道寺先生だった。

「本気で桜葉を目指すなら、志望校別のレッスンも受けて慣らしておいたほうがいいでしょう。今年はうちの教室から桜葉を第一志望にしているのは結衣さんだけなので、他流試合で鍛えてらっしゃい」

大道寺先生によると、柴崎先生は大手塾であるビーンズ四ツ谷校で長年にわたり桜葉女子学院に特化したクラスを担当していたらしい。独立してから数年しか経っていないにもかかわらず、毎年コンスタントに桜葉に教え子を送り込んでいる敏腕講師だという。

唯一、問題があるとすれば、柴崎チャイルドアカデミーの授業は週末ではなく、平日に行われるということだ。数回であれば午後休や早退で対応できるが、毎週となると少し厳しい。どうしようかと悩んでいたところ、義母の千鶴が色めき立った。

「平日の送り迎えは私がやります。ただでさえ結衣ちゃんは始めたのも遅かったし、幼稚園じゃなくて保育園という時点で不利なんだから」

と、自ら保育園でのピックアップと教室や家への送迎を買って出た。

「私のお琴の教室の友達がお孫さんを桜葉に通わせてるっていうから聞いたんだけど、ビーンズ時代の柴崎先生の教え子だっていうじゃない。独立してからは優秀な子だけ選んで受け持ってるって噂らしいわよ。茜さん、絶対にこのチャンスを逃しちゃ駄目よ」

力を込めて語る千鶴。気がつけば、茜以上に結衣の受験にのめり込んでいる。礼を言いつつも、とりあえず初回は自分の目で確かめるべく、明日は半休を申請している。

夏を控え、通常のレッスンとは別に、学校ごとに特化した教室に通ったり講習を受けたりするのは結衣に限った話ではないらしい。ママ友のグループメッセージで相談すると、

「もともと大道寺先生とは別に体操教室に通わせてたんだけど、大道寺先生から絵画の教室も通えって言われてて」

とすぐに寛子から打ち返しがきた。

「うちも大道寺先生の指示を受けて、ビーンズの夏期講習で学習院クラスを予約してます」

麗佳からの返信も同様だった。受験本番に向かって動き出しているのは自分だけではないと思うと、少し落ち着いた。

いくらネットで検索しても情報が出てこなかった柴崎チャイルドアカデミーだったが、指定された住所に到着して納得した。なんと、マンションの一室だったのだ。オートロックを通過し、何の変哲もない玄関のチャイムを押すと、五十歳くらいだろうか、アディダスの緑のジャージに身を包んだショートカットの女性が「はーい、お待ちしておりましたー」と快活な声とともに出迎えてくれた。

「わかりにくい場所ですみませんねー。あ、お母様、スリッパこちらです」

キビキビと動く女性が柴崎先生だと気がつくまでに、少し時間がかかった。これまで受験教室の先生といえば大道寺先生しか知らなかったので、そのフレンドリーさに面食らう。

少し広めの中古マンションを拠点に、アシスタントも雇わずに一人で運営しているらしい。リビングの小さなテーブルでは女の子二人が紐にビーズを通しており、隅のほうでは母親二人がリラックスした様子で座っていた。服装こそ紺色のお受験ルックだが、張り詰めた空気が漂う大道寺先生の教室とは全然雰囲気が違う。

「今日からの新しい子だよー、自己紹介、できるかな？」

と柴崎先生。結衣が緊張しながらも

「にったゆいです、ろくさいです。ぶんきょうくからきました。きょうりゅうがすきです」

と自己紹介すると、部屋中に拍手の音が響いた。

「結衣ちゃん、ありがとう。じゃあ美玲《みれい》ちゃんと桜《さくら》ちゃんも自己紹介しよっか」

こう促されると、美玲ちゃんと桜ちゃんと呼ばれた子たちがそれぞれ自己紹介する。言葉に詰まることもなければ視線を泳がせることもなく、もちろん手遊《すさ》びをすることもない。随分としっかりしている。ちらりと隣を盗み見ると、ママ二人はそれが当然、という表情をしていた。

「じゃあレッスンが始まるまで、三人で遊んでみよっか」

先生がこう切り出すと、結衣も加わり、一緒にビーズを紐に通し始めた。はじめこそ緊張した様子だったがすぐに打ち解け、この色が綺麗だ、この形が良いと三人で額《ひたい》を集めて相談している。

「桜葉の行動観察は初対面の子たちの集団でどう立ち振る舞うかを見ているんですけど、三人ともいい感じですね。夏期講習が始まったら他の曜日の子たちも交ざるんで、いい練習になると思います」

親に向かって説明する柴崎先生。朗らかな喋り方は、まったく威圧感を感じさせない。部屋の向こうでは、三人が楽しそうに手を動かしている。タイプの違う先生の下、いつもと違うお友達と学ぶことも悪くないのかもしれない。

柴崎チャイルドアカデミーは参観型と呼ばれる、レッスンの様子を保護者が観察できる仕組みだ。これは先生が長年勤めていた大手塾ビーンズのスタイルらしい。大道寺先生の教室のように親と隔離する非参観型と違い、親は子供がどんな表情でレッスンを受けているのか、何ができて何ができないのか、リアルタイムで見ることができる。つまり、集団の中における我が子の立ち位置が一目瞭然となる。

「じゃあそろそろ始めよっか、お片付けしよう」

呼びかけの声と同時に三人はすぐに手を止め、ビーズと紐をテーブルに置かれた箱に戻し始めた。美玲ちゃんも桜ちゃんも背筋が伸びており、所作に無駄がない。自己紹介の時点でうすうす気づいてはいたが、二人とも、かなり仕上がっている。なるほど、隣に座るママ二人が醸し出す余裕も納得がいく。

五月の統一オープンで、結衣の推計偏差値は63だった。三月の68に比べれば少し見劣りするものの、依然として学年のトップクラスにいることは間違いない。

しかし、目の前の美玲ちゃんと桜ちゃんは結衣と同等、もしくはそれ以上だと思わせる優等生ぶりを見せた。ウオーミングアップ代わりに始まった三文字しりとりは結衣の得意分野で、大夜くんや瑠美偉ちゃん、穂乃果ちゃん相手には無敗を誇る。しかし、勝利したのは美玲ちゃんだった。

「ら、ら……あー、らくだがあった！」

勝負が終わってから思い出して悔しがる結衣を、先生が「気持ちはわかるけど、後から言うのは駄目よ」と優しくたしなめる。その後のリズム遊びや忍者ごっこ、袋詰めなど桜葉の入試で出てくる定番メニューをこなしていく三人だったが、たまに無駄な動きやミスがある結衣に比べ、美玲ちゃんと桜ちゃんの動きは実に洗練されたものだった。

これは大道寺先生からの受け売りだが、桜葉の入試で問われていることは「半年後にできて当たり前のことを完璧にできるようにする」ということに尽きる。ペーパーも、巧緻性も、ごっこ遊びも、難易度こそ高いが決して奇をてらったものではない。それでも、精神面・肉体面の成長がまだ途上にある未就学児にとって、時間制限もある中、指示されたことを完璧にこなすということは容易ではない。

結衣が真剣に取り組んでいることは、表情を見ればわかる。こんな表情ができるようになっているなんて、はじめて知った。それでも、傍から見ている限り、美玲ちゃんや桜ちゃんと比べると、どうしても見劣りする。

女子最難関である桜葉の倍率は十倍程度と言われている。十人が出願し、一人しか合格しないという狭き門だ。実際に競う子のレベルの高さを目の当たりにし、自分がどれだけ険しい道を選ぼうとしているのかを改めて知る。でも、結衣は今日が初日だ。桜葉に特化した訓練を積んでいるわけではない。伸び代しかないじゃないか。今日、ここに来て良かった。ぐっと拳を握る。

「結衣ちゃん、はじめてだったのに頑張りましたね。大道寺先生から聞いてましたけど、基本的な部分は問題ないと思います。今後は精度を高めていきましょう」

一時間半のレッスンはあっという間だった。集中しすぎていたのか、掌にはじっとりと汗がにじんでいた。

「こちら、入会金とお月謝の案内になりますね」

柔和な笑顔の柴崎先生から、Ａ４サイズの白い紙を受け取る。入会金二十万円、月謝八万円。想像していたよりも大きな数字に一瞬えっと思うが、表情に出ないように抑える。それだけの大金を払ってでも、レッスンを受けたい人がいるから成り立っているのだ。小学校受験という特殊な世界において、まず疑うべきは自分の常識である。

いずれにせよ知ってしまった以上、参加しないという選択肢はない。ここにいる子や親は友達ではない。実際の試験で蹴落とし合うライバルなのだ。

「火曜のこの時間帯でいいんですよね？」

「あ、はい。私は仕事があるので、義母が来ることが多くなると思いますが」

「全然構わないですよ、お母さまとは違う目線でサポートできることも多いでしょうし。じゃあ結衣ちゃん、これからもよろしくね。また来週、楽しみにしてるからね」

結衣と二人、深々とお辞儀をして教室を後にする。

四ツ谷駅へと向かう帰り道、結衣は少し難しい顔をしていた。大道寺先生の教室では常にトップに君臨していただけに、優秀なお友達を前にショックを受けているのかもしれない。

「結衣、どうだった？」

「いつもより、すこしむずかしかった」

少しこわばった表情。胸がチクリと痛む。賢い結衣のことだ、子供なりに自分が置かれた状況を理解しているのだろう。

「でも頑張ってたよ。ママ、はじめて見たけど上手にできてて、ビックリしちゃった」

わざとらしく明るい声を出して褒めると、結衣の顔がパーッと晴れる。

「はじめてだったから、つぎはもっとうまくやれるとおもう」

そうだ、まだうちの娘は負けていない。受験本番まであと四カ月以上ある。相変わらず蒸し暑く、繋いだ手が汗でべたつくが、全然不快ではなかった。


丸ノ内線に座ると、同じ車両に少し小ぶりな黒いランドセルを背負ったセーラー服姿の女子小学生のグループが乗り込んできた。襟の部分に桜と錨《いかり》があしらわれていることに気づき、息を呑む。桜葉の校章だ。そうか、四ツ谷は桜葉の校舎があった。

騒ぐことなく、それでいて楽しそうに喋っている子たちの一挙手一投足に目を奪われる。赤いリボンを結んだセーラー服を身にまとった結衣の姿を想像するだけで、心の奥底がくすぐられるようだった。ここまできたらお金も時間も、問題じゃない。私にできることはなんでもやろう。隣に座る結衣の小さい左手をギュッと握る。静かに、決意を込めて。

第6章

空転

「混乱する国際情勢、加速する少子高齢化、増大する社会保障費、デジタル化の遅れ、脱炭素に伴う産業構造の転換——。我が国には現在、課題が山積しています。この国を変えてほしい。こういった国民の皆さまの声が、想いが、私の元に届き、そして原動力になっています。私の胸に灯《とも》るともしびを全国津々浦々に届け、熱く燃え上がらせることで、日本という国をふたたび世界の中心で輝かせます。ここで約束します。我々の愛するこの国の再生に、私は人生を懸けます！」

　間断なく続く洪水のようなフラッシュの光を浴びながら、マイクを前に身振り手振りで熱弁する楫取官房長官。これまでの冷静沈着なイメージを覆すような情熱的な演説は、彼が一世一代の勝負に出ていることを雄弁に物語っていた。

　このシーンはきっと、日本の政治史の一ページに残るのだろう。テレビ画面をぼうっと眺めながら思う。スピーチを書いた総介は一体、どんなことを考えながらこの場面を見ていたのだろうか。

「国定首相の辞任、そして楫取官房長官の総裁選出馬宣言。激動の一日でしたが、水面下では一体、何が起こっていたのでしょうか。永田町の民自党本部前に中継が繋がっています。新田さーん」

　VTRが終了すると、若い女子アナウンサーがこう呼びかける。画面が切り替わり、マイクを手にした総介が現れた。歴史の転換点に立っているという興奮と、自分がこのニュースを仕切っているという自信がテレビ画面越しにも伝わってくる。

「国定首相が辞任の方針固める」という速報を豊洲テレビが流したのは半日前、今日の夕方のニュースだった。公共放送や全国紙がどこも報じていない、ぶっちぎりの独自ネタだ。アナウンサーが緊張した表情でニュースを伝える中、電子音とともに「楫取官房長官が総裁選出馬へ」というテロップが画面上部に表示された。

すべて、総介が事前に予言していた通りの筋書きだった。一連のスクープは、楫取官房長官のゴーストライターとして暗躍したご褒美だったのだろうか。総介は夕方のニュースではスタジオで解説したかと思えば、夜のニュースでは永田町からの生中継で、大車輪の活躍ぶりだ。

「国定首相の辞任により、政界の勢力図は一変しました。いまのところ、待望論が根強かった楫取官房長官に対抗できそうな候補は民自党内にいません。今後、楫取内閣の下で衆院を解散して国民の信を問い、その上で政権運営にあたるというのがメインシナリオになりそうです。これまで支持率が低い国定首相を攻めることで存在感をアピールしていた野党ですが、戦略の転換を余儀なくされそうです」

総介が生中継をこう締めると、再び画面はスタジオに戻った。若月《わかつき》という最近売り出し中の女子アナの背後には巨大なパネルが設置されており、今後の政界のスケジュールが示されていた。総裁選、組閣、衆院解散——真面目なトーンではあるものの、「八月末にも選挙⁉」というポップなフォントから、テレビ局内の浮ついた雰囲気が伝わってくる。思わず苛ついてテレビの電源を消す。

深いため息をつく。肺の中の空気をすべて絞り出すように。目の前には開いたスーツケース。片方には子供たちの衣服と、進次郎のオムツ。もう片方は茜の服で半分だけ埋まっている。ぽっかり空いたスペースには、総介の服を入れるつもりだった。でも、もうその必要はなさそうだ。

総介に送ったメッセージを読み返す。

「旅行、大丈夫そう？」

半日経っても返信はなく、既読という文字だけが小さく表示されていた。総介にしてみれば、長年追いかけてきた政治家が一世一代の大勝負をかけ、権力の頂点へと続く階段に足をかけた場面だ。政治部記者として、それはきっと家族との時間よりも優先すべきものなのだろう。もう一度、深いため息をつく。

秋に入試本番を迎える小学校受験の世界において、夏は最も重要な季節だ。「夏を制するものが受験を制する」という言葉は決して比喩ではなく、夏休みをどう過ごすかが合否そのものに直結すると、受験生の親であれば誰でも耳が痛くなるほど聞かされる。

なぜ夏休みがそこまで大切なのか。夏期講習を通じてペーパーや巧緻性、行動観察の完成度を高めて子供を仕上げていくというのも理由の一つではあるが、それだけではない。最大の理由は、夏休みが面接や願書に欠かせないエピソード作りに最適な時期だからということに他ならない。

夏休みに家族でどこに行って、どのように過ごしたのか。そこで何を感じたのか、どんなことを学んだのか、何を達成したのか――。面接で問われるのはただの夏の思い出ではない。家庭の教育方針であり、子供の個性であり、家族の情景だ。夏休みに入った時点で、すでに入試は始まっているのだ。大道寺先生に何度も聞かされた言葉がよみがえる。

つくづく、小学校受験は就職活動と似ている。説明会での情報収集に始まり、エントリーシートや願書で自分のアピールポイントや志望動機を伝える部分も同じだ。面接で重視される夏休みのエピソードは「学生時代に力を入れたこと」、いわゆるガクチカに相当する。大学生ならすべて自分の頭で考え、計画を立て、行動することでライバルに差をつけることができる。しかし、六歳の子供がそんなことできるわけがない。試されているのは丁寧にレールを敷き、脱線しないように伴走する親の能力だ。

八月は夏期講習もあるし、志望校の選定や願書作成も本格化する。七月のうちに早めの夏休みを取って、核となるエピソードをさっさと固めてしまうという作戦自体は悪くなかったはずだ。

今回、夏休みの目的地として北陸を選んだ。福井には恐竜をテーマにした福井県立恐竜博物館がある。恐竜が大好きな結衣が前から行きたがっていたというのはもちろん、面接で夏休みの思い出としてこのエピソードを披露すれば、子供の関心に寄り添うためには労を厭《いと》わない親というアピールも抜け目なくできる。すべては打算の上での行動だ。

恐竜だけではない。北陸新幹線に乗って金沢を訪れ、日本家屋が並ぶ武家屋敷跡の光景から歴史を学ぶ。日本海の新鮮な魚介類に舌鼓を打ち、日本の食文化の厚みを知る。金沢21世紀美術館を訪れ、芸術に触れる。どれも結衣にとってははじめての体験で、きっと、成長の糧になるだろう。その後、レンタカーで福井に移動し、一日かけてたっぷり恐竜を堪能するというコースに欠点は見当たらなかった。

子供を寝かしつけた後、睡眠時間を削って新幹線やレンタカーを予約し、宿を選定し、ルートを組んだ。予算は当初の予定から大幅にオーバーしたものの、良いものを与えるためには仕方がない。万全を期したはずだった。それなのに。

壁の時計はもう夜の十一時半を回っている。あと八時間後には家を出て、東京駅へと向かう必要がある。一瞬、すべてをキャンセルして予約を取り直すという選択肢が脳裏に浮かんだが、首を振って打ち消した。時間的にも、金銭的も、そんな余裕はどこにもない。

小学校受験に対していまいち乗り気ではない総介だったが、それは仕事に追われて結衣がどれだけ頑張っているか知る機会がなかっただけだ。仕事から離れ、旅行を通じて結衣の成長している姿を見れば、きっとその気になるだろうという淡い期待もあった。しかし、返信はまだ届かない。少しでも期待した自分が馬鹿だった。今日何度目かわからないため息とともに、スーツケースの横に積んであった総介の服をクローゼットに戻す。「ごめん、旅行はいけない」というメッセージが届いたのは、その直後だった。

滑り出しが最悪だった旅行がうまくいった試しはない。北陸旅行は、これまでの人生で学んだことを再確認するようなものだった。

「やーだー、あかいのがいいー」

朝の東京駅のホーム。涙をボロボロ流す進次郎の視線の先では、真っ赤な車体の秋田新幹線こまちが出発を待っていた。

「駄目よ、私たちが乗るのは北陸新幹線だから。赤でも青でも新幹線なんて一緒でしょ」

余裕がないから、キツい口調になってしまう。イヤイヤ期真っ盛りの進次郎は道理が通じる相手ではなく、叱っても意固地になるばかりだ。結局、ジタバタする進次郎を抱えてスーツケースを押すのに必死で、駅弁をじっくり選ぶ余裕もなかった。結衣もしっかりしているとはいえまだ六歳。進次郎に気を取られている間に早足で歩く大人の男にぶつかってしまい、半べそ状態で固まっている。大人一人で未就学児二人と旅をするのがこんなに大変だとは。

新幹線に乗ってからもアイスが食べたい、ジュースが飲みたいと車内販売が通るたびに泣いて駄々をこねる進次郎。通路を挟んで反対側に座るサラリーマンの迷惑そうな顔に怯んでつい買ってしまいそうになるが、「規則正しい生活」という小学校受験の掟《おきて》が頭をよぎる。

「旅行中ぐらいは子供たちを甘やかしても」と思う一方、「旅行中だからこそ普段通りに」という気持ちがせめぎ合う。こんなとき、総介がいればきっと、

「今日くらいいいんじゃない？」

「ちょっとー、あんまり甘やかさないでよね」

という会話でもして、悩むこともなく、すんなり話が進んだんだろう。でも一人だとそうはいかない。ジュース一本、アイス一個を買うという些細なことですら、正しい選択肢を選ばなければ、と気負ってしまう。相談する相手がいないということが、こんなに辛《つら》いとは。結衣の出産後、実家から東京に戻り、孤独で育児ノイローゼ気味になったときのことをふと思い出す。

隣には、進次郎と戦う母親の姿には目もくれず、新幹線の座席で健気《けなげ》にペーパーをこなしている結衣の姿があった。思わず涙がこぼれそうになる。情緒がおかしくなっている。いっそ高崎駅で降りて、旅行なんてやめてこのまま実家に泊まりに行けば楽になるのに、なんてことすら考えてしまう。そんなこと、できもしないとわかっているのに。

新幹線が長野県を抜けたあたりから、急に雲行きが怪しくなったことも気持ちを沈ませた。天気予報アプリを立ち上げると、昨夜の時点では曇りの予報だったはずの金沢にはいつの間にか傘マークが表示されていた。雨雲レーダーを確認すると、狙ったかのように日本海側の沿岸部だけ真っ青だ。新幹線の車窓越しに見えるパラパラとした雨は、金沢駅に着いた頃には土砂降りになっていた。

豪雨の中、子供二人を連れて外を観光するという行為に合理性を見いだすのは難しい。受験がなければ、果たして外に出ようと思っただろうか。雨で煙る武家屋敷、と文字にすれば情緒があるが、靴をグシャグシャに濡らした結衣は無口になっていた。せめて長靴を持ってくれば良かった、と思っても後の祭りだ。疲れ果てて寝てしまった進次郎を支える抱っこ紐が肩に食い込む。

雨で体が濡れて冷えたせいで、昨日からの生理痛が酷《ひど》くなってきた。結局、兼六園はパスして、夕方以降は旅館の部屋で横になっているうちに初日が終わった。

二日目になっても雨はやまず、21世紀美術館の屋外展示は全滅だった。進次郎を走り回らせようと計画していた芝生の上で、雨粒が跳ねる。それをガラス越しに眺める。

慣れない旅行に悪天候が加わりストレスが溜まっているのか、進次郎はいつにも増して言うことを聞かない。隙あらば展示品に触ろうとするのを阻止しようと小さな背中を追いかけている間、結衣は退屈そうな表情で作品を眺めていた。

まだ小学校の夏休みが始まっていない七月の平日。美術館は空いていたが、同じように早めの夏休みを取ったのだろうか、家族連れも何組かいた。どの家も、パパが先導していて、楽しそうだ。うちだって総介がいたらこんなことにはならなかったはずなのに。考えても仕方のないことをつい考えてはイライラしてしまう。こういうときに限って、体は言うことを聞かない。下腹部が鈍く痛む。ロキソニンをペットボトルのぬるい水で流し込んで、痛みをごまかす。

「あ、ピカシュー！」

つまらなそうにしていた結衣の表情が突如、輝いた。その視線の先にあったのは美術品ではなく、同じくらいの年頃の男の子が着ていた、黄色いネズミをあしらったキャラクターのTシャツだった。

ポキートモンスター、略してポキモン。スペイン語で「少し」を意味するポキートという単語が示す通り、小さいモンスターと旅をしたり、一緒に戦ったりするアニメだ。もともとは男児に人気があったコンテンツだが、今年の春に始まった新シリーズでは男の子と女の子のダブル主人公になったことで、女児の間でも人気が急上昇。結衣が通う保育園のクラスの女子の間でも、一大ブームを巻き起こしている。

「あのピカシュー、かみなりだしてた！　きっと、ひゃくまんワットだよ！」

必殺技の名前だろうか。一生懸命教えてくれる結衣に、苦笑いで応じる。きっと、今の私の顔は引きつっている。

小学校受験に取り組む上で、ゲームやアニメは百害あって一利なしというのは界隈では常識だ。私立小学校、特にミッション校や伝統校が求める世界観と相性が良いテレビ番組は公共放送の教育番組のような無害なものであり、戦闘シーンがあるアニメはご法度となっている。そうした見解を裏付けるかのように、多くの学校はキャラクターものの文房具を禁止している。ママ友の寛子や麗佳が子供を通わせているような、私立小学校を受験する園児が多い名門幼稚園では子供をアニメに触れさせないという親同士の暗黙の了解があるという。

しかし、結衣が通っているのは万人に開かれた保育園。茜がどんなに気をつけて結衣からポキモンを遠ざけようとしたところで、多くの家庭は子供が望むがままにアニメを与えている。結果的に、友達みんなが毎週見ているのに、自分だけポキモンを見られないという状況に結衣は置かれていた。断片的に入ってくる情報をもとにピカシューに想いを馳せる姿はいじらしいが、だからといってここで手綱を緩めるわけにはいかない。受験さえ終わればアニメ漬けになっても構わない。でも、この旅行中に触れ合うべきものはピカシューではない。自然であり、文化であり、恐竜なのだ。

「ねえ、あっちにスイミングプールがあるよ。水の中に入れるんだって。行ってみよ！」

結衣の手を引くが、いまいち気乗りしていないというのが伝わってくる。六歳児に子供向けのアニメではなく、レアンドロ・エルリッヒの前衛芸術に興味を持てと言っても無理に決まっている。自分でもわかっているのに、結衣が思い通りに動かないことをもどかしく思ってしまう。

プールの底から水面の上を見上げるというコンセプトの作品は悪天候のせいで薄暗く、天井のガラスに激しく打ちつける雨が少し不気味だった。

結局、雨のせいで旅行の序盤戦である金沢観光は消化不良のまま終わってしまった。明日の福井と恐竜博物館で巻き返すしかない。

「じゃあ昨日と今日の絵でも描いてみよっか」

夕食を終え、旅館着でくつろぐ結衣にクレヨンとスケッチブックを渡す。絵の練習と同時に記憶を定着させるという、小学受験生を抱える家庭では定番のトレーニングだ。この一年間、外出するたびに欠かさずやらせている。

クレヨンを握る結衣を見て一安心したのもつかの間、トイレに行って帰ってくると、黄色いピカシューが電気を出している絵を夢中で描いていた。

「ねえ、ポキモンじゃなくて昨日と今日のことを描こう？」

明るい声を出す。しかし、結衣は困ったような顔をして、ポツリと呟いた。

「あんまりかくことない」

サーッと血の気がひく。

「そんなことないじゃん、新幹線に乗ったよね。ほら、駅弁はどんなの食べたっけ？　昨日行ったお侍さんのおうちは？　今日の美術館で見たガラスの通路とか、綺麗だって言ってたじゃん」

駄目だ、こんな風に詰めても逆効果だ。頭の中ではわかってはいる。それでも、口が勝手に動いてしまう。早口で喋れば喋るほど、目の前の結衣の瞳が光を失っていく。

「この時期の模試の順位に一喜一憂するだけ無駄です」

「まだ時間はありますから、全然気にすることないですよ」

大道寺先生や柴崎先生の声が頭の中でこだまする。六月に受けた、大手幼児教室ビーンズが主催する学校別模擬テスト。これまで受けてきた統一オープンと違って、桜葉女子学院を志望する女子だけを集めた学校別の模試をはじめて受けた結衣だったが、結果は散々だった。

得意だったはずのペーパーも取りこぼしが多く、行動観察も消極的だと減点されていた。総合順位も真ん中をわずかに上回る程度。つい先月まで、トップ集団を走っていると喜んでいたことが嘘のようだ。

「課題が見つかったということを前向きに捉えるべきで、この時期に慌てる必要はありません」

結果を見た大道寺先生は顔色一つ変えず、こう断言した。そうだ、焦る必要はない。自分に言い聞かせる。でも、課題を一つクリアすれば、また新しい課題が出てくる。図形の回転で間違えたかと思えば、折り紙の展開図をしくじる。ミスを指摘すると、失敗を恐れて時間が足りなくなり、焦ってバツがつく。負のスパイラルが止まらない。春までの好調が嘘のようだった。

「この時期はみんな頑張ってますから、順位はあんまり気にしないほうがいいですよ」

柴崎先生は大らかに構えていたが、気にしないわけがない。みんなが頑張って順位が落ちるなら、結衣の頑張りが足りないということですか？　こう聞き返したくなるのをぐっとこらえる。結衣自身、柴崎チャイルドアカデミーでのレッスンでも、なんでもそつなくこなす美玲ちゃんや桜ちゃんと自分を比べて自信を失っているようだ。

毎朝、起きる時間を三十分早めて、移動などのすきま時間もペーパー対策で詰め込んだ。結衣はやればできるはず、順位が落ちるのはちゃんと伴走できていない私たちのせいだ――。しかし、茜が焦れば焦るほど、結衣は受験対策を嫌がるようになった。ペーパーも、絵も、体操も、言われないと動かなくなるまで時間はかからなかった。そして今に至る。

「どうしても、かかないとだめ？」

畳の上で体育座りをして、テーブルに並べられたクレヨンと画用紙を前に不満そうな結衣。視界の隅では進次郎が目を離した隙に、スーツケースから洋服を出してポイポイと散らかしている。

テーブルに置いたスマホが震える。待ち受け画面に表示される、「旅行どんな感じ？　俺も行きたかった〜」という総介からのメッセージ。その能天気な文面に、目の前で好き勝手にする子供たちの姿に、いつまで経ってもおさまらない下腹部の痛みに、自分の中で、何かがプツンと切れた。

「いいかげんにしなさい、誰のためだと思ってるの！」

張り詰めた空気が部屋を支配する。窓ガラスをパシパシと叩く雨の音が、畳に吸収されていく。

しまった、と思ったところで後の祭りだ。目の前の結衣は今にも泣き出しそうな顔で、その手は小さく震えていた。沸騰した血が冷め、ゆっくりと凍りついていく。

相手は六歳児、自分の意思で受験を決めたわけじゃない。全部、私のエゴだ。私が変な夢を見なければ、旅行中も課題に追われることもなく、流行りのアニメを好きなだけ見て、この子はずっと笑っていられたはずなのに。ぜんぶ、この子のためだったはずなのに。どうして私は。

「わかった、かく」

　こんな理不尽な目にあってもなお涙をこらえ、クレヨンを手に取る結衣。スケッチブックに向かい、真っ白な紙に線を引く姿を直視できなかった。

「うん、えらいね。明日は恐竜の博物館だから、大きな恐竜さんもいて、すっごく楽しい所だからね」

　今更優しい声を出したところで何の贖罪《しょくざい》にもならないと頭ではわかっている。でも、他にできることは何もない。心の中でごめんねと謝りながら、結衣の頭を撫でる。窓の外では、雨音に交じって雷鳴がゴロゴロと鈍い音を響かせていた。

＊

「中受で塾に課金しまくって、ようやく終わったと思ったのに、入学してからもまだかかるのよ。入学金が三十四万円で、学費だけで年百十万円でしょ。それとは別に寄付金をよこせ、塾債を買えってしつこくて。部活も遠征だ合宿だってお金かかるし、私の給料、そのまま教育費に吸い取られてる感じ」

　お祖母ちゃんの一周忌。お坊さんの読経を終え、墓参りの開始を待つだけとなった親族控室は間延びした雰囲気が漂っていた。隣のテーブルでは弟の亮・詩織夫妻を前に、従姉妹のさやかちゃんが息子の通う慶應中等部の学費について嘆いている。

今日は土曜日で大道寺先生の教室があるので、結衣は法事を欠席させた。進次郎は亮の息子二人と一緒になって控室をドタドタと駆け回っている。親族だけということもあり、誰も気にしていない。何もすることがなく、気を使うでもない、手持ち無沙汰で平穏な時間。一体、いつぶりだろう、湯呑みに注いだ熱いお茶をすする。

「東京の子育てって、もう本当に息が詰まりそう。その点、亮くんも詩織さんも、広々とした一軒家で三人の子供を伸び伸び育てられるとか、最高じゃん」

隣のテーブルでさやかちゃんがお腹が膨らんだ詩織さん相手に熱弁している。どこまで本気で言っているのかわからないが、隣の芝生が青く見えているだけだろう。だいたい、湾岸のタワマンに住むような都会派のさやかちゃんが、車がないとどこにも行けない群馬での生活に満足できるとはとても思えない。

「でも中学から慶應なんて、すっごい楽じゃないですか。うちの支店の上司、子供の大学受験の心配ばっかりしてますよ。なんか入試の仕組みが変わるらしくて」

銀行員の一般職同士だからだろうか、さやかちゃんと詩織さんは息が合う。学歴トークで盛り上がっている二人の話に耳を傾けながら、テーブルの上に置いてあった和菓子の包み紙を開き、一口かじる。餡《あん》の味が口の中に広がる。

「中学受験なんて絶対やらないほうがいいよ、大変だし。それに比べたら茜ちゃんなんて高校まで公立で大学から慶應じゃん。コスパいいし親孝行だよねー」

ささやかな幸せを満喫していると、唐突にさやかちゃんが話を振ってきたので少しむせた。慌ててお茶を飲む。

「確かに！　お義母さんから聞いたんですけど、茜さん、塾にも予備校にも行ってないのに高女から現役で慶應に受かってるんですよね？」

詩織さんも少し前のめりだ。

「ど、どうだろ。私は早い段階で私立に絞ったし。でも確かに高崎は公立のルートがしっかりしてるから、子育てにお金はかからないかもしれないけど」

進次郎とともに控室の中を元気に走り回る亮夫妻の息子二人に視線を向ける。小学校受験とも中学校受験とも無縁の生活を送るあの子たちも、受験や学歴からは逃れられないのだ。

「うちは三人目もいるし、公立じゃないと困っちゃいますよ。さやかさんの話を聞いてると、東京で子育てしてると破産しちゃいそう」

少し膨らんだお腹をさすりながら、詩織さんが冗談めかして言う。そりゃそうだ、と一同が声を揃えて笑う中、口からは乾いた半笑いしか出てこなかった。

大道寺先生の月謝が七万円で、柴崎チャイルドアカデミーが八万円。家事代行で四万円。これに加えて八月からは夏期講習と親子面接講習が始まる。それぞれ二十万円と十万円。毎月のようにある模試のたびに一万円が消えるし、願書の添削は一校あたり二万円かかる。入試本番に備えて買い揃えたスーツやらバッグやらパターンオーダーの子供服でこれまでに少なくとも三十万円は払っている。入試が始まれば出願料だけでも一校あたり二〜三万円が飛んでいく。これまでに買った本や参考書、体験のために払ってきた諸費用を積み重ねると、総額でいくらになるのだろうか。めまいがしそうだ。

結衣は受験を始めたのが遅かったのでまだこの程度で済んでいるが、家庭によってはポルシェが買えるくらいの費用がかかるケースもあると聞く。中学受験も、私立中学の学費も、小学校受験という青天井の課金ゲームに比べれば可愛いものだ。

「そういえば結衣ちゃん、今日は習い事って言ってたけど、何かやってるんですか？」

ふいに詩織さんが尋ねてくる。本当は娘が欲しかったという詩織さんは会うたびに結衣のことを可愛がり、気にかけてくれる。

「そうそう、一周忌に来ないって聞いてちょっとびっくりしたよ。習い事くらい、休ませれば良かったのに。何かあったの？」

さやかちゃんは相変わらず教育の話題には目がない。好奇心を隠そうともせず、食いついてくる。

「いやいや、近所の体操教室みたいなところに通ってるんだけど、もうすぐ発表会だからどうしても今日は行きたいって結衣が言ってて」

あらかじめ用意しておいた答えで、むきだしの好奇心をいなす。大道寺先生のレッスンには運動も含まれているし、別に嘘はついていない。成果を披露するのが親向けの発表会ではなく模試の試験官で、どうしても行きたいというのは本人の希望ではなく、母や祖母の意思だという違いはあるかもしれないけれど。

「小学校に上がったら中学受験用の塾も始まるし、大変だよ。私も本当は通わせるつもりなんてなかったんだけど、周りがみんな通わせてるし、高学年になってからだと席がなくなるからって脅されてさ……」

話のバトンが再びさやかちゃんに戻ってホッとする。なんでもあけっぴろげに話すさやかちゃんと違って、親族に小学校受験の話をするつもりはない。

この場にいるのは気心の知れた大学の同級生でも、受験戦争をともに戦うママ友でもない。傍から見れば、いまの私は東京という街で教育産業に踊らされているさやかちゃんと大差ないだろう。小学校受験の話題になったところで、かつての自分が持っていた、偏見に満ちた視線にさらされるだけだ。

そろそろ墓参りの準備でもしようか、というところで、喪服のポケットに入れていたスマホが震えた。画面に表示された、新田千鶴という文字。今日は結衣の送迎をお願いしていた。レッスンも終わり、成城学園前の家に着いたという連絡だろうか。騒がしい部屋から廊下に出て、通話ボタンを押す。

「ああ茜さん、よかった、繋がって」

興奮状態にあるのか、千鶴の声はうわずっていた。どうしたんですか、と聞く前に千鶴がまくしたてる。

「いやね、恥ずかしい話なんだけど、結衣ちゃんを迎えに行ったときに抱っこしようとしたら勢い余ってぎっくり腰になっちゃって。普段からジムで運動はしてたんだけどねえ。先生にも迷惑をかけちゃって、本当に恥ずかしいわ」

ぎっくり腰。老いてもかくしゃくとしている千鶴のイメージとその単語が結びつかずに一瞬呆気にとられたが、こちらの反応など構うことなく千鶴は喋り続ける。

「それでね、まったく動けなくなっちゃって、入院することになったのよ。私は必要ないって言ったんだけどね、お医者さんが言うこと聞かなくて」

はぁ、と力なく相槌を打つ。入院？　こんなに元気そうなのに？　何かの冗談ではなく？まだ、何が起こっているのか理解が追いついていない。

「もう本当に嫌になっちゃうわよね。それでね、悪いんだけど、来週の結衣ちゃんの夏期講習の送迎、ちょっと難しいみたい。大事な時期に、ごめんなさいねえ」

ぎっくり腰。入院。送迎。無理。これまでバラバラだった単語が繋がり、頭の中で文章として流れる。急に、肌寒さを感じた。外気温は三十五度を超えるというのに、お寺の廊下は冷房でキンキンに冷えている。窓の外では、蟬がジージーと鳴いていた。

入院とは、どのくらいかかるものなのだろうか。週明けから柴崎チャイルドアカデミーの夏期講習が始まるが、平日の日中に五日間連続で送迎するというスケジュールは千鶴の協力を前提に組み立てていた。そもそも千鶴がいなければ、仕事と受験の両立なんてとても無理だ。

千鶴が何やら喋っているが、ジージーという蟬の鳴き声しか耳に入ってこない。この音はアブラゼミだ。蟬の鳴き声から種類を当てる能力なんて、一年前は持っていなかった。小学校受験のせいだ。今はそんな関係ないことを考えている場合じゃないと思いつつも、脳が現実を受け入れることを拒否していた。とはいえ、いつまでも絶句しているわけにもいかない。

「それで、いま、結衣はどうしてるんですか？　総介さんは？」

今日は法事が終わって迎えに行く夜まで預かってもらう予定だった。千鶴が病院に搬送された状態で、誰が面倒を見ているのだろうか。総介からは何の連絡も来ていない。

「それがね、総介に電話したんだけど、総裁選の公開討論会があるから夜まで無理だって。子供よりも仕事仕事って、本当に若い頃のお父さんそっくりで嫌になっちゃう。やっぱり私が育て方を間違えたかしらねえ」

こちらの焦りをよそに、あくまでマイペースを崩さない千鶴。役立たずの夫の話なんてどうでもいいから、結衣がどうしているのか聞かせてほしい。

ダラダラと喋る千鶴を制止しようと口を開いたら、思い出したように結衣の話題に戻った。

「そうそう、結衣ちゃんはお父さんに迎えに来てもらったわよ。入院手続きも終わったし、今頃はうちに向かっているんじゃないかしら。あの人、未だにスマホ使えないし、メールを送っても返事が来ないのよね」

入院という物騒な単語とは裏腹に、千鶴は元気そうだ。とにかく、結衣の所在を確認できてホッとする。

しかし、自分の家庭を顧みることもなく仕事一筋で生きてきた義父が六歳の孫娘の相手をできるとは思えない。二人きりで困っている結衣の様子が目に浮かぶ。一刻も早く迎えに行かなければ。

「入院に必要なものを持ってきてって言ってるのに、あの人、本しか持ってこないのよ。しかも歴史小説ばっかり。どう考えても司馬遼太郎って気分じゃないでしょう。もう信じられない。ご飯も一人で作れないし、私がいなくてどうするつもりなのかしら」

千鶴は相変わらずぶつくさと文句を言っているが、この様子だと大丈夫だろう。

「結衣のお迎えのことは気にしなくてもいいのでお大事にしてください」

話を遮るように、電話を切る。

「母さん、ごめん。総介のとこのお義母さんがぎっくり腰で入院しちゃったから、これから結衣を迎えに行かなきゃ！」

墓参りのため、控室から駐車場に向かう集団から、進次郎と手を繋いだ母をつかまえる。

「あら、大変。でもご飯は？　木曽路《きそじ》、予約しちゃってるわよ」

「総介も仕事がいつ終わるかわからないし、あっちのお義父さんに結衣をずっと預けてるわけにもいかないから、ご飯はパスでお願い！」

控室の片隅にまとめられた荷物を慌てて整理していると、呆れた母の言葉が背中に降りかかる。

「あんたのところはみんな忙しいわねえ。落ち着いたら改めてお墓参りに来なさいよ」

確かに、法事だというのに仕事や習い事を理由に二人が欠席し、残った二人も墓参りもせずに早退するというのは義理を欠いていると言われても仕方ない。

「高崎駅だろ。俺が送っていくよ」

それまで黙っていた父が突然、口を開いた。

「あら、でもお墓参りは？」

「どうせ水汲《く》んだり花の用意したりで時間かかるだろ、すぐ追いつく。お前は亮の車に乗せてもらえ」

ぶっきらぼうに言い放ち、母の反応を待つこともなくスタスタと歩く父の背中を慌てて追う。確かに、お寺から高崎駅までの移動手段のことを失念していた。これからタクシーを呼んで、どのくらいかかるのかもわからない。

「父さん、ありがとう」

「ん」

振り向くこともなく、運転席に乗り込む父。十年以上乗っているホンダのフィットはしばらく洗車をしていないのか、シルバーの車体の表面には砂がついていた。後部座席にチャイルドシートもないがこの際仕方がない、進次郎を置いてシートベルトを通し、そのまま隣に座る。

無言のまま自動車が発進する。

「ごめんね、途中で抜けちゃって」

「あぁ」

社交的な母と違って、職人肌の父は口数が多いタイプではない。会話のキャッチボールは続くことなく、こちらが投げたボールは地面に落ちて返ってこない。久々なので忘れていたが、父が運転するときはいつもこうだった。駐車場の砂利とタイヤが発する、ジャリジャリという音だけが聞こえる。従兄弟との交流ではしゃぎ疲れたのか、進次郎は車の揺れに合わせてうつらうつらとしている。

父の左手がカーステレオのスイッチに伸びる。エフエム群馬のアナウンサーがニュースを読み上げていた。車の中に漂う微妙な気まずい空気から解放され、少しホッとした。

ウィンカーが何度かカチカチと音を出し、フィットがスルスルと狭い路地を抜ける中、スマホが震える。

「結衣ちゃんの、送迎、ごめんなさいね」

千鶴からのメッセージだ。現実に引き戻される。

「お気になさらずに、まずはゆっくり治してください」

こう返信するしかない。しかし当面、義母はあてにできそうにない。現実問題、どうしたものか。

週明けに始まる柴崎チャイルドアカデミーの夏期講習は桜葉対策に特化した内容で、朝から昼までの三時間、五日間連続で二クールにわたりペーパー、行動観察、巧緻性をみっちり鍛える。桜葉を第一志望とする子供たちが集まり、しのぎを削る夏の最重要行事だ。

「桜葉女子学院の校風やカラーを理解し、根底に流れるものが何かを踏まえ、『本物』を身に付けられるように導いていきます」

夏期講習に向けて柴崎先生から届いたメールの行間からは、長年にわたり桜葉の入試と向き合い、数多くの合格を勝ち取ってきたという自信と自負がにじみ出ていた。

やはりどう考えても、この機会を逃すというわけにはいかない。しかし、あくまで夏期講習への参加は千鶴の協力を前提としたものだ。他の専業主婦家庭と違って、私には仕事がある。

スマホのカレンダーアプリを開き、週明けの予定を確認する。事業部からのヒアリング、PR会社との打ち合わせ、役員へのプレゼン——。秋の新製品発表会に向けてギッチリと予定が詰まっており、とても休める雰囲気ではない。総介は？　考えるまでもなく無理だ、総裁選と解散総選挙が終わるまでは戦力として数えられない。母さんに群馬から来てもらう？　駄目だ、母さんにもお店がある。一体どうすれば——。

再びスマホが震える。

「月曜日、よろしくお願いします。ご希望のメニューなどあれば日曜日までにお知らせください」

家事代行サービスを頼んでいる光江さんだ。毎週月曜日に来てもらっているが、こうして週末にリクエストを受け付けてくれる。

——そうだ、光江さんに送迎と参観を頼めないだろうか。

突拍子もないアイデアが降って湧いてきた。週末に学校説明会などが入るようになり、大道寺先生の教室でも、シッターさんに送迎をお願いしている母親が徐々に増えていた。子育てが落ち着き、暇を持て余していると話していた光江さんは適任なのではないか。

「突然のことで大変恐縮なのですが……」

両手でメッセージを打つ。焦りでタイプミスが続き、もどかしい。一瞬、五日間連続で送迎を頼んだらいくらかかるのだろうかという考えが頭をよぎったが、ここまできたら誤差の範囲だ。それに、他に頼れる人もいない。

「俺は東京のことはわからないし、そっちも色々あるんだろうけどよ」

突然、父が口を開く。窓からは国道354号線からの、見覚えのある光景が広がっていた。スマホに夢中になっている間に、高崎駅のすぐ近くまで来ていた。

「あんまり無理すんじゃねえぞ。母さんも心配してたぞ」

後部座席から父の表情は窺えない。心配？　何の？　どういう意味？　鼓動が乱れる。口を開こうとするが、声が出ない。何か言わなければ、と思考を巡らせているうちに、フィットはスルスルと高崎駅東口の車寄せに止まった。

「おお、進次郎寝ちゃってるじゃん」

しばしの沈黙の後、後部座席を振り返った父は、さっきまでの口調とは打って変わって、孫を見守るお祖父ちゃんの表情をしていた。さっきの言葉は、一体何だったんだろう。

「じゃあ落ち着いたら、また顔見せに来いよ」

こちらの返事を待つこともなく、ブオンという音とともに去っていくフィットを見送る。胸のざわつきは残ったままだ。父は一体、何を伝えたかったんだろうか。熟睡した進次郎を支える抱っこ紐のずっしりとした重さが肩に食い込む。

悶々としながら新幹線に飛び乗る。結衣にお祖母ちゃんの法事を休ませて、そして自分も途中で切り上げて。一体、何をしているんだろうか。車窓から流れる景色をぼうっと眺める。

「送迎の件、大丈夫です。具体的にどんなことをすればいいですか？」

スマホに表示された光江さんからのメッセージを受信した瞬間、湿っぽい気持ちは霧散した。思わず右手をグッと握り、光江さんの気が変わらないうちにと急いで返信する。

一日一万円、五日で五万円。二クール頼めば十万円だ。追加で必要になる金額を瞬時に計算する。メインバンクであるいなほ銀行のアプリを立ち上げたが、残高の数字を見る前に閉じた。泣いても笑ってもあと三カ月。お金で解決できるだけ、ありがたいと思わないといけない。

「あんまり無理すんじゃねえぞ」

父の言葉が脳内でリフレインする。そんなこと、わかっている。でも無理をしないと、振り落とされてしまう。大宮駅が近づいてきて、車窓にビルが増える。このコンクリートの塊に囲まれた場所で、生きると決めたんだ。今更後戻りなんてできない。新幹線の車内チャイムが流れる中、静かに現実が近づいてくる。

*

「今日は暑いので、ちゃんと水を飲むように。自分のペースで、しっかり歩きましょう」

青空の下、大道寺先生の声が響き渡る。八月も残りわずかだというのに、どうしてこうも蒸し暑く、直射日光は暴力的なのだろうか。首にかけたタオルで汗を拭う。しかし、もう高齢者といっても差し支えない年齢の大道寺先生がジャージ姿でシャキシャキ動いているのを見ると、とても弱音は吐けない。隣の結衣も真剣な表情で大道寺先生の話を聞いている。

夏の総仕上げとして開催される大道寺幼児教室の登山教室は、年長クラスの児童を対象にしたもので、三十年以上続く伝統行事らしい。小学校受験の前哨戦《ぜんしょうせん》とされる埼玉県の入試が始まる九月を前に何を悠長なことをと思わなくもないが、「友人や両親とともに山を登り、困難を乗り越えたというひと夏の経験が受験本番で効いてくる」と言われると、そういうものなのかと受け入れるしかない。小手先のテクニックよりも人間力を鍛えることが大切だという大道寺先生の指導方針は一貫しており、受験直前になってもブレることがない。大手塾とは一味違うこの独自路線こそが、競争が激しい小学校受験業界で長年にわたり支持を得ている秘訣《ひけつ》なのかもしれない。

親も入れると数十人の大所帯となるため、登山道の入り口は団子状態になっていた。

「母親だけなの、うちだけじゃなくて安心したよ」

隣り合ったママ友の寛子に話しかける。今日は平日なので有給休暇を取ったが、週末に総選挙の投票日を控える中、総介は取材があるからと欠席しており、母親だけでの参加となった。

「ごめん、選挙が終わったら仕事はセーブするから！」

不満はあれど、こう頭を下げられたら、何も言い返せない。総介はわかった上でやっている。どの家族も当たり前のように父親同伴で参加しており、麗佳の夫、誠也も弁護士事務所のパートナーとして多忙なはずなのに、今日は真新しい登山用リュックを背負っている。母親一人で参加しているのは、茜の他には寛子くらいしか見当たらなかった。小学校受験とは子供の戦いであると同時に親の戦いであり、家族のチーム戦であるという現実を改めて思い知る。

「あー、まあうちも色々ありまして」

苦笑する寛子を見て、アレっと思った。いつもであれば「普段は受験だ学歴だってうるさいくせに、あいつ、こういうときは仕事を優先するんすよー」と、冗談めかして夫の悪口の一つや二つを加えて明るく返してくるのに。その横顔には、どこか影が差しているようにも見えた。

「でもうちの人、もう結構オッサンで普段もお酒ばかり飲んでまったく運動していないし、すぐにバテて足手まといになるだけだからやっぱり来なくて正解かも」

思い直したかのように、冗談めかして明るく笑う寛子。考えすぎだったかもしれない。

「横に広がると他の登山客に迷惑なので、できるだけ一列で進んでくださーい」

集団の後方から、大道寺先生のアシスタントの声が聞こえる。大夜くんや瑠美偉ちゃんと一緒になってきゃっきゃとはしゃぐ結衣を自分の手元に引き寄せているうちに、寛子との会話は中途半端なまま終わってしまった。


こんな蒸し暑い日に登山なんて、という気持ちがなかったとは言えないが、子供たちと一緒に山を登っていると、様々な発見があった。

「あ、キキョウ！」

結衣が道端の紫の花を見つけて叫ぶと、周囲の子供たちがわっと寄ってくる。

「ミノムシだ！　これってガになるんだよね！」

向こうのほうでは穂乃果ちゃんの声が聞こえる。

「これ、もぐらのあなかな？」

「このきはなーに？」

あちらこちらから子供たちの好奇心に満ちた声が響く。「花」や「虫」ではなく、それぞれの名前や生態がパッと出てくるのは、受験のために積み重ねてきた成果だ。まだ幼い頃から勉強なんて……と一年前は思っていたが、こういう姿を目の当たりにすると、この道を歩ませて良かったと思う。季節の移り変わりを肌で感じ、親子で図鑑を開くことで育んできた知識はきっと、これからの人生を豊かに彩ってくれるはずだ。

「子供の吸収力ってすごいですよね」

同じようなことを考えていたのか、隣にいた麗佳がしみじみと口にする。プールを休会して以来、土日も説明会や模試に追われてメッセージでのやりとりばかりだったので、こうして顔を突き合わせて話すのは久しぶりだ。

「うん、なんかちょっと感動するよね」

「ここのところずっと、模試の成績とか気にしてたんですけど、こういうのを見ると、大事なものは点数や順位じゃないって感じますね」

麗佳の呟きにそうだよね、と同調する。同じく模試の結果に一喜一憂してしまう毎日だが、こうして自然に囲まれていると些末《さまつ》なことに思えてくるから不思議だ。さっきまで不快だった蒸し暑さも、木陰の道を歩いているとあまり気にならなくなっていた。

「受験生の親って、ずっと家や教室の中にいるとどうしても視野狭窄《きょうさく》になりがちだから、こうやって意図的に外に出すことで親側の意識を変えようとしているのかもしれないですね」

麗佳の夫、誠也がペットボトルの水を飲みながら話す。子供の教育は麗佳に任せっきりという話だったが、その口ぶりから、そして穂乃果ちゃんに対する眼差しから、一歩引いた立場から受験をサポートしていることが窺える。

総介がこの場にいないことに対する苛立ちが一瞬よみがえったが、結衣と穂乃果ちゃんが楽しそうに道端の草花を観察している様子を見て、こんな場所まで来てストレスを溜めても仕方ないと考え直す。確かに、家や教室にずっといれば、こんな爽やか気持ちにはなれなかったかもしれない。

自然の中で体を動かしていると、受験生活を通じて自分の内面に澱《おり》のように溜まった嫌なものが汗と一緒に流れ出るのを感じる。右足、左足、右足、左足。黙々と足を前に運ぶ。結衣も登山ははじめてだが、文句一つ言わずに付いてくる。

「大夜さん、これは競争ではありませんよ。もっと周りのペースに合わせましょう。瑠美偉さんも焦る必要はないですよ、山頂は逃げやしません」

トップを争う大夜くんと瑠美偉ちゃんが大道寺先生に注意されている場面に出くわす。いつの間にか、先頭集団に交じっていたようだ。

「はーい」

と返事する大夜くんと瑠美偉ちゃん。わんぱくな二人が大道寺先生に叱られる光景はもう見慣れたものだが、オーバーペースを注意されるとすぐに歩調を緩め、集団の流れに合わせている。二人とも体の成長に精神面が追いついてきた。少し遅れて、穂乃果ちゃんが真剣な表情で歩いているのが見える。内気で線が細いところがあったが、この一年で随分とたくましくなった。結衣だけでなく、教室に通う他の子供たちも成長している。

先頭集団から少し遅れて歩く結衣に気がついて、瑠美偉ちゃんが駆け寄ってきた。

「しんじろうくん、きょうはいないの？」

「うん、ほいくえん！」

「なんだー、つれてきたらよかったのに」

微笑ましい会話に、ついつい噴き出してしまう。親からすれば小学校受験に向けた山登りでも、子供たちからしたら遊びの一環だ。大夜くんや瑠美偉ちゃん、穂乃果ちゃんは進次郎を実の弟のように可愛がってくれている。

大学も職場も違う人たちとの家族ぐるみの付き合いだなんて、受験を始めるまでは想像すらしていなかった。この先、どんな結末を迎えるにせよ、麗佳や寛子との交流が続いてくれると嬉しいな、なんてことを柄にもなく思った。


休憩を含め、二時間くらい歩いただろうか。ようやく、山頂が見えてきた。子供の足でも登れる初心者向けの低い山とはいえ、怠惰な生活でなまりきった足が悲鳴を上げている。膝に手をつきゼエゼエと息を吐いていると、麗佳も同じような表情でヨロヨロとしていた。仲間を見つけたと安心していると、涼しい顔をしてタオルで汗を拭っている大道寺先生と目が合う。

「お二人ともまだ若いんですから、運動習慣はつけておいたほうがいいですよ。人生は体力勝負ですから」

返事をする余裕もなく、必死の思いで肺に酸素を送りながら首を縦に振る。よし、決めた。ジムに通おう。受験が終わったら。

「じゃあ皆さん、一時間、昼食休憩にしまーす」

アシスタントの女性が声を張り上げる。それぞれがバラける中、なんとなく麗佳と寛子と一緒に木陰にビニールシートを敷き、お弁当を広げる。登頂に成功したという達成感で興奮状態なのか、子供たちは「こっちがこどもゾーンね！」と、四人で連れ立って隣の木の下に移っていった。友達との久々の再会だ、好きにさせてあげよう。仕方ないな、という表情で、誠也がそれに付き添う。気がつくと、母親三人で女子会みたいになっていた。こういった光景も随分と懐かしい。

「いやー、つくづく二人が教室にいてくれて良かったよ。私、一人だったら絶対に浮いてた」

水筒のお茶を飲みながらしみじみしていると、

「私もお二人がいなかったら辛かったかもしれないです。幼稚園のお受験のときは、周りに話せる人がいなくて大変だったので」

と麗佳も同調する。

「うちも大夜と瑠美偉が通ってる幼稚園が受験モードでギスギスしてるから、こうやって気楽な関係は助かるかも」

おにぎりを頬張りながら、寛子が続ける。

「慶應幼稚舎って、月齢と性別ごとに合格する人数が決まってるらしくて、月齢が近くて性別が一緒だと親同士が口もきかなくなるとかあって。ちょっと頭おかしいっすよね」

想像を絶する話に、思わずのけぞる。一口に小学校受験といっても、目指す学校や住む地域によって入ってくる情報が全然違う。麗佳が住む港区というのは、また文京区とは違った世界があるのだろう。

「へー、すごい。そういえば大夜くんと瑠美偉ちゃんはやっぱ、幼稚舎が第一志望なの？」

こう口にしながら、少し寛子の表情が暗くなったのを見て、しまったと思った。登山の解放感でちょっとテンションが上がっているとはいえ、入試直前の時期に志望校のことを聞くのは無神経と思われても仕方ない。

「いや、うちも十一月一日は駄目元で桜葉受けてみようかなと思ってるんだけどね。幼稚舎も倍率すごいでしょ」

自らの手札を開示することで、変な意味はないというメッセージを込める。すると、意外なところから麗佳が食いついていた。

「やっぱり！　結衣ちゃんみたいに、ペーパーもできて手先も器用で運動もできる子って、他に見たことないですもん。結衣ちゃんが合格しなかったら、誰も受からないですよ！」

それは大袈裟でしょ、ただ単に四月生まれで成長が早いだけだしと笑っていなすが、麗佳は至って真剣だ。

「私がフォローしてる人でも、桜葉志望の人って結構多いんですけど、皆さん悩んでますもん。ほら、この人も」

麗佳が前のめりにスマホを見せてくる。画面にはツイッターのタイムラインが表示されていた。

『模試、イマイチだった～。もう限界！　撤退したい！』

文章の前に桜と葉っぱの絵文字が並んでいる。それが桜葉を示していると理解するまでに少し時間がかかった。

『言うこと聞かなくてイライラする！　駄目だってわかってるのに』

『お受験なんてしなかったら良かった、もう公立でいいじゃんって毎日思ってる』

麗佳のタイムラインに流れる言葉は、まるで普段の自分の気持ちを代弁しているようでドキッとする。

「へー、こんなに赤裸々に書いてるんだ。私、インスタしかやらないから全然知らない世界だ」

平静を保つために少し突き放すと、麗佳は少し気恥ずかしそうな表情をして、背筋を伸ばした。

「あ、いや、私も情報収集でちょくちょく使ってる程度ですよ」

今更取り繕っても、と思うが、麗佳は至って真剣なので、見なかったことにする。麗佳のアカウントのアイコンの、画面の左上に表示されていた淡いピンクのコスモスの花の写真がやけに上品で、そんなところまでお嬢さまっぽいなと思った。

やりとりを無表情で眺めていた寛子と目が合う。やっぱり何か変だ。いつもの活気がないし、さっきから口数も少ない。何か話しかけようか、と考えた瞬間、寛子が重い口を開いた。

「……うち、受験から撤退しようと思ってて」

一瞬、何を言われたのかわからなかった。強い風が吹いて、地面に映る木の枝の影がゆらゆらと揺れる。

「実は、離婚しようかと」

寛子が淡々と語る。目の前に広がる目にも鮮やかな自然と、綺麗な空気と、それに似つかわしくない離婚という単語。

寛子の話をまとめると、こういうことらしい。夏休みに入り、旦那である栄一の帰りが遅かったり、そもそも家に帰ってこなかったりする日が続いていた。新規事業である脱毛サロンの開業準備で忙しいのかと大目に見ていたが、ある日、車の助手席に華奢《きゃしゃ》なデザインのピアスが落ちているのを発見した。栄一が経営する美容室のインスタによく登場するモデルの若い女がしているものだ。その挑発的で未熟な行動から、栄一がその女に手を出したということを理解した。浮気の発覚はこれがはじめてではない。どうせ遊びだろうとこれまでは見て見ぬふりをしていたが、今回ばかりは堪忍袋の緒が切れた。マスコミにおだてられ、調子に乗り、家族をないがしろにするような人間とはもう一緒に暮らせない。父親の学歴コンプレックスで有名ブランド校を受験させられる大夜と瑠美偉も可哀想だ。もうあんたには付き合ってられない――。そう啖呵《たんか》を切って、栄一を家から追い出したのが昨日の出来事だという。

「でもスッキリしたよ、もう限界だったし」

吹っ切れた寛子の表情を見て、悟った。もう、彼女の中で決まったことなんだ。

「でも、お受験までやめる必要はないんじゃないですか？」

おそるおそる、といった雰囲気で麗佳が尋ねると、寛子は迷わずに言い切った。

「ううん、もうやめる。私は最初から学歴とかどうでも良かったし、慶應とか青学とか、全部あの人の見栄で選んだ学校だし。そもそもうちの子たち、お受験とか向いてないって最初からわかってたし。穂乃果ちゃんと結衣ちゃんにもお別れ言いたかったから、今日の山登りで最後にしようって決めてて」

何も言葉が出てこない。

「それでね、東京から出ようと思ってて。まだ弁護士にも相談してないけど、慰謝料代わりに軽井沢の別荘でも奪ってやろうかなって。私も地方出身だし、無理に東京で背伸びするより、自然に囲まれて暮らしたいかなーって」

サバサバと話す雰囲気に、未練の色も、後悔の影も、見えない。ただ圧倒される。

「茜さんも麗佳さんも頑張ってくださいね、長野から応援してるんで。いつでも遊びに来ていいから！」

どう返したら良いかわからず、ただ頷くことしかできなかった。麗佳も同様に、黙っている。

「そうだ、大道寺先生にもいまのうちに伝えておかないと。怒られた記憶しかないけど、今から思うと教室は結構楽しかったな」

そう言うや否や、立ち上がって大道寺先生とアシスタントが座るビニールシートに向かって寛子が駆けていく。何を話しているのかは聞こえなかったが、大道寺先生は少し驚いた後、柔らかい表情になって寛子に話しかけていた。

「びっくりしちゃい……ましたね」

ポツリと呟く麗佳に、そうだね、と返す。他に発すべき言葉を持ち合わせていなかった。

少し離れたビニールシートでは、大夜くんと瑠美偉ちゃんがケラケラと笑っていた。結衣も、穂乃果ちゃんも一緒だ。突然の出来事で、考えがまとまらない。高原の爽やかな風が、ビニールシートの端をパタパタと揺らす。もうすぐ、夏が終わる。受験が始まる。

第7章

家族

「あのー、小学校受験で使う封筒と便箋が欲しいんですけど……」

「それでしたら、こちらの無地の便箋と封筒のセットを皆さんお選びになられますね。縦書きと横書きでそれぞれ十枚ずつあるので、書き損じがあっても大丈夫ですし」

お香が漂う店内で、制服を身にまとった上品そうな店員さんに案内された先に目当てのものはあった。小学校受験が本格化しつつあるこのシーズン、既に何度も説明しているのだろう。その口調に淀《よど》みはなかった。受験生の親の必須アイテムとして名高い銀座・鳩居堂《きゅうきょどう》の便箋セット。ついに手に入れてしまった。銀座中央通りの路上で一人、軽く感慨に浸る。

腕時計を見ると、まだ昼休みは半分以上残っている。タクシーを使わなくても午後の始業時刻には間に合いそうだ。オフィスに向かって歩く。あれほど暑かった夏が嘘みたいに十月の東京は涼しくて、カラッと乾いた空気が心地よい。

東京都や神奈川県に住む多くの家庭にとって、埼玉県の私立小学校は受験の前哨戦として位置づけられる。通学時間の都合で実際に通えない家庭でも、受験本番の雰囲気に慣れるために子供を受けさせることが多いためだ。

「練習校」といった心ない呼ばれ方をされることもあるが、それでもやはり実際の合否がかかった緊張感は、模試とはまったくの別物だ。保護者待合室の張り詰めた空気は、これまでの人生で味わったことがないようなピリピリしたものだった。親にできることは、ただ祈ることだけだ。時間をつぶすために持ってきた文庫本の文字が滑って脳に入ってこないじれったさ、そしてもどかしさ。考査を終えて再会した結衣の顔を見たとき、思わず涙が出そうだった。

合格発表日は平日の午後一時だった。オフィスの時計の長針が十二を示したその瞬間、はやる気持ちを抑え生年月日と受験番号を入力し、エンターキーを祈るように押し込む。ノートパソコンの画面に表示された、季節外れの桜を思わせるピンク色の画面。あの瞬間の、まばゆい光に全身が包まれたかのような高揚感は、一週間経った今でもハッキリと思い出せる。

「え、合格しても通わない学校なのに、出願するだけで三万円も払うの？」

考査に先立って行われる親子面談の前夜に無神経なことを言って茜を苛つかせた総介だったが、実際に面接が始まってみれば、テレビ記者として生中継で鍛えたプロの喋りと持ち前のコミュニケーション能力を武器に、子供の教育を真剣に考えている父親の役割を見事に演じきった。選挙が終わったら受験に全力投球するという約束を守らせるべく、受験する各学校の教育理念と新田家としての教育方針、結衣の長所を示すエピソードなどを徹底的に覚えさせた甲斐があったというものだ。

当日、直前まで「ちょっとむねがドキドキする」と言っていた結衣も、終わってみればペーパーテストも行動観察も運動テストも、どれもうまくいったと嬉しそうに教えてくれた。これは結衣だけの合格じゃない。家族一丸となって、みんなで勝ち取った合格だ。

東京ではお目にかからないような広々としたグラウンド、先進的なＩＣＴ教育、プラネタリウムや水族館まで備えた充実した設備——。実際に通わせたいと思わせるような素敵な学校ではあったが、さすがに一日一時間半、往復で三時間という通学時間は現実的ではない。
「補欠合格を待っているご家庭のことを考えれば、いたずらに引き伸ばさないのが誠意というものです」

いざというときの保険として、入学予納金三万円を払って入学延期手続きをとることも考えたが、大道寺先生もこう言っていたことだし、名残惜しいが仕方がない。鳩居堂の便箋に辞退届を書くのが今夜のミッションだ。

もっとも、いつまでも浮かれているわけにはいかない。一息つく間もなく、来週には神奈川県の入試がある。埼玉県が前哨戦だとしたら、ここからは参加者全員が本気の総力戦だ。

つい緩んでしまいがちな頬を引き締めていると、スマホが震えた。
「今日は暇だから早めに仕事あがれそう。保育園のピックアップ、俺がやるよ」

総介からのメッセージに、「ありがとう」のスタンプで返す。八月末に行われた総選挙は、総介が長年追ってきた楫取首相率いる民自党の圧勝だった。内閣発足直後はさすがに忙しそうだった総介だが、仕事が一段落し、落ち着いたタイミングと受験が重なったのは幸運という他ない。風が吹いている。それも良い方向へ。大きな力を背中で感じながら、一歩ずつ歩みを進める。

「しかし改めて、よくこんなに集めたよな」

進次郎を寝かしつけてリビングに戻ると、テーブルの上に積まれた書類や冊子の山を前に、総介が感心したように呟いた。模試の結果や過去問、学校説明会で配られたパンフレット、メルカリで落札した学校研究資料。これまでに奔走した日々が思い起こされる。総介の声は半分呆れているようにも聞こえたが、気分は悪くなかった。

「はじめての受験だから、加減がわかってないだけかもしれないけどね」

たとえどんな結果を迎えることになろうとも、これだけやってきたと胸を張れる。埼玉での「勝利」の波に乗る結衣は神奈川で横浜雙葉小学校とカリタス小学校の一校を受ける。大道寺先生や柴崎先生に相談の上、試験内容や教育方針を吟味して、数ある小学校の中から選んだ。ともに伝統的なカトリック校で、倍率は四〜五倍。埼玉県の学校よりも高く、「練習校」なんて軽い気持ちで受ける家庭はほとんどいない。

テーブルの端に置いてあった願書のカラーコピーを手に取る。学校の教育理念と家庭の教育方針の擦り合わせ、宗教教育への理解、思いをしたためた志望動機。何度読んでも、これ以上ないという完成度に仕上がった願書は何週間もかけて練り直したものだ。何万円も払って添削してもらい、下書きをして、わざわざトレース台を買って清書した。新宿伊勢丹の写真館で撮影した、結衣の写真。額を出し、髪の毛を後ろで縛った表情は凛々《りり》しく、会心の一枚だった。その瞳に映る無限の可能性のためなら、これまでに費やした時間も、費用も、労力も、何もかもが苦ではなかった。

ふと、総介が口を開く。

「でもさ、横浜雙葉って通学時間の目安は六十分以内ってあるけど、横浜ってさすがに遠くない？　カリタスも登戸《のぼりと》でしょ？　埼玉の学校みたいに、合格しても蹴るの？」

　自分の眉の端がピクリと動くのがわかる。蹴る？　これからお世話になるかもしれない学校に、そんな不遜《ふそん》な言葉を軽々しく使っていいわけがない。

「まだ気が早いけど、仮にご縁を頂いて、東京の学校が駄目だったら、引っ越すっていうのもありかなって。ほら、ここのところ、不動産価格も上がってるし、この家も買ったときよりも高く売れるかもしれないし。こないだ会社の先輩に聞いたんだけど、武蔵小杉《むさしこすぎ》あたりだったら、駐車場付きでも結構いい感じの部屋もあるみたいだよ」

　やましさを隠そうとしているからか、我ながら早口になっている。「ご縁」なんて言葉、いつから私は普通に使うようになったんだろうか。

「え、聞いてないんだけど」

　総介は呆気にとられた後、本当に驚いている、という様子でこう返してきた。そりゃそうだ、言ってないんだもの。心の中で「大事な時期に、余計なことを」と毒づく。家のことは全部私に任せているんだから、最後まで鈍感なままでいてくれれば良いのに。

「別にまだ何も決まってないよ、そんな可能性もあるんじゃないって話。そもそもまだ受かってないんだし、気が早いよ。全部終わってから考えればいいじゃん」

　自分で話しながら、説得力がないなと思う。引っ越しを現実的な選択肢として考えているから、こうしてスラスラ出てくるのだ。個人的には、通勤時間が少し長くなるものの、全然ありだ。

当然のことながら、総介は不満そうな顔をしている。タクシー帰りもある総介からすれば、会社のある豊洲から武蔵小杉は少し遠い。そもそも普通に暮らしていたら、子供の学校のために引っ越すなんて、選択肢にすら挙がってこないだろう。でも、私たちが現在歩んでいるのは、普通の道ではないのだ。小学校受験に本気で取り組む家庭にとって、学校のために引っ越したり、平日だけ学校の近くの別宅に住んだりなんて、決して珍しい話ではない。

「そういうのは志望校を決める前に早く言ってくれよな……」

総介がぶつくさ文句を言っている。相談もなにも、あなたはずっと仕事だったでしょうが。全部私に任せてたんだから、そのくらい我慢しなさいよ——という本音を呑み込む。

「ごめん、総介も忙しそうだったし。お義母さんには相談してたんだけど」

下手《したて》に出つつ、義母というカードを切って反論の余地を断つ。こんな大事な時期に、夫婦喧嘩や不毛な議論に余計なリソースを割きたくない。

しばらく黙っていた総介だったが、思い出したように口を開く。

「そういえば、私立小学校って親が海外駐在した場合、休学とかできるの？」

今度はこっちが呆気にとられる番だった。

「海外駐在って、何の話？」

声が裏返る。それこそ聞いていない話だ。

「いや、全然本決まりじゃないんだけど、こないだ部長にワシントン支局に興味あるかって聞かれて。国定首相の辞任と楫取さんの出馬の件で報道局長賞取ったし、その論功行賞的な感じだと思うんだけど」

「それで、なんて答えたの？」

総介の話を途中で遮る。血の気が引いていた。

「……いや、家族と相談しますって答えといたけどさ」

「それ、いつの話？」

「先週くらいだけど」

「そんなの、真っ先に相談してよ！　このタイミングで言う話じゃないでしょ」

声が部屋中に響く。自分でも驚くほど、大きな声が出ていた。

「……ごめん、でもそんな言い方することなくない？　私立小に通うなら、制度として休学とか復学とかできるかどうか、知っておきたいってだけなんだけど」

「そんなの知らないよ！　知ってるわけないじゃん！　親子面談で絶対そんなこと聞かないでよ！　ていうか、私だって仕事あるんだけど！」

声がうわずり、顔が熱を帯びる。もう遅い時間だし、声のボリュームを落とさないと。心の中で冷静な自分がブレーキをかけるが、止まらない。

「だって紅華園は配偶者の駐在帯同休職制度あるでしょ？　うちの駐在って三年だし、ちょうどいいかなと思ったんだけど。結衣も進次郎も帰国子女になれるチャンスじゃん」

その他人事のような話しぶりに、上から目線に、思わず声を張り上げる。

「勝手に決めないでよ！　私にもキャリアがあるんだけど、何だと思ってるの？」

自分の口から発せられるキンキンした声が、我ながら耳障りだ。こんな大切な時期に喧嘩なんてしている場合じゃない、なんてさっきまで考えていたはずなのに。目の前の総介は何が問題なのかわかっていないような様子で口をポカンとさせていた。その表情が、なおさら苛つかせた。

さらに何か言ってやろうかと思った瞬間、カチャリという音とともに扉が開く。一瞬の静寂が場に満ちた後、ノロノロと緩慢な動きで、寝ぼけ眼の結衣がリビングに顔を覗かせる。

「なんのおはなし、してるの？」

混乱で体がこわばる。声も出ない。どうしよう、何か言わなければ、と固まっていると、サッと動いたのは総介だった。

「ごめん、起こしちゃった？　なんでもないから大丈夫だよ」

優しく声をかけ、「起きたついでにトイレ行こうか」、と促す総介。二人の背中をぼうっと眺めることしかできなかった。

「まだ俺の人事も決まった話じゃないし、家のこともそうだし、ちょっとまた改めて話し合おっか」

トイレを終えた結衣を部屋に連れて行った後、総介が静かに話す。ヒートアップした妻を落ち着かせようとする夫、という構図にまた腹が立ったが、ここで何を言っても冷静さを保てなそうだったので、黙って頷く。総介が冷蔵庫を開ける音、麦茶をごくごく飲む音、グラスを流す水の音、冷蔵庫を閉める音。無機質な音だけが存在する空間。

「先に寝るわ」

総介がこう口にしたとき、少しホッとした。二人でいるときの沈黙より、孤独のほうがまだ気が楽だ。情報量が多すぎて何も考えたくないが、テーブルの上の書類や冊子の山と向き合うと少し楽な気分になった。最近は、入試のことを考えているときが一番落ち着く。受験を始める前はどうしていたのだろうか。今はもう、思い出すことができない。

＊

「お疲れさま、頑張ったね」

考査を終えた子供には真っ先にこう声をかけてあげましょう、というのが大道寺先生の教えだった。はじめて聞いたときはそんな細かいことまで指示されるのかと驚いたものの、この言葉の持つ意味を理解したのは、実際に入試が始まってからだ。

神奈川県の初戦、横浜雙葉小学校での五時間半にわたる長丁場の試験を終えた結衣は、見るからに疲れ切っていた。保護者の控室である講堂に帰ってきたその姿を見た瞬間、「どうだった？　できた？」と聞きたい思いをグッとこらえ、「お疲れさま、頑張ったね」とねぎらう。「せっかくだし、ケーキでも食べて帰ろうか」と話しかけると、張り詰めた糸が緩んだのか、結衣はようやく安堵の表情を浮かべた。危ないところだった。いとも簡単に親が正気を失うということを、大道寺先生は知っていたのだ。

縁故の有無や運不運ではなく、長時間のテストで子供の適正を見極めてくれるというのはありがたい話ではある。しかし、六歳の子供にとって、大人の監視の下で一挙手一投足をずっと採点され続けるというのはさぞかしストレスのかかることだろう。結衣はいつになく静かだった。講堂には麗佳と穂乃果ちゃんの姿もあったが、お互い、軽く会釈するだけで素通りした。そのよそよそしさが、ここが模試会場ではなく、受験本番であることを否応なく実感させた。

「ボールであそんだんだけど、とちゅうでないちゃったこがいた」

元町・中華街駅へと向かう道すがら、結衣がポツリと呟く。行動観察の最中、泣いてしまう子がいるというのはたまに聞く。教室や模試の会場とは明らかに違う張り詰めた空気、そして未就学児が受け止めるにはあまりに大きなプレッシャー。決して珍しい話ではなく、平常心を保てる子供のほうがよほど珍しいだろう。

「そっか、結衣はどうしたの？」

平静を装って尋ねる。聞きたいのは、その後だ。アクシデントへの対応という、地が出る場面こそ、学校側が注目するポイントの一つだ。泣いてしまった子に優しく声をかけたことで加点された、なんて話を聞いたこともある。これまでも、「困っている子がいたら、助けてあげるんだよ」と口を酸っぱくして伝えていた。弟がいることもあり、結衣は面倒見が良いタイプだ。もしかしたら、と期待をかけてしまう。

「そのこがおこってブロックをバラバラにしちゃったから、みんな、なにもできなかった」

背中に冷たいものが走り、血の気が引く。想像していたような、シクシク泣くという可愛らしいものではなく、癇癪《かんしゃく》を起こすタイプの号泣だったようだ。小学校受験界隈で「クラッシャー」と呼ばれている、周囲に悪影響を及ぼすタイプの子だ。教室でも模試でも見かけたことはなかったが、まさか、本番で出くわすとは。

「でも、ブロック以外は大丈夫だったんだよね？」

問い詰めないように、あえてゆっくりとした口調で聞くが、結衣は押し黙ったままだ。

「……あんまりうまくできなかったかも」

ため息をつき、空を見上げる。いくら積み重ねてきたものがあるとはいえ、まだ六歳。精神面の揺らぎで、パフォーマンスは大きく変わる。そして、一度崩れてしまったものを、短時間で立て直すのは難しい。

「おはなしとか、しりとりはうまくできたとおもうんだけど」

茜の表情からこちらの心中を察したのか、結衣が慌てて明るい声を出す。繋いだ右手がじっとり汗で濡れている。

「ううん、全然いいんだよ。結衣が頑張ってくれたことが一番だから」

気を使わせて申し訳ないと思いながら、それでも内心、がっかりしていた。横浜雙葉は事前にあった親子面談の感触も良く、心に期するものがあった。場所こそ現在の家から遠いもののの、教育方針も、進学実績も申し分ない。滑り止めなんていう不遜なことを言える立場ではないが、ここでご縁を頂けたら、心強い「お守り」として十一月に始まる東京の本番を迎えることができるのに――。

そんなことを考えていたが、淡い期待はあっさり打ち砕かれた。二日後に開いたノートパソコンの画面に、「合格」の二文字は見当たらなかった。何度F5ボタンを押してページを更新しても、結果は変わらない。ご縁を頂くどころか、補欠ですらなかった。世界から色彩が失われ、どんよりとしたモノクロのフィルターで視界が覆われる。

ある程度覚悟をしていたとはいえ、はじめての不合格の重みは想像以上だった。学生時代の就職活動以来の感覚だ。いや、あのときは悔しさもあったが、自分の実力不足だったと諦めもついた。でも今回は違う。自分の目の届かない場所で、数値化されないあやふやな基準で我が子が採点され、「足りない」ほうに振り分けられたのだ。平静でいられるわけがない。

ご飯を食べていても、お風呂に浸かっていても、ベッドに入っても、終わった試験のことをずっと考えてしまう。行動観察でトラブルがあったとはいえ、ペーパーは問題なかったはずだ。これまでの模試で、合格圏内から外れたことはなかった。そもそも神奈川県の学校は、本気度を見るために地元の子を優先するという真偽不明の噂を聞いたことがある。それとも、縁故もないのに伝統校を中心に据えた出願戦略は失敗だった？　いくら考えても、答えは出ない。

眠れそうにない。総介がいびきをかいている隣で、スマホに手を伸ばす。「合格」「補欠」「ご縁」「神奈川」「小学校」……いくつかキーワードを並べ、組み合わせを変えてツイッターの検索にかける。できるだけ見ないようにしていたが、ここに来て、他の家庭の動向が気になって仕方ない。暗闇の中、スマホ画面だけがぼうっと光る。

検索の仕方が悪かったのか、関係ない投稿が並ぶ中、見覚えのある写真が目に留まった。淡いピンクのコスモス。前に麗佳にスマホを見せてもらったときに画面に表示されていたものだ。さすがに知り合いは止めておこう……という理性を、ささくれだった感情とよこしまな気持ちが容赦なくはぎとっていく。

『神奈川校、ご縁を頂くことができました！　都内受験がまだ残っていますが、ひとまずよかった～』

控えめに喜ぶ、麗佳の表情が目に浮かぶ。それと同時に、細いロープの上で、穂乃果ちゃんに蹴落とされる結衣のイメージも。ペーパーも行動観察も、結衣のほうがずっと上手にできてたはずなのに。一体、何が合否を分けたのだろうか。

やっぱり、見なければ良かった。麗佳にも穂乃果ちゃんにも何の罪もないのに、現実を受け入れるだけの精神的な余裕がない。自分がコントロールできないことに振り回され、先の見えない道を進む孤独が、こんなに辛く、苦しいとは。底なし沼に腰まで浸かったような感触はしばらく続き、眠れない夜は憂鬱を加速させた。

つい二週間前まで吹いていたはずの追い風がパタリと止み、逆風に変わっていると気づくまでに時間はかからなかった。神奈川二校目であるカリタス小学校の選考日を控えた前日の十五時二十三分。仕事中にスマホが震え、着信画面に「保育園」という文字が表示される。この時間帯にかかってきた電話が前向きなものであったことなんて、過去五年間で今まで一度もない。

「すみません、目を離した隙に遊具から飛び降りる遊びをしていて、そこで足をひねっちゃったみたいで……」

若い先生が何度も申し訳なさそうに頭を下げて詫びるが、何も耳に入ってこなかった。結衣の右足くるぶしのあたりに巻かれた、真っ白な包帯が痛々しい。

「まあ骨折はしてなかったんで、数日間安静にすれば大丈夫だと思いますよ」

保育園に常勤する看護師さんの能天気そうな声が気に障る。確かに普段であれば、大した怪我《けが》ではないだろう。でも、結衣は明日、入試を控えているのだ。カリタスでは過去に運動テストがあった年もある。

「数日安静って、運動は？」

「結構腫れてたし、痛いと思いますよー、歩くのは大丈夫だと思いますけど」

嚙み合わない会話にイライラしていると、そばで見ていた園長先生が割って入る。

「まあまあ新田さん、落ち着いて。この時期の子供って、どこまでがセーフでどこからがアウトなのか、まだ体で覚えている段階なんですよね。結衣ちゃんだって、こんな痛くなるって知らなかったでしょ？」

結衣がコクリと頷く。

「私たちの監視が行き届かなかったのは、本当に申し訳なく思っています。でも、結衣ちゃんは今回の経験を糧にして、次に繋げてくれると思いますよ。子供の成長ってすごいから」

園長先生の言葉が胸にしみる。でも、一期一会の受験に「次」なんてものはない。私がいま欲しいのは、経験なんかじゃない、合格だ。

「じゃあちょっと早いですけど、進次郎くんも連れて来ちゃいますね」

若い先生がパタパタと足音を鳴らしながら、二歳児クラスへと向かう。お友達と遊んでいる途中で帰ることになって不満なのか、廊下をゴロゴロ転がって拒否する進次郎。普段通りのイヤイヤぶりに、少し頭にきた。

――怪我したのが、進次郎だったら良かったのに。

頭の中に一瞬浮かんだ、不穏な思考の断片。首を振って慌てて打ち消そうとするが、一度でも思ってしまったことを、なかったことにはできない。こちらの存在に気づいて、「ママー！」と駆け寄ってくる進次郎の顔を正視できなかった。

「それじゃあ、結衣ちゃん、進次郎くん、また明日ね」

玄関で手を振る園長先生に頭を下げる。明日、結衣は試験なんで休ませます、と訂正する気力もない。

「結衣、どうしてジャンプなんてしちゃったの？」

自転車に向かう途中、それとなく尋ねる。そんな危ない遊び、今までしたことなかったじゃない。公園には砂場も、滑り台も、平和な遊び場なんていくらでもある。どうして今日に限って——。溢れ出る言葉を必死でとどめながら。

「ポキモンごっこ。ゆうたくんとまりちゃんが、せんしゅうのほうそう、どんなだったかおしえてくれたから」

ぼんやりとした結衣の声を耳にした瞬間、天を仰いだ。家でアニメを見せてもらえないから、友達に内容を教えてもらって、一生懸命再現している結衣の姿を思い浮かべる。入試が終わったら好きなだけ見せてあげるよ、といくら約束しても、子供には子供の世界がある。

もし、結衣が通っていたのが保育園ではなく、アニメを遮断できるような幼稚園だったら。もし、無理にポキモンを我慢させないで、その都度発散させてあげていたら。何度も「もし」を重ねるが、ひっくり返った盤面を元に戻すことはできない。ほとんど眠ることができないまま迎えたカリタスの入試日の朝、結衣はやはり右足が痛いのか、顔をしかめていた。

結局、神奈川県の入試で結衣は二校ともご縁を頂くことができなかった。受け止めるにはあまりにも重い、不合格の三文字。それを消化する間もなく、東京の学校の事前親子面談が始まる。気がつくと空気中に微かに残っていた夏の残り香はどこかに消え、キンモクセイの香りとともに街は秋の気配に包まれていた。

*

「わたし、きょうもおやすみ？」

「うん。これまでこんなに頑張ってきたのに、風邪引いちゃったら嫌でしょ？」

「ハロウィンのパーティー、でたかったな」

結衣がボソッと呟く不満の声を、聞こえないふりで受け流す。

「ほら進次郎、もう早く食べちゃってよ！」

朝食の食パンを持ったまま遊び始めた進次郎を急《せ》かすが、一向に口に運ぶ気配がなく、床にパンくずがボロボロと落ちる。いくら怒っても無駄だ、ため息とともに進次郎を抱きかかえてリビングの扉に手をかける。

「じゃあ、手遊びやって待っててね。進次郎を預けたらすぐ帰ってくるから」

「はーい」

不承不承《ふしょうぶしょう》、という感じで返事をする結衣に、心の中で謝る。ごめんね。十月三十一日。冷蔵庫に貼ってある保育園の献立表は、ハロウィンパーティーという文字と、ジャック・オー・ランタンのイラストで彩られていた。保育園の友達と仮装して近所のお店にお菓子を貰いに行くなんて、絶対楽しいに決まっている。しかも今年で最後だ。本当だったら、私だって参加させてあげたい。

でも、本番直前にまた怪我でもしたら。ウイルスを貰ってきたら。「都内でインフルエンザが大流行」というニュースを先週末に見た瞬間、受験一週間前は保育園を丸々休ませ、自分も有給休暇を取って付き合うと決めることに躊躇はなかった。神奈川での失敗を高い授業料として、東京でのリベンジに懸けるしかない。これまで一年以上かけて積み上げてきたものを、体調不良なんてもので棒に振ってたまるか。

それに、この一週間でペーパーも、巧緻性も、随分と仕上がった。進次郎に邪魔されずに結衣に一日中集中できる環境というのは、今まであまりなかったものだ。何かを得るためには、何かを犠牲にする必要がある。まだ幼い結衣にそこまで理解してくれとは言わないが、心を鬼にするのも、母親である私の役目だ。

そんなことを考えながら自転車を漕いでたどり着いた保育園はオレンジと黒のハロウィン仕様に飾り付けられていた。家から着てきたのだろうか、ドラキュラの衣装を身にまとったヨチヨチ歩きの男の子を、魔女の帽子と黒いマントでコーディネートした保育士の先生が温かく迎え入れる。大人も子供もどこか浮かれた非日常的な雰囲気は、紺と白で統一された小学校受験の世界観とはあまりに対極的だ。アマゾンで適当に買った、かぼちゃの帽子を嫌がる進次郎の頭に被せて預ける。大部屋の奥のほうで結衣と同じクラスの子がポキモンのコスプレをしているのが視界に入って、軽く自責の念に駆られる。

「あら、結衣ちゃんは今日もお休み？」

そそくさと帰ろうとしたら、玄関で園長先生につかまった。今は誰とも話したくない気分だったのに。

「小学校受験って大変なのねえ、いつ終わるの？」

そんなの、こっちが知りたい。十一月上旬の東京で決まれば良いが、そこでも引っかからなかったら二次募集のわずかな枠や、抽選という運頼みの要素がある国立大附属を目指すことになる。最後の最後まで粘るとしたら、すべてが終わるのは十二月だ。人によっては、補欠合格の連絡が年明けにきたなんて話もある。埼玉の面接から数えて三カ月以上、合否のどちらに転ぶかわからないボーダーラインを歩き続けることになる。考えるだけで頭がどうにかなりそうだ。

「まあ結衣ちゃんならしっかりしているし、大丈夫でしょう」

園長先生なりにエールを送ってくれているのだろう。受験の素人に何を言われたところで気休めにもならないが、今は「大丈夫」という言葉が身に染みる。無条件に肯定してくれるということが、こんなにもありがたいものだとは。

「そうだといいんですけどね、ここまで来たらもう本当に神頼みですよ」

自嘲気味に返しながら、自分の口からポロッと出てきた神頼みという単語にちょっと笑ってしまった。カトリックとプロテスタントの違いをちゃんと理解したのはつい最近だというのに、どんな神にすがるというのだろうか。身の程知らずな夢なんか見ないで、普通に保育園に通わせて、普通に公立小学校に入れたほうが結衣も幸せだったのかもしれない。

こちらの複雑な気持ちなど何も知らないまま、園長先生は「そりゃそうか」とカラカラと笑っている。気持ちの良い笑い方だ。つられて一緒に笑っていると、少し気が楽になった。この一年間、受験に向けた手厚いサポートがある幼稚園に通わせている麗佳たちをうらやむこともあったが、まだ結衣がハイハイしていた頃から通わせてもらっているこの保育園だって、本当に良い園だ。

「受験のことはよくわからないけど、いい結果が出るといいわね」

礼を言おうとすると、園長先生が続ける。

「結衣ちゃんも、結衣ちゃんのお母さんも頑張ってたのは、私たちから見てもよくわかってるから」

お母さんも、という予期せぬフレーズに胸を突かれる。

「あの年頃の子供って、お母さんのこと、ちゃんと見てるからね。そうじゃなかったらあんなに頑張れないわよ」

胸の奥から、自然とこみ上げてくるものを必死でこらえる。

「だからお母さんが笑ってたら、結衣ちゃんもきっと笑っていられるわよ。どこに受かるとか、そういうのはわからないけど、それだけは言えるわ」

ありがとうございます、と深々と頭を下げることしかできなかった。思わぬ形での応援を背に受け、家に向かって自転車を漕ぐ。往路よりも少し心が軽い。

家に戻ると、結衣は黙々とテーブルの上で折り紙をはさみで切り、輪っかを作っては繋いでいた。テーブルの上には台紙に止められたクリップや、丸く結んで連結された紐が重ねてある。出かける前に言われた通り、巧緻性の課題をこなしていたのだろう。

夢中で取り組んでいるのか、茜が帰宅したことに気づいていない。この小さな背中に夢を見た日々は、きっと間違いじゃなかった。充実した教育環境も、将来の選択肢も、立派な進学実績も、ここまでくればどうでも良い。これだけ頑張ってきた経験は、どんな道に進んだとしても、きっと役に立つ。

でも、それと同時に、これだけ頑張ってきた証しに、なんとかして合格させてあげたい。おめでとうと伝えたい。これまでに費やしてきた時間が、積み重ねてきた努力が、我慢してきたことが、どうか報われてほしい。矛盾した思いが頭の中でぐるぐると渦巻く。

「あ、おかえり。みて、じょうずにできた！」

嬉しそうに輪っかを見せる結衣を、思わず抱きしめていた。

「お母さん、どうしたのー、くすぐったいよー」

ケタケタと笑いながら体をよじる結衣の体温を全身で感じる。こうやってハグしたのはいつぶりだろう。ずっと一緒にいたのに、同じ時間を過ごしていたはずなのに、私は目の前の結衣にちゃんと向き合えていただろうか。これまで一体、何に追われていたんだろうか。何と戦っていたんだろうか。

「お昼ごはん、何食べたい？　あとで二人で美味しいもの食べに行こっか」

朝の時点ではみっちりペーパー対策をやって最後の総仕上げをしようと思っていたが、結衣はもう十分に、それこそ頑張りすぎるぐらい頑張った。泣いても笑ってもあと二十四時間後には桜葉の考査が始まる。今更ジタバタするよりも、リフレッシュした状態で本番に臨ませてあげたほうが、きっと良いはずだ。

美味しいもの、という言葉を前に、考え込む結衣。

「うーん、じゃあピザ！　まえ、ほのかちゃんちでたべたやつ！　ジュースもすごいおいしかった！」

穂乃果ちゃんという名前から横浜雙葉の合格発表が思い起こされて一瞬胸がチリチリとしたが、もう過ぎたことだ。店の名前は覚えていないが、確か麗佳の家からすぐだったはずだ。地図アプリで麗佳のマンションを表示し、検索窓に「イタリアン　宅配」と打ち込んで出てくる店を片っ端から確かめる。

「あ、あったよ。多分これじゃない？」

地図アプリに表示されたピンは、大道寺先生の教室のすぐ近くに刺さっていた。受験が本格化してからはご無沙汰だが、雨の日も風の日も毎週通った場所だ。

「せっかくだし、お散歩しよっか」

「やったー！」

ぴょんぴょん跳ねて喜ぶ結衣は年相応に幼く、これまでの受験会場に向かうときとは別人のようだった。

すっかり秋も深まってきたが、今日は上着が必要ない陽気だ。日差しが柔らかくて心地よい。

平日昼の文京区は人通りも少なく、授業に向かう大学生が目立つくらいだ。結衣が大学生になるまで、あと何年かかるんだろう。頭の中で計算する。十二年。結衣が生まれてからこれまでの約二倍。あっという間な気もするし、まだまだ遠い未来のような気もする。一体いつまで、こうして手を繋いで一緒に歩けるんだろうか。

「ママ、しりとりしよっ」

お母さんではなく、ママと呼ばれるのは随分と久しぶりだ。いつもなら注意するところだが、今日は受験モードではないとわかって甘えているのだろう。

「よし、やろっか」

こう聞いた瞬間、結衣がいたずらっぽくニヤリと笑う。

「じゃあゆいがさんもじ、ママがごもじね」

文字数で縛るしりとりは小学校受験界隈では定番だが、文字数が増えれば増えるほど難しくなる。結衣の狙い通り、こちらは防戦一方だ。

「オ……うーん、オニヤンマ」

「まくら！」

「ラ、ラ、ラ……落花生」

「いんこ！」

「こ……えーっと、国分寺」

「なにそれー、わからないー」

「駅の名前だよ、中央線の」

「えー。じゃあじしん……」

「あ、んで終わった。いえーい、ママの勝ちー」

「ずーるーいー、えきのなまえとかしらないもん。もういっかい！　つぎはママがろくもじね」

「六文字は無理ー、もう限界だよー」

他愛もないやり取りをしながら歩いていると、公園の入り口が見えた。教室の近くで、結衣のレッスン中によく進次郎を放牧していた場所だ。腕時計の針は十一時を指していた。お目当てのレストランが開くまでまだ三十分もある。

「ねえママ、こうえんであそびたい」

そういえば結衣と二人で公園に来るのも久々だ。この数カ月間、週末のスケジュールは常にぎっちり埋まっていたし、公園に来てもだいたい進次郎に振り回されていた。今日の結衣の服装もお受験用のフォーマルなものではないから、多少汚れても気にならない。

目を輝かせ、背中に羽が生えたように公園を駆け回る結衣。ここ最近はボール遊びやら片足立ちやら体操やら受験対策に特化した運動ばかりやらせていたが、自由を手にしたことで、本来の自分自身を思い出したようだ。息を弾ませて遊ぶ姿に心が和《なご》む。

とはいえまだ受験生の親だ。ジャングルジムに登る姿を見て、慌てて現実に引き戻される。

「結衣、今日は絶対に飛び降りたら駄目だからね！」

「えー、そんなことしないってば」

「そんなことしたからこないだ怪我したんでしょうが」

「そうだったっけ？」

軽口の応酬を交わせる程度には神奈川の失敗を消化できていることに気がついて、少し気持ちが軽くなった。結衣には不合格だったことはまだ伝えていないが、うすうす気づいているだろう。絶望の縁に立たされたどんよりした日々から約十日、よくここまで立ち直ってくれた。

ジャングルジムの上の結衣に声をかけていると、隣の鉄棒を使ってストレッチをしている白髪の女性が視界に入る。青いジャージ姿にサングラス。なんとなく見覚えがあるけど、さて、誰だっただろうか――。思案を巡らせていると、結衣の声が響いた。

「あ、だいどうじせんせい！」

ジャージ姿の女性は、なんと大道寺先生だった。言われてみれば、登山のときと同じ格好だ。肌が汗ばんでいるが、ランニングでもしていたのだろうか。

「あら、結衣さん。今日は保育園は？」

「おやすみしました！」

悪びれることなく結衣が朗らかに返事するのを受けて、大道寺先生がこちらに視線を向ける。サングラス越しでも感じ取れる、刺すような視線の圧。

「受験前だからって慌てないで、普段通りに過ごしなさいって私はお伝えしたつもりだったんですけどねえ」

ため息交じりの言葉に、平伏するしかない。確かに、最後のレッスンで大道寺先生は「普段通り」という言葉を強調していた。仕事も保育園も一週間休むというのは、とても普段通りとは言い難い。良かれと思って決めたことだが、先生の教えを無視したことに変わりはない。

別の種類の気まずさもあった。実は神奈川県の二校の結果をまだ大道寺先生には伝えられていなかった。東京の入試に向けて相談したほうが良いと頭ではわかってはいたものの、二校とも補欠ですらなく不合格だったということを恥じる気持ちがあった。居心地が悪い。

茜のことをじっと見つめていた先生だったが、サングラスを外し、ふっと微笑んだ。

「まあはじめてのことだし、仕方ないわよね」

こんな笑顔の先生を見るのははじめてだった。

ちょっと座って話しませんか、と聞かれ、ベンチに腰掛ける。結衣は久々の公園がよほど嬉しいのか、一人で遊具を片っ端から制覇している。

「心配してたんですけれど、その調子ならあまり引きずってなさそうですね」

エッと隣を向くが、大道寺先生はこともなげに続ける。

「長年続けていれば、それくらいわかりますよ。正直、結衣さんであれば二校のうちどちらかは引っかかるとは思ってたんですけどね」

　この人はすべてお見通しだ。連絡もせずにすみません、と小声で返す。

「勝ちに不思議の勝ちあり、負けに不思議の負けなしとは言いますけれど、私に言わせれば小学校受験の不合格は不思議なことだらけですよ。この子なら大丈夫だろう、と自信を持って送り出した子が当日に限って不調なこともあるし、巡り合わせで実力を出しきれなかったり、はたまたその日に限って体調不良になったり」

　何も伝えていないのに結衣の神奈川県での入試を見てきたように話すので、ドキリとする。

「親からしたら理不尽な、と思うでしょうけれど、もともと理不尽なものなんですよ。小学校受験なんて。縁故があるとかないとか、親の教育姿勢がどうだとか、中学受験でも、大学受験でもそんなこと聞かれないじゃないですか」

　否定的なニュアンスに思わず耳を疑う。感情を込めず、淡々と話す大道寺先生の視線は遠くを見つめていた。

「でもね、これだけは言えます。合格や不合格という結果よりも、そこに至るまでの過程や、積み重ねてきたことのほうがよほど意味があることです。小学校に入ってから、その後のほうが人生は長いんですから」

　大道寺先生が立ち上がる。気がつけば、結衣が公園の端にある滑り台を終えてこちらに駆けだしていた。

「私の目から見て、結衣さんも、あなたも、十分に頑張ってきたと思いますよ」

息を切らしてベンチにたどり着いた結衣の頭をクシャクシャっと撫でると、大道寺先生は膝を曲げて結衣に視線を合わせた。

「結衣さん、明日からは思いっきり楽しんでくださいね。あなたのいいところを出せば、絶対に大丈夫ですから」

ハイッと元気よく応じる結衣。その誇らしげな表情を見て、熱いものが胸に迫る。この人の放つ光を信じ、結衣と二人、暗闇の中でオールを漕いできたことは間違いではなかった。

「落ち着いたら、また元気な顔を見せに教室に来てくださいね。いつでも待っていますから」

今度は二人そろって返事をする。ここに来るまでに色々あったけれど、後悔はない。明日からの入試本番を、最高の状態で迎えることができそうだ。


——このときは確かにそう思っていた。大切なものを見落としているということに、気づかないまま。


「ごめん、少し帰り遅くなる」

総介からのメッセージが届いたのは夕食のタイミングだった。少し前に送った、夕食用の

ハンバーグをこねる結衣の写真に対するリアクションにしてはやけにそっけないな、と思いながら、

「明日は試験だから早く帰ってきてよね」

と返信する。既読がつくが、返信はない。

子供二人とハンバーグを食べ、お風呂に入れて、歯磨きをさせて。ここのところ総介は帰りが早い日が続いていたので、ワンオペも久しぶりだ。

「パパ、きょうはおそいね」

「明日からの結衣のテストでお仕事をお休みするから、今のうちに頑張ってるんだよ」

少し心配そうな結衣をなだめながら、胸騒ぎがした。今日は早く帰ってきてと、あれほど念押ししてたのに。

二人を寝かしつけ、再び総介にメッセージを書く。

「いつ帰ってこれそう？」

送信。既読。返事はない。ため息をつき、明日の持ち物を再確認する。受験票、ボールペン、上履き、スリッパ、ハンカチ、ティッシュ、予備のヘアピン、ソーイングセット、着替え、防寒用のカイロ、ブドウ糖。どうせ頭に入ってこないだろうけど、文庫本も一冊、バッグに詰め込む。

今日は早く寝て明日に備えるつもりだったのに、神経が昂ぶってすぐに寝られそうにない。

総介と話がしたかった。無音の空間に耐えられず、テレビをつける。夜のニュースが始まったが、政治ニュースは楫取首相がどこかの大学を視察したとかその程度で、政治部の記者である総介が忙しくなりそうなものは見当たらなかった。まさか外で飲んでるということはないだろうけど、何をしているんだろうか。

プロ野球の日本シリーズが雨天中止になったという話題になったところで、玄関のドアがガチャリという音を鳴らす。階段を上る音が聞こえてくるが、いつもよりノロノロしている。

「遅いよ、明日、入試だって言ったよね？」

リビングの扉が開く音と、声が出るのはほぼ同時だった。今日くらいはリラックスして過ごそうと思っていたのに、つい詰問するような口調になってしまった。そんな軽い後悔は、総介を見た瞬間、どこかに消えた。総介の髪は濡れていて、顔面蒼白《そうはく》、という言葉で画像検索したら出てくるような、真っ青な表情だった。

「ちょっと、どうしたの？　折り畳み傘、忘れたの？」

慌てて尋ねるが、総介の視線は宙を彷徨《さまよ》っていて、発する言葉も要領を得ない。

「大丈夫？　先にお風呂入る？　ちょっと追い焚《だ》きしてこようか？」

真っ先に頭に浮かんだのは、体調不良だった。明日からの試験ラッシュの直前に、父親に倒れられたら困る。風呂場に向かおうと椅子から立とうとした瞬間、総介が口を開いた。

「あ、大丈夫。いや、大丈夫ではないんだけど……」

重い足取りでテーブルに向かう総介の右手には、しわだらけの紙が握られていた。

「え、なになに？　どうしたの？」

その口調に、ただならぬ雰囲気に、嫌な予感しかしない。疲労困憊《ひろうこんぱい》、という深いため息とともに総介が椅子に座る。スマホが机に置かれた。一体、何が起こったんだろうか。これから何を伝えようとしているのだろうか。固唾《かたず》を呑んで見守る。

総介はあー、とかうー、とか不明瞭な言葉をいくつか発した後、意を決して、ということが伝わってくる動作で茜に視線を向けた。頭をボリボリかきながら、ボソボソと喋る。

「いや、誤解というか完全にハメられたんだけど。天に誓ってやましいことはなくて、週刊誌が勝手に騒いでるだけなんだし」

ハメられた？　週刊誌？　一体、何を言っているんだろうか。不穏な空気に鼓動が速まる。

総介の視線は泳いで、右手に握ったしわくちゃの紙がヒラヒラと揺れている。

「ちょっと、それ貸して」

体をテーブルに乗り出し、その紙を引ったくる。総介は抵抗するそぶりも見せず、ただ下を向いていた。


カチン、コチン、カチン、コチン——時計の針が鳴り、加湿器のシューッという小さな音が響く。それ以外のあらゆる音が存在を許されていないような空間で、紙に書かれた文章に目を通す。一度、二度、そして三度。

「ねえ、これってどういうこと？」

自分でも驚くほど低く、冷たい声だった。総介は何も答えない。

「どういうことかって聞いてるんだけど！」

総介がビクッとする。怯えた表情を見て、不思議に思う。なんで？　どういう気持ちで、そんな被害者みたいな表情ができるの？


テーブルに紙を叩きつける。紙の正体は週刊誌のコピーだった。早刷りと呼ばれる、発売日前に業界内で出回るものだ。メディア対策を担う広報部の部員として、そして記者の妻として、そのくらいの知識はある。ただ、その内容は予想だにしないものだった。

豊テレ若月アナ、先輩と背徳個室サウナデート⁉


「目を疑いましたよ、まさか若月アナとあんな場所で遭遇するなんて」

男性が興奮するのも無理はない。秋の到来を告げる十月中旬。豊洲テレビの次期エースとして呼び声高い若月春菜アナ（25）が東京・六本木で同僚とともにタクシーから降りたのは、午前零時を回っていた。四月から同局の夜のニュース「湾岸ステーション」のサブキャスターに抜擢された若月アナだが、この日はまさに出演があった金曜日。大役を終え、その表情からはさすがに疲れが見える。

タクシーから降りた若月アナと同僚が吸い込まれたのは、六本木通りから一本外れた雑居ビルの地下一階だった。階段の奥には重厚感のある扉が見える。看板こそないが、扉の向こうでは個室サウナがひっそり営業しているという。

「芸能人御用達の会員制プライベートサウナだから、あえて隠しているんですよ」

前述の男性が囁く。生放送という重圧のかかる仕事を終え、深夜、人目につかないサウナで疲れを取る——。局内でも引っ張りだこの若月アナの多忙な日常が垣間見えるシーンだが、問題はその相手だ。同僚の男性は豊洲テレビの報道局政治部に所属するN氏（38）。報道番組を担当する若月アナにとっては、先輩にあたる。

「Nさんは七月に国定前首相の辞任をスクープしたことで知られる、バリバリの敏腕記者です。後輩の面倒見も良く、爽やかな風貌も相まって社内の評判も高い。政治部内ではエースと呼ばれていて、次期ワシントン特派員が決まっているとの噂もあります。若月アナとは大学の先輩後輩という間柄で、若月アナが湾ステの企画で新島官房長官に単独インタビューをした際、Nさんが調整を一手に担っていました」（豊テレ関係者）

若月アナの大物政治家への突撃取材は、湾ステの目玉企画に育ちつつある人気コーナー。業務終了後も政治部記者の先輩に教えを請うというそのプロ意識に頭の下がる思いだが、実はN氏は既婚者だというのだから穏やかではない。

「大学時代の同級生と結婚していると聞いています。子煩悩で、二人の子供の写真を待ち受けにしているほど。浮気するような人ではないかな。ただ、ちょっと軽薄なところがあるタ

イプ（笑）」（同）

件のプライベートサウナは完全個室で、水風呂やととのいコーナーも備えたラグジュアリーな空間が売り。遠赤外線でじっくり体を温めるタイプで、リラックスしながら長時間楽しめるとして、カップルの利用も多いという。仕事の話をするには少し艶っぽすぎる場所な気がするが……。

「若月アナと一緒にいた男性はフロントで水着を借りていました。若月アナは丁寧語を使っていたので男女の仲という雰囲気ではありませんでしたが、単なる先輩後輩が密室で汗だくのまま長い時間を過ごしますかね？」と冒頭の男性。

結局、二人がビルから出てきたのは一時間半後。火照った顔で出てきた若月アナは、にこやかな笑顔でN氏に別れを告げ、別々のタクシーに乗り込んで去っていった。一線は越えなかった模様だが、一体、中ではどんな密談が繰り広げられていたのだろうか。

後日、若月アナに直撃取材を試みたが、「会社を通してください」とつれない返事。N氏に電話したところ、週刊文潮だと伝えた瞬間に通話が終了した。豊洲テレビ広報部は「社員のプライベートに関しては従前よりお答えしておりません」と塩対応に終止する。次世代のエースである若月アナを巡り、鉄壁のマスコミ対応だけは「ととのって」いるようで……。

「……いや、言い訳なんだけどこの記事は盛りすぎで、そんないやらしい場所でもないから。湾ステのプロデューサーの野口さんと三人で行こうって話になってて、でも野口さんが急に来られなくなって、予約キャンセルできないから若月ちゃ……若月さんとなりゆきで……いや、マジでヤッてないから」

バン、と鈍い音がした。無意識のうちに右手から放たれたスマホは総介の左耳をかすって壁にぶつかり、ゴトッという音とともに床に落ちる。後ろを向いて、何が起こったのか理解した総介が驚いた表情を向ける。

「何考えてんの？」

血の通っていない声。まるで自分のものではないみたいだ。

「いや、だからヤッてないって」

「ヤッたかヤッてないかなんて別に聞いてないから！　こんな時期に何考えてんのかって聞いてるのよ！　明日から受験本番だって、知ってるの？」

今度は何も手に持っていなかったので、苛立ちとともに言葉をぶつける。不調和な空気が場をかき乱す。

質問に答えず、こちらを窺う総介の表情がまた苛立ちを加速させた。

「十月中旬の金曜って神奈川の入試で一番大変だった頃だよね？　どういうつもり？　信じられないんだけど。そんなときに家族ほっぽらかして、若い女子アナ相手に鼻の下伸ばして、馬っ鹿じゃないの？　本当にありえないし、マジで気持ち悪いんだけど。だいたい、何かあれば仕事仕事って、家のこと全部私に押し付けて、夏休みの旅行も一人だけキャンセルして、どこまで好き勝手にすれば気が済むの？　その間、結衣がどれだけ頑張ってたか知ってる？

進次郎が言うこと聞いてくれなくてどんなに大変だったか、わかってるの？　総介はいいよね、仕事っていう逃げ道があって。そりゃ楽しいよね。家のことも子供のことも面倒くさいことは全部私に押し付けて、自分は仕事に集中できて。それで結果出して、自己実現もして、ご褒美で駐在の内定決めて。自分だけやりたい放題で、家族に黙ってついて来いって、おかしくない？　あなたにとって家族って何なの？　私はどうしたら良かったの？」

世界が滲《にじ》み、そして抑えていた感情が嗚咽《おえつ》とともに堰《せき》を切って溢れ出る。目の前の総介は、いかにも悪いことをしたというポーズで下を向いている。こんなとき、泣き叫ぶことでしか怒りを表現できない自分がたまらなく嫌だった。悔しくて、腹立たしくて、そして悲しかった。止まらない涙が、一層、惨めな気持ちにさせた。ふと唐突に、浮気が発覚した夫を家から叩き出したと豪語する寛子のことを思い出した。私はあんなに強くなれない。

「ねえ、何考えてるの？　答えてよ！」

再び、沈黙が場を支配する。いつもと同じ調子で時を刻む壁掛け時計の音が、何事もなかったかのように動く加湿器の音が、自分の荒い呼吸音が、何もかもが不快だった。

どれくらいの沈黙が続いただろうか。総介が、重い口を開く。

「別に自分の行動を正当化したいわけじゃないし茜に責任はないんだけど、結衣が受験するってなってから、家で落ち着けなくなってさ。茜との会話も、受験のことばっかりだったじゃん。母ちゃんまで出てきて、もう俺はいいかなって」

抑揚がなく、平坦な声。

「ぶっちゃけ、家よりも会社のほうが気が楽だったから、仕事に逃げてた。今更、言い訳でしかないけど。ただ今回の件は百パーセント俺が悪い、本当にごめん」

深々と頭を下げる総介。

――それって、どういう意味？　家が落ち着けない？　受験のせい？　勝手に謝って、幕引きみたいな形にしないでよ……。

言いたいことは山ほどあるのに、声が出ない。ただ、頰を伝った涙がテーブルの上に水たまりを作る。

重く、暗い沈黙が続く中、テーブルの上に置いてあった総介のスマホが震える。鈍い振動音とともにテーブルの表面が小刻みに揺れ、ガタガタとした不協和音が耳障りだ。一秒、二秒、三秒――。どれくらい震えていただろうか。一度止まった振動は、少し間を置いて再開した。

「出たら」

鼻水をすすりながら、声を絞り出す。

「出ればいいじゃん」

深夜のこんな時間だ、どうせ仕事関係だろう。妻のせいで電話に出られませんでした、と見えないところでコソコソ言い訳をされるほうがよほどムカつく。総介はこちらの様子を窺いながら、ノロノロとした動作で電話に出る。

「はい、はい、ええ、そうです。私のところにも来ました。いや、そこは違います。その点は……」

相手は上司だろうか。ヘコヘコしている姿は、学校の先生に叱られてうなだれている小学生男子のようだった。スクープを取った、次期首相のスピーチ用の原稿を書いていると胸を張っていた男と同一人物には見えない。

「え、明日ですか……?」

突然、総介がこちらをチラリと見る。時計の針はもうすぐ十二時を示していた。桜葉の試験開始時刻は十時間後にまで迫っている。

「……すみません、明日の午前は娘の小学校の入試で。いえ、本当に申し訳ございません。夕方以降であれば。ごめんなさい。はい、はい、ではまた明日」

ペコペコと頭を下げている総介を見ている間に、自分の中であれほど燃え盛っていた炎はすっかり小さくなっていることに気づいた。代わりに、ドロリとした得体の知れない何かが確かな存在感を放っている。今まで見て見ぬふりをしてきた何かが。

ヨロヨロと立ち上がり、床に落ちているスマホを拾った。画面が割れていた。全部終わったら、機種変しなければ。そう、全部終わったら。

すべてがどうでもよくなって、寝室に向かう。通話を終えた総介がどうしたらよいのかわからない、という表情でまごついていたが、もう何も言う気になれなかった。ただ、疲れた。

寝室に向かう途中、壁に貼ってある写真の中の自分と目が合う。結衣の受験用に、新宿伊勢丹の写真館で撮影した家族写真だ。四人が紺色の服で揃えた、完璧な家族を演じた一枚。

その隣には一年前の家族旅行で行った沖縄の写真。青い海をバックに、作られた笑顔じゃなくて、心の底から笑っていた。完璧なんて目指さなくても、私たちは十分に幸せだったはずなのに。

*

「じゃあ、いってくるね」

ゼッケンをつけた結衣が背中を向けた瞬間、思わず声が出た。

「ちょっと待って！」

カバンから慌てて出した安全ピンで、結衣の肩からずり落ちかけたゼッケンを留める。

「桜葉で配られるゼッケンはサイズが大きめなんですよ」

柴崎先生の直前講習で聞いた言葉を思い出したのは、すべての手続きを終え、まさに子供たちが試験会場へと向かう直前だった。結衣は見るからに緊張でこわばっていて、埼玉でも、神奈川でも見たことのない硬い表情だった。何か、何か気の利いたことを言わなければ――。

必死に考えるが、睡眠不足と焦りで頭が回らない。

「終わったらお昼ごはんの時間だから。何食べに行きたいか、考えといてね」

我ながらなんて締まらない言葉だ。口に出した瞬間に後悔したが、結衣は「なにそれ」と小さく笑う。怪我の功名だろうか、肩に入った力は抜けたようだった。

「じゃあ、いってくるね」

今度こそ、他の子たちと一緒に先生に誘導されて教室へ向かっていく結衣を見送る。いつもより背中が少し大きく見えた。

「では保護者の方は、こちらの控室でお待ちください」

今度は大人がゾロゾロと移動する。案内されたのは教室だ。子供用の椅子に、腰をかがめて座る。

「電子機器のご使用はご遠慮ください」

言われなくても、この場でスマホなんて取り出せるはずもない。平静を装って文庫本をパラパラめくる人、教室内の掲示物を眺める人、目を瞑っている人。ここにいる誰もが、心ここにあらずといった雰囲気だ。隣に座る総介は、殊勝な顔つきで、背筋をピンと伸ばして座っていた。


昨晩。涙で顔をグシャグシャにしたまま飛び込んだダブルベッドで一人、ほとんど眠ることができなかった。本人も認めている通り、非はすべて総介にある。しかし、自分が受験にのめり込まなければ、こんな事態は招かなかったのではないかという考えが頭をもたげる。とはいえ、家庭をないがしろにして外で遊んでいたような男の言うことにまともに取り合う必要なんてない。でも、総介に対してどこか後ろめたさを抱えたまま受験に邁進《まいしん》していたことも事実だ。家族が空中分解しかけている原因は私にもあるのでは。いや、いまはこんなことを考えている場合じゃない、結衣の入試は今日、あと数時間後には始まるのだ――。あっちに行ったり、こっちに来たり。とめどなく湧き出る感情の渦に飲み込まれながら、同じところを堂々巡り。答えの出ない自問自答をただひたすらに繰り返した。

空が白む頃。茜が出した結論は問題の先送りという、妥協の末の産物だった。朝、キッチンでコーヒーを淹れていた総介に「私にも頂戴」と何事もなかったかのように声をかけると、総介は少しホッとした表情で、そしてぎこちない様子でコーヒーが入ったマグカップを渡してきた。家族に対する裏切りを何もなかったことにはできない。でも、何もなかったことにするしかない。少なくとも今日だけは。私たちは大人だから。

「もうすぐ考査が終了します。面談は先ほどお渡しした番号札の順にお呼びしますので、ご協力のほど、よろしくお願いします」

案内役の先生の静かな声で我に返った。気がつけば、もう一時間以上が経過していた。これまで、どの学校でも考査中の待ち時間は結衣がどうしているのか気が気ではなく、一分が一時間にも感じられるような焦《じ》れったいものだったが、今日ばかりは勝手が違った。自分が何を目指してここまで走ってきたのか、完全にわからなくなっていた。

桜葉の入試はこれまでの学校と違ってペーパーテストや集団テストの後、そのまま親子面談に移る仕組みで、すべてが一日で完結する。気持ちを切り替える時間もない。

隣の席に座る総介と視線が合うが、目を逸らされた。昨晩、リビングのソファで寝たはずの総介だが、目の下にはクマができていた。一体、何を考えているのだろうか。一番近くにいるはずなのに、その距離が遠い。もっと二人で話し合っておけば良かった。遠慮なんてせずに、もっとぶつかっておけば良かった。子育ては一人でするものではないのだから。私たちは家族なんだから。

結衣と合流するが、思考回路はグチャグチャなままで、頭の整理も、心の準備もできていない。そのまま面接の教室に通される。

先生が二人。まずはウオーミングアップとして家族しりとり。これは事前の情報通りだ。お名前はなんですか、将来の夢はなんですか、お子さんの夢についてどのようなサポートをしてあげていますか？……これも大丈夫、練習している。焦る必要はない。恐竜博士という夢について身振り手振りを交えて語る結衣に続き、夏休みに行った福井の恐竜博物館の思い出をフックに、母親として子供の興味関心に寄り添ってきた歩みをアピールする。総介も、いつものように調子よく舌が回っている。仕事で会ったという政界の桜葉OGとのエピソードは茜もはじめて聞くものだが、先生たちも興味深そうに聞いている。この調子ならきっと問題ない。

「ではお母さまにお尋ねします。お子さまにどのように育ってほしいですか？」

何度目かの質問の後、先生が尋ねる。何の変哲もない、ありふれた問いかけだ。自立した女性、国際的な視野、思いやりと実行力——学校の教育方針に合わせて事前に作っておいた回答を再生するだけで良い。

——お子さまにどう育ってほしいですか？

頭の中で質問が繰り返される。隣に座る結衣の息遣いから、総介の服の衣擦れの音から、二人の表情や様子が手に取るようにわかる。保育園で遊んでいる進次郎の姿が、そして、職場で働いているときの自分の姿が思い浮かんだ。

——私は一体、結衣にどう育ってほしいのだろうか。

質問を反芻《はんすう》しながら、自分の人生を振り返る。地方で育ち、東京に来て、何度も壁にぶつかって。劣等感を抱えるたびに友人や同僚をうらやみ、環境のせいにして諦めて。自分が見ることができなかった景色を、叶えられなかった夢を、娘の小さな背中に託して、それを応援することで何かを成し遂げたような気になって。

時間にして、一秒にも満たない空白。永遠にも感じられるその瞬間を嚙みしめ、口を開く。

「私は、娘には後悔のない人生を歩んでほしいと思っています」

違う、そうじゃない。ここで求められているのは独白でも、心情の吐露でもない。学校が求める母親像に沿った、大道寺先生や柴崎先生と練り上げた模範解答だ。心の中の自分が止めるが、口が勝手に動くのを止められない。

「上京して、就職して、子供が生まれて、仕事も育児も家事も全部頑張る、完璧な母親でありたいと思っていました。でも正直、ままならないことだらけです。たくさんのことを諦めてきました。毎晩寝る前、こんなはずじゃなかったと自分を責めています。自分の職業に誇りを持って、仕事に全力で取り組むことのできる夫をうらやんでいました。いつしか、自分の気持ちにふたをして、娘にいい環境を与えることが自分の役割だと思い込んでいました。無限の可能性を持つ子供に自分の夢をゆだねることで、救われた気になっていました。でも、小学校受験を通じて、私自身、娘とともに様々なことを学んできました。娘に偉そうなことを言う前に、自分自身はどうなのかと問いかけてきました。私は今、変わりたいと思っています。遠回りをしたけれど、自分の生き方を後悔したくないと思っています。完璧な母親にはなれないかもしれないけれど、ありのままの自分の背中を見せていきたいです。娘には、結衣には、失敗をしてもいいから、もがきながら、それでも前を向いて育ってほしいです」

目の前の眼鏡をかけた先生が目を丸くしながらごくりと唾を飲み込む。自分は一体、何を聞かされているんだろう……と顔に書いてある。

やってしまった。完全にやらかした。ここに来て、私は一体何の演説をしているんだ。だいたい、本当にこんなことを考えていたのか、我ながらよくわからない。現に、この一年間を振り返っても後悔ばかりだ。

ただ、不思議とすっきりした気持ちだった。これまで堆積してきたドロドロを一気にケルヒャーの高圧洗浄機で吹き飛ばしたような爽快感があった。それが伝統的な私立小学校の面接での回答として適当かどうかは置いておいて。

呆気にとられた様子の眼鏡の先生の隣に座る、年配の女性の先生が口を開いた。

「それで結衣さんは、お父さまとお母さまのどこが一番好きですか？」

隣に座る結衣の表情は見えない。でも、楽しそうな表情になったのがわかる。

「おとうさんは、いえではいつもふざけているけど、テレビにでるときはべつじんみたいで、しんけんなところがすきです。おかあさんは、おこるとこわいけど、いつもぜんりょくで、かっこういいです。ふたりとも、わたしのじまんのりょうしんです」

「そうですか、とっても素敵な家族ですね」

先生の言葉と同時に、チャイムが鳴る。面接終了の知らせだ。先生方がどんな表情をしているのか確かめる間もなく、深々と頭を下げる。

「ごめん、なんか私、暴走しちゃったかも」

張り詰めていた緊張の糸は、学校の正門から出た瞬間にプツリと切れた。路上にしゃがみ込む。目の前に結衣の顔があった。一年以上にわたる努力を台無しにしてきたことを謝ることしかできなかったが、当の結衣はケタケタと楽しそうに笑っている。

「ママ、かっこよかったよ」

思わず結衣を抱きしめる。ぬくもりを抱きかかえたまま深く息を吐いて、そして思いっきり吸う。肺の中の空気が入れ替わる。心配そうに覗き込む総介と目が合う。

「……今まで、ごめん」

面接で弁舌巧みに模範解答を繰り出していた人間と同一人物とは思えないほど、しおらしい顔をしていた。

「あー、もうっ！　総介には色々言いたいことあるから、覚悟しといてよね」

立ち上がりながら出した声は、自分でも驚くほど明るかった。伝えたいこと、話さなければならないことが山ほどある。私たちは家族なんだから。

「……俺たち、もっと話し合わなきゃな」

絶妙なタイミングでこちらの思いを代弁する総介の胸を右肘で軽く小突き、「簡単には許さないからね」と声をワントーン落として釘を刺す。話し合いの前に、まずは今日の洗濯物を畳むことからやってもらおう。

「あ、おもいだした！」

結衣が大きな声を出す。

「おひるごはん、ひさしぶりにマックいきたい！　ハッピーセット、おもちゃがポキモンなんだって！　さっき、テストがいっしょだったこにおしえてもらった！」

真面目に考査を受けていると思ったら、どんな話をしていたんだか。力が抜ける。でも、そのほうが結衣らしいと思った。

「よーし、じゃあマック行くか！　私も久しぶりにポテト食べたい！　コーラ飲みたい！」

「やったー！」

「ここからだと市ヶ谷の店が一番近いな。ちょっと遠いけど、天気もいいし散歩するか。あっちだな」

まだまだ入試は続くが、いつまでも猫を被《かぶ》っていても仕方がない。これが我が家のスタイルなんだ。

「パパ、ママ、いこ！」

先導する結衣が駆けだす。

「そこ、水たまりあるから気をつけて！」

おもむろに地面を蹴って、水たまりを大きく飛び越える結衣。小さな背中に、三つ編みの束が軽やかに踊っていた。

エピローグ

「ほら、ここでグッと腰入れて踏ん張らないと」

「あー、途中で折れちゃった」

「ねえねえ、こっからどうするの？」

「見てて、私がやってあげるから」

「ぼくもやりたいー!!」

太陽の下、畑の上で土だらけになっている子供たちを見ると、それだけで微笑ましい気持ちになる。結衣や進次郎は芋掘りなんて縁遠い生活を送っているからか、顔を土だらけにして夢中になっている。

「ほら、茜さんも麗佳さんもボサッとしてないで手伝ってくださいよ。ちゃんと収穫しないと今日のバーベキュー、肉だけになりますよ」

寛子の声で我に返る。長靴に上下のつなぎ、おまけに肩に白いタオルまでかけたその姿は全身をブランド品で固めていた二年前とは別人のようだ。

「畑っていうからもっとこぢんまりとしたのを想像していたんですけれど……」

少し困った顔の麗佳の言葉に、首を思いっきり縦に振る。

「いや、家庭菜園の規模超えてるでしょ、これ」

トマトを取りながら、広々とした畑を見渡す。芋に始まりトマトやナスの夏野菜、ブルーベリーなどの果物と区画ごとにバラエティ豊かな作付けとなっており、「バーベキューの前にちょっと野菜取っておきましょうか」という寛子の言葉から受け取ったイメージとは随分違う。

「お二人ともいつまで東京気分なんですか、ここは長野っすよ」

山を背景にカラカラと笑う寛子は、格好こそ違えども中身は二年前と変わらない。健康的で、エネルギッシュで、風景と調和している。

こんなことになるんだったら、長靴持ってくれば良かった……と少し後悔するが、スニーカーはあとで洗えばいいやと一歩踏み出し、トマトのヘタの先にハサミを入れる。パチンという音が耳に心地良い。

「やったー、大きいのが掘れた！」

少し離れた場所から、結衣の喜ぶ声が聞こえた。

＊

「軽井沢に引っ越すって言うから、てっきりあの別荘に住むのかと思ってました」

すっかり暗くなかったベランダで、バーベキューのコンロを囲みながら麗佳が呟く。炭の火はすっかり落ち着いているが、肌寒くなった空気の中でじんわりと熱を伝えている。

「だよね、私も思った。あそこから私立小学校かインターにでも通わせるのかと。軽井沢ってそういう移住組のセレブ、増えてるんでしょ？」

よなよなエールを喉に流し込みながら麗佳に同調すると、寛子が笑いながら手を横に振る。

「私もあそこに住もうと思ってたんだけど、あんな成り金趣味の家に住んでたら、子供たちが勘違いするかなって思って。軽井沢は好きだけど、うちは公立小で十分っすよ」

離婚した寛子が移り住んだのは、億万長者の元妻が住むにしてはあまりにもささやかな一軒家だった。軒先には黒光りするカイエンの代わりに、足回りが泥で汚れたエクストレイルが鎮座している。

「でもこっち来て本当に良かった。瑠美偉も大夜も、野生児って感じでたくましく育ってるし。今から思うと、小学校受験、かなり無理させてたんだろうなって」

炭バサミでバーベキューコンロの底をかき回しながら、寛子がしみじみと話す。近所の美容院で週に何日か美容師として働きながら、空いた時間で畑仕事と家事と子育てに向き合うという暮らしが合っているのだろう、肩の力が抜けて前よりも綺麗だ。ガラス一枚隔てた家の中からはニンテンドースイッチで盛り上がっているんだろうか、子供たちの歓声が聞こえてくる。穂乃果ちゃんの「やったー」という声が庭まで届く。

「そういえば穂乃果ちゃん、たくましくなった？　学習院なんて、お坊ちゃまとお嬢さましかいないと思ってたけど」

以前は引っ込み思案で、他の子供たちの勢いに押されてタジタジになることも多かった穂乃果ちゃんだったが、今日は随分と印象が違った。バーベキューでは肉をもりもり食べて、おにぎりのおかわりまでする姿は見違えるようだ。

「学習院って、実は結構体育会系なんですよ。臨海学校の遠泳に向けて普段から鍛えるんですけど、コツコツ積み重ねるところが穂乃果に合ってたみたいで」

「へぇー。やっぱり私立小って、よく見てるんすねえ。うちは撤退して正解だったわ、付け焼き刃じゃとても無理だ」

寛子と麗佳の会話を、少し酔った頭でぼんやりと聞く。家柄、学校の教育方針、子供との相性……受験を終えて二年近く経った今になって改めて振り返っても、つくづく不透明で理不尽な世界だと思う。あの頃の私は、小学校受験という狂気が生み出す熱に浮かされていた。

もう一度やれと言われても、絶対に無理だ。

「で、どうなんすか？　桜葉女子学院は」

新しいビールの缶を開けながら、寛子がニヤリと笑う。

「そうそう、女子校ってやっぱり雰囲気違うんですか？」

少し顔を赤らめた麗佳も、興味津々に顔を覗き込んでくる。

二年前の秋——。絶対に落ちているだろうと何の期待もせずに開いた桜葉の個人向けページには、「合格」の二文字が浮かんでいた。何かの間違いじゃないかとブラウザを閉じて、パソコンを再起動して。もう一度たどり着いた先には、やはり季節外れの桜が咲いていた。

あとから結衣に聞いたところ、ペーパーの出来は「そこそこ」だったらしい。行動観察も「ふつう」。結局、大道寺先生の教室から桜葉に合格したのは結衣だけで、柴崎チャイルドアカデミーでも合格率は三割を切っていたという。一体、何が合否を分けたのだろうか。桜葉の翌日、結衣が「かんぺきにできた」と胸を張っていた東洋英和女学院が補欠のまま終わったことを考えると、縁という言葉でしか表現できない何かがあるとしか思えない。

「結衣が楽しそうに通ってるなら、うちはもうそれで万々歳よ」

はじめこそ、良家の子女が集まる桜葉の中で結衣が浮かないかと心配していたが、子供たちはそんなことを気にすることなく、女子だけの環境で伸び伸びと遊び、学び、育っているようだ。

「でも茜さん、仕事忙しいんじゃないの？　放課後はどうしてるんすか？」

「学校の近くの民間の学童に通わせてるよ。学費と合わせて結構かかるし、私が働かないと家計がもたないから、もう毎日必死」

右手で力こぶを作って、左手でぽんと叩く。麗佳が感心している隣で、寛子が手を叩いて笑う。

入試が終わった翌春、総介は記者ではなくなった。ジョブローテーションの一環ということだったが、豊洲テレビ期待の若手女子アナと誤解を招く行動をとったということで、実質的には懲罰人事だろう。総介の記者へのこだわりを知っていただけに少し心配したが、当の本人は「まあ自業自得っしょ」とすんなり受け入れ、今は総務部で裏方として働いている。朝九時から午後五時まで定時で働く職場になったことで、子供の送り迎えはもちろん、家事もこなすようになった。

「今から思うと、親父の背中を追っかけてたんだろうな」

子供たちが寝静まった後、テレビ画面で演説する楫取首相の顔を見ながらポツリと語る総介の横顔は少し寂しそうだったが、これまでと違って、毎日子供と晩ごはんを一緒に食べることができる日々もそれなりに気に入っているようだ。

「茜さんは今、どんなお仕事をされているんですか？」

「相変わらず広報部なんだけど、二年前からプロダクト広報っていう、マーケティング寄りの仕事もするようになって。そうそう、二人とも化粧品の情報、どうやって調べてるかあとで教えて！　秋からSNSの運用も担当することになって、いま必死で勉強してるんだよね」

プロダクト広報の兼任は、自ら手を挙げた。本気でオウンドメディアをやりたいなら、企業広報だけでなく、マーケティングの知識も必要だという部長の話を受けて、迷わず立候補した。前だったら、家庭の事情や子供の教育を理由に聞き流していたかもしれない。けれど、人生は一度しかない。やりたいことを我慢して、子供を名門校に入れたことだけが勲章の人生なんて、まっぴらごめんだ。仕事は忙しくなったし、残業も頻繁にある。たまに手伝いに来てもらっている義母の千鶴にも呆れられているが、今が一番充実している。

「そういえば、茜さんも来週、大道寺先生に呼ばれてるんですよね？　一人だと心細いから、嬉しいです」

「あー、あったねぇ。私に話せることなんて何もないのに」

「え、なになに？　大道寺先生とか、めっちゃ懐かしい！」

久しぶりに教室に来ないですか、と大道寺先生から電話があったのは、ほんの一カ月前だった。受験シーズンに突入する秋、受験を経験した親を呼んでみんなの前で話をしてもらうというのは登山と並ぶ大道寺先生の教室の伝統行事だ。二年前、白百合や暁星といった名門校に子供を合格させた母親たちは余裕に満ち溢れていて、後光が差しているようだった。

「うちなんてマグレで受かっただけで」と必死で固辞したが、「共働きの母親も増えているので、是非その経験をお話ししてください」と押し切られた。

「へー、私も東京に住んでたら見に行きたかったのに」

ニヤニヤと笑う寛子。右往左往していた頃の私を知っている人から見たら、名門校合格者の母として喋る姿はさぞかし滑稽だろう。

「でも不思議ですよね。たまたま子供の習い事が一緒だっただけなのに、こうやって二年経っても一緒に火を囲んで。こういう縁は、悪くないですよね。寛子さん、茜さん、来年も集まりましょうね」

こういうことをすんなり言える麗佳も、いつもマイペースな寛子も、小学校受験がなかったら出会えなかった。縁――この言葉に振り回された日々のことは決して忘れないが、悪いことばかりでもなかった。残ったビールを飲み干す。

「進次郎、順番終わったんだからコントローラーよこしなさい！」

「いーやーだー！」

「結衣ちゃん、私は大丈夫だから。見てるだけでいいよ！」

「マリカー飽きたし、次はスマブラやろうぜ！」

「えー、絶対やだ！」

ガラス越しに、子供たちの騒がしい様子が伝わってくる。来年も、再来年も、ずっと続いてほしい。気がつけば、コンロの炭はほとんど灰になっていた。

＊

「うちはギリギリまで夫の仕事が忙しくてワンオペ状態だったので、もう最後のほうは必死で何がなんだか全然覚えてないくらいです。料理をお願いしていたヘルパーさんに教室までの送迎をお願いするなんて、今になって考えると完全にどうかしてますよね」

少しくだけた調子で自虐的に話してみたが、目の前の紺色の服でびっしり決めた母親たちは表情を崩すことなく、一言一句を聞き漏らすまいと必死にメモを取っている。調子が狂うな、と思うが、大道寺先生は満足そうに頷いている。隣で麗佳が微笑んでいるのがわかる。

「私も共働きで縁故もないフリーなんですけど、面接で不利になりませんでしたか？　桜葉に合格するような家庭って、やっぱり特別なんじゃないんですか？」

手を挙げて質問する母親の表情は切羽詰まっていて、今にも泣き出しそうだ。私も二年前はこんな顔をしていたのか、と思うと胸がチクリと痛む。

「娘に聞いた感じ、お母さんが働いているお友達も結構いるみたいですよ。私もこうして偉そうに喋ってますけど、桜葉での面接は思い出したくないほど酷くて、本当になんで合格したのか未だに謎です。もうここまできたら、親にできることって、子供のことを信じるくらいしかないんじゃないですかね」

我ながら説得力がないなと思うが、質問者が救われたような表情になったので、ちょっと安心した。

「小学校受験に絶対はありません。ここにいる新田さんも松島さんも、二年前は皆さんと同じように、悩み苦しんでいました。これから埼玉、神奈川と入試が始まりますが、結果に一喜一憂するのではなく、子供を温かくサポートしてあげてください。皆さんなら、この二人に続くことができるはずです」

大道寺先生の演説を、どんな顔で聞いて良いのかわからなかった。気恥ずかしさで押しつぶされそうになりながら、「合格者の親」としての役割を全うする。

「お二人とも、ありがとうございました。これから受験に挑む親御さんにとって、よい刺激になったと思います」

すべてが終わり、ざわざわとした空気の中、大道寺先生の言葉に恐縮しながら「お役に立てたかどうか……」と頭を下げる。麗佳は相変わらずニコニコと笑っていた。

ふと、向こうのほうから

「おおっ！」

「すごい！」

という歓声が上がる。母親が部屋の隅で話を聞いている間、レッスンを終えた子供たちは教室のスペースを使って遊んでいた。ワチャワチャした雰囲気の中、注目を浴びていたのは進次郎だった。

「じゃあつぎは、これ！」

こう宣言すると、マットの上で側転をして得意気な表情を見せる進次郎。足がピンと伸びた、綺麗な側転だった。今度は拍手が巻き起こる。保育園でも運動神経だけは抜群だと褒められているが、確かにこれは見事だ。

「あの子は結衣さんの弟さんでしたっけ？」

「はい、すみません。今日、結衣はプールだったんですけど、進次郎はこっちに付いてくるって駄々こねて」

「構わないわよ。進次郎さーん、ちょっとこっちにおいで」

大道寺先生に呼ばれ、ササッと走ってくる進次郎。二年前はトテトテと歩いていたのに、今や学年が一つ上の受験生とさほど変わらない。

「お名前は？」

「にったしんじろうです！」

「いま、いくつ？」

「ごさいです！」

「好きな食べ物は？」

「マックのハンバーガーがすきです！」

「あら、素敵ね。ありがとう、また遊んできていいわよ」

タタタッと足音を鳴らして走る進次郎の背中を見て、大道寺先生が呟く。

「進次郎さん、結構いいわね。受験はさせないの？」

「いやー、進次郎は結衣と違って親の言うことを聞かないので」

「男の子はそのぐらいでいいのよ、まず獣身を成して、後に人心を養うって言うでしょう。見た感じ、受け答えも素直だし、一年あればあの子は伸びるわよ。ヤンチャな男の子の場合、個性を伸ばす私立や国立のほうが向いているわよ」

ニヤリと笑う大道寺先生の瞳に光が宿る。駄目だ、そっちの道は危険だとわかっているのに、その光に抗えない。

「……男子の受験って、実際、どんな感じなんでしょうか？」

待ってました、とばかりに大道寺先生が口を開いた。向こうのほうでは周囲からの歓声の中、ボールを投げる進次郎の背中が躍動していた。

参考文献

伸芽会教育研究所『首都圏私立・国立小学校合格マニュアル（2023年度入試用）』伸芽会（2022年）
プレジデントFamily編集部『日本一わかりやすい小学校受験大百科 2023完全保存版』プレジデント社（2022年）
『2023年度入試準備版　そっくり問題集　雙葉小学校』理英会出版（2022年）
『小学校受験で知っておくべき125のこと―学校選びから合格までまるわかり！』日本学習図書（2012年）
久野泰可『小学校受験対策「何が合否を分けたのか」―雙葉小学校の入試問題を通して私が考えたこと』こぐま会（2005年）
三石由起子『「お受験」の内側―幼児教育の現場から』ベストセラーズ（2000年）
佐野倫子『天現寺ウォーズ』イカロス出版（2021年）
神田のぞみ『小学校受験準備6か月、わずか20万円で合格した！
―家庭学習だけでわが子を難関校に合格させたMBA思考と指導法』蔵書房（2006年）

著者

外山 薫

とやま・かおる

1985年生まれ、慶応義塾大学卒業。

君の背中に見た夢は

2024年1月30日　初版発行

著　　者　外山 薫

発 行 者　山下直久
編 集 長　藤田明子
担　　当　山崎悠里

編　　集　ホビー書籍編集部

発　　行　株式会社 KADOKAWA
〒102-8177
東京都千代田区富士見 2-13-3
電話：0570-002-301（ナビダイヤル）

印刷・製本　図書印刷株式会社

●お問い合わせ
https://www.kadokawa.co.jp/
（「お問い合わせ」へお進みください）
※内容によっては、お答えできない場合があります。
※サポートは日本国内のみとさせていただきます。
※Japanese text only

定価はカバーに表示してあります。

Printed in Japan
ISBN 978-4-04-737819-3　C0093